KB253034

국학현대문학연구총서 ③

서정시의 이데올로기와 수사학

최승호

국학자료원

요즈음은 바야흐로 수사학의 시대이다. 이제 수사학은 더 이상 단순한 도구학에 머무르지 않고 세계인식 방법으로 등장하고 있다. 실상 그것은 세계인식 방법으로뿐만 아니라 새로운 세계 구성 방법으로까지 확산되고 있다.

지난 20세기 마지막 연대, 1990년대는 소위 환유의 시대였다. 그 시대 은유니, 총체성 따위를 강조하면 시대에 뒤떨어진 퇴물 취급을 당했다. 환유의 전략은 주지하다시피 해체였다. 모든 초월적 중심과 주체, 객관적이고 보편적인 진리체계를 해체시켜버렸다.

환유주의자들은 1980년대, 곧 리얼리즘 시대의 총체적 사유가 행사한 억압으로부터의 자유를 선언하였다. 그들은 총체적 사유로 몰고 가는 은유를 융단 폭격하듯 공격하였다. 그리하여 소위 동일성의 사유는 처참하게 유린되기 시작하였다. 그 시대 동일성이란 용어는 금기의 낱말이 되어버렸다. 은유라는 용어의 운명도 마찬가지였다. 그들은 오로지 자유와 민주라는 이름으로 그들의 무차별적인 공격을 정당화시켰다. 그러나 그들이 꿈꾼 자유와 민주는 오지 않았고, 오히려 보편적 가치와 규범을 상실하고 모든 사물들이 자기중심적인 삶을 병적으로 고집하는 천박한 시대가 되고 말았다.

그리하여 21세기가 되면서부터 지나친 총체성을 강조하는 은유도 아니고 완전히 중심을 상실해버린 채 허무에 다다른 환유도 아닌 제유적 삶의 방식이 호출되기 시작하였다. 이 시대 제유란 동양의 유기론적 사고방식에서 나왔다. 모든 사물들이 각각 부분적 독자성을 유지하면서도 내적으로 서로 긴밀하게 연속되어 있다는 사상이 바로 그것이다. 제유에는 초월적 중심이나 주체가 없기 때문에 사물들이 서로 간섭하지 않고 사이좋게 공존한다. 공존 이것이 제유의 목표다. 제유주의자들은 그것이 바로 진정한 자유이고 민주이며 해방이라고 본다.

그러나 제유에는 사물들 사이의 공통점을 찾으려는 적극적인 노력과 의지가 결여되어 있다. 마치 소나무 숲 속 개개의 소나무 사이의 관계처럼. 모든 소나무는 각기 자기의 고유 영역을 확보하면서 전체적으로 숲을 이루고 있다. 이때 소나무들은 서로 얽히지도 않을 뿐만 아니라, 자기 고유 영역 안에 다른 나무가 들어오거나 자라나는 것을 용인하지 않는다. 마치 조선조 선비들의 모습과도 같다고 할까. 제유적 사고에는 이처럼 이질적 사물들 사이에서 공통점, 합의점을 도출해내려는 노력, 대화적 의지가 부족하다. 그런데 이 시대 제유는 유행처럼 번지고 있다. 유일한 구원의 방책인양, 영원한 진리인양. 그러나, 이 유행도 머지 않아 덧없이 지나갈 것이다.

이처럼 지난날 환유주의자들이나 오늘날 제유주의자들은 정도의 차이는 있지만 사물들 사이의 합의점(동일성)을 도출하려는 의지가 결여되어 있거나 부족하다. 그리고 그들은 한결같이 은유를, 은유적 총체성, 동일성을 부정하고 있다. 그들은 또 은유적 총체성 그 자체를 오인하고 있기도 하다. 은유적 총체성이 동일성만 강조하고 차이성을 인정하지 않는다고 보고 있다. 바람직한 은유는, 건강한 은유는 동일성과 차이성을 꼭 같이 강조한다는 사실을 몰각하고 있다. 하긴 이 땅에 진정한 의미에서의 은유적 삶이 제대로 이루어진 적이 없었으니까 오해할 만도 할 것이다. 지난 세기 남과 북의 과도한 총체성을 강요하던 삶의 방식은 파시스트적인 은유였다고도 할 수 있다.

건강한 은유는 모든 사물들이 각자 자기의 고유성을 지키면서도 서로 합의하여 공통점을 찾아가면서 공동선을 이루어 가는 것이다. 바람직한 은유, 그것은 성숙한 마음으로 사회적 합의를 만들어 가는 소중한 삶의 방식이다. 사물들 사이의 여백, 틈, 구멍을 최대한 살려가면서 이루어 가는 총체적 합의 과정, 곧 제유를 끌어안으면서 고양되는 은유! 우리의 근대화도 바로 이렇게 진행되어 왔어야 하고 앞으로 그렇게 진행되어야 할 것이다.

파시스트적인 권력을 휘두르고 있는 자본의 엄청난 파괴력과, 인간의 끝도 없는 이기심과, 질기고도 질긴 죄성으로 인해 모든 사물들의 관계가 점점 더 빠르게 해체되어 가는 시대, 완벽한 은유는 그래서 꿈이자 하나의 이데올로기적 열망이다. 인간 세상에서 서정적 이데올로기는 이데올로기인 이상 그 끝이 없다. 이 끝없음이 또한 인간으로 하여금 매혹을 느끼게 만드는 그 무엇이다. 서정적 이데올로기 역시 모든 이데올로기가 무화되는 지점을 꿈꾼다. 거기에서는 대화와 소통이 근원적으로 이루어진다. 기표와 기의가 행복하게 일치되는 낙원 회복이 은유의 최종 꿈이다.

요새는 너무 쉽게 동일성에 이르는 시들을 많이 본다. 이것은 동일성 그 자체를 포기하는 것만큼이나 사회적으로 깊은 해악을 끼칠 수도 있다. 동일성을 간절히 사모할 때 사회학적 사유를 결락시켜서는 안될 것이다. 사회역사적 마인드가 부족한 사람들에게서는 진정한 동일성을 기대하기 어렵기 때문이다. 사실 근대이후 서정적 행위란 엄청난 양과 속도로 흘러가는 탁류를 거슬러 올라가는 것과 마찬가지다.

야베스의 기도로 무장되어 늘 창의적인 아이디어로 번득이고 다이나믹한 열정에 사로잡혀 있는 정찬용 사장님과, 이순주씨와 같이 격무 가운데서도 미소를 잃지 않는 새미, 국학자료원 가족들에게 심심한 감사의 말씀을 전한다. 그리고 나의 문학적 성장과 학문적 발전을 위해 기도하는 나의 가족과 지금도 늘 나로 하여금 양심 가운데서 똑바른 길에서 좌로든 우로든 치우침 없이 걸어가라고 참새처럼 잔소리하시는 올해 아흔이신 노모에게 이 책을 바친다.

2002년 여름 연희동 바람골에서
최 승 호

| 차례 |

『청록집』에 나타난 생명시학과 근대성 비판

I. 머리말

청록파에 대한 평가는 역사적 시기마다 굴곡을 달리해 왔다. 청록파에 대한 평가의 역사적 추이는 한마디로 이 땅에서의 문학적 입장의 변천사를 대변한다. 그만큼 한국 현대문학사에서 자리하고 있는 청록파의 영향이 크다 하겠다.

청록파는 가까이로는 문장파로부터 직접적인 영향을 받으면서 출발했다. 특히 그 중에서도 정지용에 의해 이루어진 순수 전통서정시의 현대화에 힘을 입고서 그 출발이 가능했던 것이다.[1] 정지용에 의해 발견된 자연의 생명력[2]을 토대로 그들 청록파의 시학이 출발의 거점을 마련했던 것이다.

---

1) 종래까지 청록파의 정신사적 전단계를 주로 시문학파에만 한정시키는 논의들이 대다수였다. 시문학파가 이루어 놓은 문학적 토양 속에서 필요한 자양을 받아들이고서 청록파 세 사람이 나타났다는 것과, 그리고 시문학파가 표현의 방법에만 치중하여 등한히 한 정신세계를 그들 청록파 시인들이 개척했다는 것을 지적하는데 그쳤다. 그리하여 시문학파와 청록파 사이에서 중요한 역할을 해온 문장파를 소홀히 하였다. 청록파의 정신사적 거점이 문장파에서 시작된다는 것을 연구한 것들로 다음과 같은 글들이 있다.
　① 최승호, 『한국 현대시와 동양적 생명사상』, 다운샘, 1995.
　② 김용직, 『한국현대시사 2』, 한국문연, 1996.
2) 최승호, 「정지용 자연시의 은유적 상상력」, 『한국시학연구』 제1호, 한국시학회, 1998. 11.

정지용은 자연이 지닌 생명력을 카톨릭적 세계관 내지 유가적 세계관으로 해석하면서 현대판 자연시, 순수 전통서정시의 새 길을 개척한 바 있다. 이병기가 시조로써 전통서정시를 현대화시킨 선구자였다면, 정지용은 이병기에게서 자신감을 얻고서 그것을 현대적인 자유시로 개발한 공로가 크다. 청록파 세 사람은 바로 이러한 정지용의 후기 산수시에서 그들 시학의 출발점을 삼고서 이후 각자 나름대로의 고유한 시 세계를 펼쳐 나갔던 것이다.

정지용에게서 발견되기 시작하고 선취되었던 자연의 재발견은 이들 청록파에게서 더욱 고조되고 강화되어진다. 청록파에 의한 자연의 재발견[3]은 명백히 앞선 시기의 모더니즘에 대한 비판과 관련되어 있다.[4] 청록파 세 사람은 모더니즘이 봉착한 비생명성과 비인간화를 부정·비판하면서 그들의 문학적 활로를 개척한 것이다. 이들 청록파에게 있어서 모더니즘은 그들의 시학을 구축해 나가는 데 필수적으로 불가결한 비판의 대상이었던 것이다. 청록파는 이처럼 모더니즘이 봉착한 비생명화 결과를 비판하면서 '영원한 생명의 고향'[5]을 찾아 나선 것이었다. 그들이 발견한 영원한 생명의 고향이 바로 '자연'인 것이다.

이처럼 청록파 시인들에게 있어서 영원한 생명의 고향으로서의 자연은 1930년대 후반과 1940년대 전반기에 '재발견'된 것이다. 그 전대에 있던 전통적인 서정시에서 보이는 자연과는 다른 새로운 자연이 이들에 의해 모습을 드러내기 시작한 것이다. 그 시대가 요구한 새로운 자연이 나타난 것이다. 이들 청록파 세 사람에게 나타난 새로운 자연은 한 마디로 생명의 모태이고 그 시대가 요구하는 새로운 시의 산실이기도 하다.

그들은 일제 말기 파시즘 체제하에서, 오로지 개인과 민족의 생명 내지 생명력을 지켜내거나 고양시키기 위해서 그 생명의 원천으로서의 자연을

---

3) 김동리, 「三家詩와 자연의 재발견」, 『예술조선』 제3호, 1948. 4.

4) 정한모, 『현대시론』, 보성문화사, 1973.

5) 정한모, 『현대시론』.

선택하고 그 속으로 돌아갔던 것이다. 결국 그들의 생명시학이란, 모든 사물의 자유로운 생명력을 억압하는 얼어붙은 파시즘의 계절에 대항하는 미학적 태도인 것이다. 모더니즘이 봉착한 허무와 절망의 대안으로 제시된 이 생명시학은 그 시대에 있어서 개인적으로나 민족적으로나 문학적 구원의 중요한 지표였던 것이다.

파시즘 체제에 대항하는 이 생명시학은 자연스럽게 반근대적 성향을 지니게 된다. 본고에서는 파시즘으로 결론 난 근대의 파국 앞에서 이들 청록파 시인들이 어떻게 생명시학으로써 서구적인 근대사상을 비판하면서 시적 구원을 성취해 나가는가 살펴볼 것이다. 그리고 그들 청록파가 취하는 반근대적인 미학적 태도가 당대에 어떠한 의미를 지니는가를 살펴볼 것이다. 그렇게 되면 그들의 맥을 잇는 1950년대 이후 한국의 순수 서정시가 지니는 현대적 의미가 밝혀질 것이다.

Ⅱ. 박목월의 목가적인 생명시학

박목월의 초기시에 대한 평가만큼 편차가 심한 경우도 드물다. 『청록집』이 처음 발간될 때부터 지금까지 매우 상반되고 입장을 달리하는 평가가 계속되어 온 게 사실이다. 리얼리스트들과 모더니스트들에 의한 부정적인 평가와 전통주의 내지 순수 서정주의자들에 의한 옹호는 당대의 문단적 상황과 시대적 배경을 바탕으로 서로 경쟁관계에 있어 왔다. 그만큼 박목월에 대한 평가는 당대 문단의 기류 변화에 민감하게 반응해 오고 있었다. 이것은 박목월에 대한 해석과 평가 태도에 따라 당대 문단 내지 문학적인 세력 판도를 읽고 가늠할 수도 있다는 뜻이 된다. 그만큼 한국 순수서정시에서 박목월의 초기시가 차지하는 비중이 큼을 알 수 있다.

박목월의 초기시에 대한 부정적 평가는 좌·우 이데올로기가 격돌하는 해방기에 이미 거세게 대두되었다. 일찍이 김동석은 조선문학가동맹을 대표하여 박목월을 심하게 공격하였다. 그는 『청록집』에 실린 「임」을 보기로 들어서 거기에 탈현실, 반정치성이 나타난다고 비난했던 것이다.6) 나중에 박목월이 『보랏빛 소묘』에서 자작시 해설을 통해서도 밝혔듯이, 이것은 김동석이 역사주의적인 입장에서 기계적으로 「임」을 잘못 해석한 것이다. 이러한 기계적인 반영론은 나중에 1980년대 크게 유행하여 당시에 박목월에 대한 평가는 심히 왜곡되어 나타나기도 했다.7)

            내사사 애달픈 꿈꾸는 사람
            내사사 어리석은 꿈꾸는 사람

            밤마다 홀로
            눈물로 가는 바위가 있기로

            기인 한밤을
            눈물로 가는 바위가 있기로

            어느날에사
            어둡고 아득한 바위에
            절로 임과 하늘이 비치리오

                              ─「임」 전문

　이 작품은 문학사에서 그리 관심을 얻지 못한 채 가리워져 있었다. 그런데 박목월 초기시가 지니는 현실과의 긴장관계를 해명해 내는 데는 중요한 단서를 마련해 주는 의미가 있는 작품이다. 이 작품에서 서정적 자아는 임과 더불어 하나로 되려는 서정적 동일성을 추구하고 있다. 그런데 그런 서정적 동일성은 쉽게 이루어지고 있지 않다. 그러한 서정적 동일성

─────────────────────

6) 김동석, 「비판의 비판」, 『예술과 생활』, 박문출판사, 1947.
7) 최근까지도 이러한 기계적인 반영론에 입각한 왜곡된 해석이 나온 적이 있다.
　　김옥수, 「자연시의 이데올로기」, 『시와사상』 제17호, 1998, 여름.

을 방해하는 현실적 세력이 완강하게 버티고 있기 때문이다. 이 현실적 방해 세력은 <밤>이라는 상징어에서 쉽게 발견된다. 이 밤은 단순한 물리적인 낮과 밤의 밤이 아니다. 박목월의 말대로,[8] 낮이 없는 영원한 밤, <암흑한 시대> 그것이다. 그래서 <밤마다>와 <기인 한밤>이라고 강조해서 표현하고 있다.

이 기인 한밤에 그는 홀로 눈물로 바위를 갈고 있다. 눈물로 바위를 외롭게 홀로 가는 것은 그것을 갈아서 거울로 만들려는 의지 때문이다. 이때 거울로 바뀔 바위는 자아와 임이 하나로 만날 수 있도록 매개해 주는 존재이다. 즉 서정적 동일성을 확보해 주는 매개체이다. 여기서 바위를 갈아서 거울로 만드는 것은 불가능한 일이다. 하지만 이 불가능한 행위에 도전하는 의지가 중요하다.

일제 파시즘 체제하에서 서정적 자아와 임과 하늘이 하나로 행복하게 만나는 것은 너무도 힘든 일이다. 그래서 <내ㅅ사 애달픈 꿈꾸는 사람/ 내ㅅ사 어리석은 꿈꾸는 사람>이라고 자탄하고 있다. 그럼에도 불구하고 서정적 자아는 바위를 갈아 거울로 만들어 그것으로써 임과 하늘과 하나로 되려는 꿈을 포기하지 않는다. 이 포기하지 않는 꿈, 이것이 중요하다. 그것은 곧 서정성에의 완강한 꿈꾸기이다. 즉, 서정성이 지니는 끈질긴 힘이다. 그러면, 박목월에게 있어서 이 어리석은 꿈을 포기하지 않도록 해주는 원동력은 어디서 오는가.

그는 스스로의 힘과 의지와 노력만으로는 바위를 갈아 거울로 만들 수 없음을 잘 알고 있다. 그것은 마지막 연 <어느날에사/ 어둡고 아득한 바위에/ 절로 임과 하늘이 비치리오>라고 자탄적인 반문을 하는 데서 명백히 보인다. 그런데, 그는 자탄적인 절망으로 끝을 맺지는 않는다. 여기서 그는 <절로>라는 부사어로써 그 난국을 벗어나고 있다.

---

8) 박목월, 『보랏빛 소묘』, 신흥출판사, 1958.

　　환언하며는 <절로 임과 하늘이 비치리오>의 절로라 함
은 임과 하늘을 어둑한 바위에 비치게 하는 것은 인간의 힘
이상의 능력──<하느님의 섭리나, 천지를 운행하는 힘>이
이룩하여 주시리라는 것. 그 자연의 힘에 대한 믿음을 뜻한
것이다. 또한 절로 이루어지리라는 것을 믿으면서 <비치리
오>하고 자탄적인 반문을 하게 됨은 자연히 이루어 주실
것이며 스스로 이루어질 것을 확실히 믿기는 하나, 허나 언
제쯤 이루어주실 것인가 하는 안타까움의 심정이 깃든 것이
다.9)

　　이 <절로>라는 말 속에는 인간의 힘 이상의 능력, 초자연적인 힘에
대한 믿음이 들어 있다. 그것은 곧 자연에 대한 소망과 믿음에서 나온다.
자연 속에 그러한 초월적인 힘이 있다는 것에 대한 믿음은 그로 하여금
자탄에서 벗어나 긴 역사적인 밤을 견디게 만들어 준다. 이러한 형이상
학적인 존재와 그 능력이 소위 '끈질긴 서정'의 원천이 된다. 이것으로써
서정시는 현실에 대해 완강하게 저항할 수 있게 된다.

　　이와 같이 그는 긴 역사적 밤을, 그 현실적 고통을 경유하면서 그 속에
서 서정적 유토피아를 꿈꾸고 있다. 이러한 현실적 고통을 전제로 한 서
정적 유토피아를 꿈꾸고 있다는 의미에서 그의 순수서정시는 현실적 긴
장력을 동반하고 있다. 이와 같은 작품을 앞의 김동석처럼 거칠게 기계적
인 반영론으로 재단하는 것은 심히 무모한 해석이다. 서정시는 섬세하게
읽어내어야 현실과의 긴장력 내지 겉으로 쉽게 포착되지 않는 시인의 정
치적 태도가 조심스럽게 드러나는 것이다.

　　앞에서 살펴 본 바와 같이 박목월은 자아와 세계간의 행복한 일치, 그
황홀경의 만남을 위해서는 인간적 힘 이상의 능력을 전제로 하고 있다.
그것이 초기에는 주로 자연이 지닌 생명력에 대한 믿음으로 나타난다.10)

---

9) 박목월, 『보랏빛 소묘』.

10) 박목월, 『보랏빛 소묘』.

松花가루 날리는
외딴 봉우리

윤사월 해 길다
꾀꼬리 울면

산직이 외딴 집
눈 먼 처녀사

문설주에 귀 대이고
엿듣고 있다.

―「윤사월」 전문

　이 시의 공간은 매우 순결한 장소로 나타난다. 송홧가루 날리는 외딴 봉우리가 그러하다. 이때 송홧가루는 소나무와 더불어 초속성을 상징한다. 그리고 영원성을 의미하기도 한다. 송홧가루가 상징하는 영원성은 타락한 자본주의 도시의 일상성과 찰나성에 대응하는 논리로 기능한다. 그리고 외딴 봉우리라는 것 자체가 그런 영원성을 순결하게 받쳐준다. 이때의 외딴 봉우리는 당시 파시즘적인 타락한 도시문명을 거부하는 삶을 표상한다. 따라서 이 시는 처음부터 反근대적인 공간을 제시함으로써 파시즘에 억압된 당시의 삶에 신선한 충격을 던져주고 있다.

　이 시의 공간이 순결의 장소라는 것은 <눈 먼 처녀사>에 와서 한층 강조된다. 처녀라는 것만으로도 순결성이 확보되는데, 게다가 <눈 먼>이 첨가됨으로써 그 순결성은 한층 더 고조된다. 이때 <눈 먼>은 단순히 생리적인 물리적인 것에 그 의미가 제한되지 않는다. <눈 먼>이라는 것은 당시의 타락한 근대문명으로부터 오염되지 않았다는 것을 의미하기도 한다. 이것은 그런 파시즘적인 삶을 처다보지 않는다는, 즉 거부한다는 깊은 의미도 들어 있다.

이런 순결한 공간으로서의 자연은 또한 생명적인 공간이다. 뭔가 초월적인 힘을 가지고 있지만 그것을 묵시적으로만 드러내는 실체이기도 하다. 그 자연이 지닌 생명력의 묵시적인 속삭임을 처녀는 문설주에 귀를 대이고 엿듣고 있다. 이때 문설주는 생명의 본향으로서의 원초적 자연이 들려주는 묵시적 신비의 세계로 들어가는 문이기도 하다. 그러나 그 문을 통과할 수 있는 자는 그런 순결한 눈 먼 처녀 같은 존재뿐이다.

이 작품에는 '이상한 흐느낌'[11]이 흐르고 있다. 그 이상한 흐느낌은 이 작품의 세계를 둘러싼 바깥의 현실세계와의 고통스런 긴장관계 때문에 오는 것이다. 이 작품의 세계는 결코 생명력이 충일한 공간은 아니다. 그 공간의 생명력이 다소 위축되어 있고 쓸쓸해 보이는 것은 작품 밖의 파시즘적인 현실 때문이다. 그럼에도 불구하고 이 시의 세계는 그 나름대로 유토피아적인 성취를 이루어 내고 있다. 이 시가 유토피아적인 성취를 이루어 내고 있다는 것은 행간 행간에 나타나는 극명한 대조 때문이다. 즉 이 시의 세계와 대립되는 타락한 현실세계가 행간에 명백히 숨어있기 때문이다. 따라서 비록 '이상한 흐느낌'이 흐르지만, 「윤사월」의 시세계는 생명의 공간으로서 유토피아를 이루고 있는 것이다.

순수서정시에서 유토피아 지향성은 필수불가결한 것이다. 유토피아에 대한 꿈이 바로 그런 순수서정시의 출발점이 되기 때문이다. 박목월의 초기시가 지니는 그러한 유토피아 지향성은 그의 대표작 「나그네」에 집약적으로 나타난다. 기실 「나그네」에 대한 해석은 박목월 초기시의 성격을 규정짓는 데 결정적인 구실을 한다.

江나루 건너서
밀밭 길을

구름에 달 가듯이

---

11) 박목월, 『보랏빛 소묘』.

가는 나그네

길은 외줄기
南道 三百里

술 익는 마을마다
타는 저녁 놀

구름에 달 가듯이
가는 나그네

—「나그네」 전문

　이 시의 세계는, 술 익는 마을마다 저녁놀이 탄다는 말에서 보듯이 유토
피아를 지향하고 있다. 물론 이 작품에서의 시골 마을은 일제에 의해 수탈
받는 현실 그대로의 농촌이 아니다. 그러한 수탈에도 불구하고 마땅히 지
향해야 하는 이상적인 농촌의 모습이 꿈으로 그려지고 있다. 이것을 소박
하게 기계론적인 반영론으로 해석해서 비난하는 것은 심한 왜곡이다. 「나
그네」에 보이는 그런 이상적인 시골 마을은 바로 타락하고 고통받는 현실
의 치유공간이다.[12] 이상적인 치유공간을 '당위적 현실'로 상정하고 그것
을 모방하고자 하는 것이다.[13] 때로는 '있는 그대로의 현실'보다 '있어야
할 이상적인 현실'이 더욱 규범적으로 작용할 때가 있다. 순수서정시란 바
로 그런 '당위적 현실'을 모방하고 반영하는 것이다. 그런 의미에 있어서
이때의 모방론은 아리스토텔레스적이라기보다 다분히 플라톤적이다.

　그런 당위적 현실을 이상적으로 제시한다는 것은 타락한 현실세계를
간접적으로 역설적으로 비판하고 고발한다는 것을 의미한다. 「나그네」가
바로 그러하다. 이 작품에는 당시의 어두운 현실이 문면에 직접 반영되어

---

12) 노승욱, 「박목월 시에 나타난 향수의 미학」, 1998년 제1학기 서울대 대학원 국어국
　　문학과 박사과정 수업 발표요지에서 인용.
13) 김준오, 『시론』, 삼지원, 1997, 제4판.

있지는 않다. 그러나 그 시대를 산 사람이면, 비록 이 시에 '있는 그대로의 현실'이 직접 나타나 있지 않다 하더라도 충분히 유추해서 읽어낼 수있는 것이다. 그리고 지금 이 시점에서도 그것은 가능하다. 이처럼 순수서정시로서의 「나그네」가 지니는 시적인 위대한 힘은, 있는 그대로의 현실반영이 아니라 있어야 할 이상적인 현실에 대한 꿈을 반영함에서 온다.이 유토피아적인 소망과 꿈이 당시 얼어붙어버린 파시즘적인 계절을 이겨내게 해주는 원동력이 되는 것이다. 그리고 그 원동력이, 박목월에게서는, 자연 속에 있는 생명력인 셈이다.

이러한 자연이 지닌 목가적 생명력, 향토적인 생명력은 박목월 고유의시세계를 형성시킨다. 그런데 여기서 목가적이다, 향토적이다 하는 것은,앞에서 말했듯이, 있는 그대로의 현실이 아니라, 당위적 현실과 관련된다.원래 목가적이라는 말 자체가 아카디아적 내지 유토피아적인 개념이고,'향토적'이란 말 또한 '향수'와 관련되어 이상향을 지칭하는 개념이 된다.

> 머언 산 靑雲寺
> 낡은 기와집
>
> 산은 자하산
> 봄눈 녹으면
>
> 느름나무
> 속ㅅ잎 피어나는 열두구비를
>
> 靑노루
> 맑은 눈에
>
> 도는
> 구름

—「청노루」 전문

주지하다시피, 이 시에 나오는 청운사, 자하산은 박목월이 일제 말기에 상상으로 만들어 낸 환상적 공간이다.14) 환상적 공간인 만큼 이상적인 유토피아로서의 공간이다. 그 유토피아로서의 공간은 타락한 현실로부터 멀리 떨어져 있다. 또한 '낡은 기와집'에서 보이듯, 근대적인 시간의 속도로부터도 멀리 떨어져 있다. 아니 초월해 있다. 즉 시간이 곧 돈이 되는 근대 부르주아적 시간을 초월해 있다. 이렇게 이 시의 세계는 시간적으로도 공간적으로도 근대 자본주의적인 삶으로부터 초월해 있다. 따라서 일상적이고 세속적인 찰나적인 삶을 벗어나 있다. 이 벗어난 곳에, 초월적인 세계에 바로 자연이 지닌 원래의 생명력이 숨쉬고 있다. 그곳은 봄눈 녹으면 느릅나무 속ㅅ잎 피어나는 공간이다. 그 생명적 공간 속에서 청노루 맑은 눈에 구름이 순결하게 비치고 있다.

그런데 이 유토피아로서의 초월적 세계는 타락한 현실적 세계와 끊임없이 긴장관계에 놓여 있다. 즉, 이 시 속에는 현실적 긴장이 배제되어 있지 않다. 그것은, 박목월의 해설대로, '느릅나무/ 속ㅅ잎 피는 열두구비' 속에서 집약적으로 드러난다. 그에 따르면 느릅나무는 태산준령에 자라는 나무가 아니라, 오히려 속취가 분분한 야산수목이다. '머언산 청운사', '자하산' 등 고고하고 우아한 초월적 세계로 넘어가는 속세적인 길에 '느릅나무/ 속ㅅ잎이 피어나는 열두구비'가 있다. 그 길 위에서 '청노루/ 맑은 눈에/ 도는/ 구름'을 보았던 것이다. 그는 자신의 이런 상태를 미급한 해탈, 또는 몸부림이라 했다.15)

이렇게 환상적으로 제시된 이상적인 향토적, 목가적 자연은 순결한 생명력의 공간이면서 동시에 파시즘적인 삶의 공간에 대한 대척지점이 된다. 도구화된 이성과 기계론적인 자연관으로 특징되는 서구적 근대사상에 의해 초래된 파시즘과 근대의 파국에 맞서서 다시금 자연 속에 있는 생명

---

14) 박목월, 『보랏빛 소묘』.

15) 박목월, 『보라빛 소묘』.

력을 발견하고 그것을 生의 고향으로 삼음으로써, 근대를 초극하고자 한 것이다. 이처럼 박목월의 초기시에 나타난 생명시학은 서구적인 근대의 부정적 측면을 극복하고 하나의 대응논리를 제시한다는 점에서 당대에 있어서 현대적인 의미를 획득하고 있는 것이다.

Ⅲ. 박두진의 묵시적 생명시학

정지용의 말대로[16], 일제 말기 우리 문단에 하나의 '新自然'을 소개한 박두진은 그 출발부터가 충격적이었다. 당시 정지용은 『문장』지의 시부문 추천위원으로서 남다른 기대감을 안고 있었는데, 그는 "깊숙이 숨었다가 툭 튀어 나오되 호랑이처럼 무서운 시인이 혹시나 없을까"[17]하고 기다리고 있던 중에 박두진을 만났고, 감격스럽게 '법열'[18]이라는 말까지 써가며 그의 출현에다 최고의 찬사를 보냈다.

박두진이 등단 때부터 깊고 큰 관심을 받게 된 것은 당시로서는 아주 낯선 '새로운 자연'을 들고 나왔기 때문이다. 정지용의 산수시에 나오는 자연은 은거공간으로서 생명력이 매우 위축되어 있었다. 또한 정지용을 모델로 하고 나온 청록파의 다른 두 사람 박목월이나 조지훈의 자연 역시 웅장하거나 남성적인, 개방적인 그런 것은 못 되었다. 앞장에서 살펴 보았듯이, 박목월의 초기시 경우, 자연은 생명의 고향이로되 다분히 폐쇄적이고 자족적인 공간을 이루고 있었다. 예컨대, 「산이 날 에워싸고」 속에 나오는 생명은 '그믐달처럼 사위어지는 목숨'으로 그 모습을 드러내고 있다. 이렇게 위축된 생명력은 그 험한 인고의 세월을 단순히 '견딤의 미학'으로 이끌게 된다. 들찔레나 쑥대밭처럼 황폐해진 삶을 끈질기게 견디며 저

---

16) 정지용, 『문장』 12호, 1940. 1, P.195.

17) 정지용, 『문장』 3호, 1939. 4, P.152.

18) 정지용, 『문장』 12호, 1940. 1, P.195.

항하는 방식 외에는 달리 도리가 없었다.

그에 비해 박두진의 초기시는 매우 남성적이고 호방하다. 김용직의 지적대로,[19] 매우 넓은 시야를 느끼게 해주는 시를 썼다. 그는 박목월처럼 산으로 에워싸인 폐쇄적이고 자족적인 공간이 아니라, 그 테두리가 훨씬 큰 山이며 들판, 하늘과 해를 노래했다. 그의 상상력은 우주적으로 확산되었다. 이런 엄청난 산하에 대한 우주적 접근은 소박한 향토적 시인인 박목월에게서도 보이지 않았고, 소소면면한 전통 유가의 후예인 조지훈에게서도 볼 수 없었다. 박두진에게서 보이는 이러한 싱싱하고 역동적인 생명력의 고향으로서의 자연은 일제 말기 파시즘의 계절을 살아가는 시인에게 굳세고 건강한 미학적 태도를 안겨 주었다. 그는 박목월처럼 단순히 들찔레처럼 견디어 내는 삶으로 만족하지 않았고, 조지훈처럼 유유자적하는 물외한인의 삶도 살지 않았다. 이처럼 박두진이 그 시대 누구보다 건강한 생명력을 지닌 자연을 노래할 수 있었던 것은 그의 기독교적 믿음 때문이었다.

박두진에게 있어서 자연은 활기차고 소망으로 가득 찬 생명의 세계였다. 그리고 자연의 생명력은 숭고한 그 무엇이었다. 그에게 있어서 자연의 생명이 숭고할 수 있는 것은 그 생명의 근원인 창조주 하나님 때문이다.

> 아랫도리 다박솔 깔린 山 넘어 큰 山 그 넘엇 山 안보이어
> 내 마음 둥둥 구름을 타다.
>
> 우뚝 솟은 山, 묵중히 업드린 山 골골이 長松 들어섰고, 머루 다랫 넝쿨 바위 엉서리에 얼켰고 샅샅이 떠깔나무 속새 풀 우거진데 너구리, 여우, 사슴, 山토끼 오소리 도마뱀, 능구리 等, 실로 무수한 짐승을 지니인,
>
> 山, 山, 山들! 累巨萬年 너희들 沈默이 흠뻑 지리함즉 하매,

---

19) 김용직, 『한국현대시사 下』, 한국문연, 1996. pp. 530~531.

　　山이여! 장차 너희 솟아난 봉우리에, 업드린 마루에, 확 확
　치밀어 오를 火焰을 내 기다려도 좋으랴?

　　피ㅅ내를 잊은 여우 이리 등속이 사슴 토끼와 더불어 싸리
　ㅅ순 칡순을 찾아 함께 즐거이 뛰는 날을 믿고 길이 기다려
　도 좋으랴?

―「香峴」 전문

　이 시에 나오는 자연은 생명력이 충일하고 역동적인 그런 공간이다. 산의
아랫도리는 다박솔로 깔려 있다. 아랫도리는 계곡이 있고 숲이 울창한 생명
의 서식지로 적절한 공간이다. 이처럼 이 시는 생명력이 충만한 산의 계곡에
서부터 출발한다. 그러다가 시인의 초점이 첩첩 싸인 산을 따라 한 계단씩 올
라간다. 시인의 시야가 한 계단씩 상승함에 따라 시인의 마음도 둥둥 구름을
탄다. 이렇게 팽창하는 생명력은, 앞에서도 말했듯이, 우주적이다. 이처럼 박
두진은 데뷔작품부터 웅장한 규모의 상상력을 보여준다.

　이렇게 둥둥 구름을 타고 올라간 시적 자아는 하늘 위에서 '향기 나는 고
개', 香峴을 기쁨에 넘쳐서 내려다 보고 있다. 거기서 내려다 보면 온갖 산
이 다 보인다. 그 산들은 우뚝 솟아 있기도 하고, 묵중히 엎드려 있기도 하다.
그리고 골짝마다 長松이 빽빽이 들어서 있고, 머루 다래 넝쿨이 바위 엉서리
에 얽혀 있다. 삳삳이 떡깔나무 우거진 곳에 너구리, 여우, 사슴, 山토끼, 오
소리, 도마뱀 等 실로 무수한 온갖 짐승을 지니고 기르는 산이다.

　이처럼 향기 나는 고개는 생명력으로 가득 찬 공간이다. 그 공간에는
식물뿐 아니라 동물들도 활기차게 서식하고 있다. 그리고 이 산에서 사는
동물들은 사슴이나 토끼 등 전통적인 서정시에서 선호되던 것들만 나타
나는 것이 아니다. 거기에는 너구리, 여우, 오소리, 도마뱀 등 이른바 비문
학적인 동물들도 그대로 나타난다. 이것이 박목월이나 조지훈과도 다른
점이다. 있는 그대로의 현실에서 출발한다는 점에서 박두진다운 면이 있

다. 역사적으로 현실적으로 있는 그대로에서 출발하여 형이상학적, 이데
아의 세계로 나아가는 그의 독특한 시학이 전개되는 것이다.

　이 시에 있는 자연으로서의 산이 역동적인 생명의 공간이라는 것은, 그
산에서 '확 확 치밀어 오를 火焰'을 기다리는 시적 자아의 소망에서도 볼
수 있다. 이렇게 생명적인 공간으로서의 산, 특히 '향기 나는 고개'로서의
香峴은 완전히 유토피아적인 공간으로 나타난다. 그곳에는 핏내를 잊은
여우와 이리 등속이 사슴, 토끼와 더불어 싸리순, 칡순을 찾아 함께 즐거
이 뛰는 그런 공간이다. 그런데 그 '香峴'은 지금 현실적으로 확정된 공간
이 아니라 장차 도래할 미래의 공간이다.

　장차 도래할 미래의 이상적인 공간이라는 뜻에서 그 유토피아는 묵시
적인 성격을 띤다. 그 유토피아가 기독교적인 묵시적인 공간이라는 것은
마지막 연에서 확인된다. 그것은 다음과 같이 ＜이사야＞ 제 65장 25절
의 말씀에서 출발된 상상력의 산물이란 것을 쉽게 알아차릴 수 있다.

　　　이리와 어린 양이 함께 먹을 것이며 사자가 소처럼 짚을
　　먹을 것이며 뱀은 흙으로 식물을 삼을 것이니 나의 성산에
　　서는 해함도 없겠고 상함도 없으리라 여호와의 말이니라[20]

　성경의 이 귀절은 선지자 이사야가 장차 도래할 하나님의 나라, '새 하
늘과 새 땅'을 예언적으로 묵시한 부분이다. 그곳은 어린 양이 이리와 함
께 먹고 사자가 소처럼 짚을 먹는 그런 유토피아로서의 공간이다. 물론
이사야가 예언한 새 하늘과 새 땅은 창세기의 창조적 질서가 회복되는 공
간이다. 성경 ＜창세기＞에 의하면, 창조시에 모든 동물들은 푸른 풀을
먹고 살도록 하나님에 의해 창조되었다.[21] 즉 동물들끼리 약육강식의 생
존경쟁이 없었다. 이와 같은 이상적인 창조적 질서를 회복하는 것만이 유

---

20)　〈이사야〉 제65장 25절.
21)　〈창세기〉 제1장 30절.

일한 유토피아의 길이라고 박두진은 믿고 있는 것이다. 그래서 그는 핏내를 잊은 여우와 이리 등속이 사슴, 토끼와 더불어 싸리순, 칡순을 찾아 함께 즐거이 뛰는 날을 믿고 고대하게 되는 것이다.

이처럼 박두진에게 있어서 이상적인 자연으로서의 '향현'은 묵시적인 것이다. 묵시적인 만큼 <믿음>의 문제인 것이다. 당시는 파시즘의 억압 아래 현실의 모든 생명이 얼어붙어 있던 때였다. 성경적으로 말할 때, 인간의 죄악이 관영하면 자연이나 환경도 같이 저주를 받고 황무해진다고 한다. 실제 기독교인의 눈에 비친 당대의 자연 환경, 실제의 자연은 매우 생명력이 위축되어 있는 그런 것이었다. 예컨대, 카톨릭 신자 정지용의 눈에 비친 후기 산수시의 세계가 그러하다.[22] 그리고 박두진에게서도 현실적 자연은 그런 황무한 공간으로 나타난다.

아침에 뛰놀던 어린 사슴이
저녁에 이리에게 무찔림도 보곤 한다.

때로——
초부의 날선 낫이,
내 애끼는 가지를
찍어 가고,

푸른 도끼ㅅ날이
내 옆에ㅅ나무에 와 번득이나

내가 이 땅에 뿌리를 박고,
하늘을 바라보며 서 있는 날까지는

내 스스로 더욱
빛내야 할 나의 世紀……

푸른 가지는,

<hr>

22) 최승호, 「정지용 자연시의 은유적 상상력」.

위로 더욱 하늘을 바뜰어
올라 가고,

돌사닥 사이를 뿌리는,
깊이 地心으로 地心으로
뻗으며,

―「年輪」 부분

이처럼 박두진에게서도 현실로서의 자연은 아침에 뛰놀던 어린 사슴이 저녁에 이리에게 잡아먹히는 공간이다. 또 역시 초부의 날선 낫은 시인이 아끼는 나무가지를 잘라 버리고, 푸른 도끼날이 나무를 찍어내는 그런 공간이다. 생존경쟁과 약육강식의 공간이다. 즉, 앞에서 본 <향현>과 같은 공간이 아니다. '향현'은 이런 약육강식의 현실 앞에서 시인이 멀리 내다 본, 앞으로 도래할 예언적이고 묵시적인 공간이다. 그렇지만 <향현>과 같은 묵시적인 믿음의 세계가 타락한 현실을 초극하게 해 준다. 따라서 앞의 시 「연륜」에서도 뒷부분에 가서 시인은 그러한 현실적인 억압 속에서도 <이 땅에 뿌리를 박고,/ 하늘을 바라보며 서 있는 날까지는 / 내 스스로 더욱 빛내야 할 나의 世紀>라고 다짐하게 된다. 이것은 단순한 다짐이 아니라 마음 속 깊은 믿음에서 나오는 것이다. 그래서 박목월같이 <그믐달처럼 살아라 한다>고 흐느끼지는 않는 것이다. 그는 흐느끼지 않고 행복하게 자유와 진리의 그날을 믿어 의심치 않는다.

北邙이래도 금잔디 기름진대 동그만 무덤들 외롭지 않어이.
　무덤속 어둠에 하이얀 촉루가 빛나리. 향기로운 주검의ㅅ 내도 풍기리.
　살아서 설던 주검 죽었으매 이내 안 서럽고, 언제 무덤속 화안히 비춰줄 그런 태양만이 그리우리.
　금잔디 사이 할미꽃도 피었고 삐이 삐이 배, 뱃종! 뱃종! 메ㅅ새들도 우는데 봄볕 포군한 무덤에 주검들이 누웠네.

―「묘지송」 전문

향기 나는 고개, 그 유토피아에의 꿈과 믿음은 '지금 - 이곳'에서의 삶의 고난과 그 죽음까지도 이겨내게 만든다. 위의 시 「묘지송」에 나오는 무덤은 포근한 생명의 세계이다. 죽음의 세계가 오히려 생명의 공간으로 되다니! 그것은 바로 그 죽음이 그리스도의 재림 및 인간의 부활과 연결되기 때문이다. 그 무덤은 부활을 기다리는 공간이기에 절망적이지 않고 오히려 희망적이다. 그 무덤은 그 속을 화안히 비쳐 줄 태양——'참빛'인 예수 그리스도[23]——만 만나면 영원한 생명세계로 옮겨지게 되어 있다. 따라서 그 무덤 속의 죽음은 영원한 죽음이 아니라 일시적인 휴식과 수면의 상태에 있다. 그래서 그 주검에서 나는 냄새조차 향기로울 수가 있는 것이다.

그리하여 우리는 위의 작품에서 한 개인의 부활 뿐 아니라, 한 민족의 소생 내지 부활도 읽을 수 있다. 이때 무덤은 단지 물리적 차원을 넘어서 역사적 정치적인 무덤이 되기도 한다. 한반도 전체가 무덤이란 말도 가능하다. 박두진은 이 당시 민족적인 차원에서의 생명에 대해서도 깊은 관심을 지니고 있었다.[24] 즉 한국민족의 진정한 회복과 부활은 '참빛'인 예수 그리스도와의 연합 속에서만 가능하다는 믿음을 지니고 있었던 것이다. 그래서 <살아서 설던 주검 죽었으매 이내 안 스럽고>라고 노래할 수 있었던 것이다. 민족적 생명의 구원, 국가적 생명력의 회복이란 염원은 「푸른 하늘 아래」에서 더욱 뚜렷하게 드러난다.

> 일히들이 으르댄다 양떼가 무찔린다. 일히들이 으르르대며
> 일히가 일히와 더불어 싸운다. 살점들을 물어뗀다. 피가 홀
> 른다. 서로 죽이며 작고 서로 죽는다. 일히는 일히로 더불어
> 싸우다가 일히는 일히로 더불어 멸하리라.
>
> 처참한 밤이다 그러나 하늘엔 별! 별들이 남아 있다. 날마

---

23) <요한복음> 제1장 4절.
24) 박두진, 『시와 사상』, P.25.

다 아직은 해도 돋는다. 어서 오너라……황폐한 땅을 새로
파 이루고 너는 나와 씨앗을 뿌리자 다시 푸른 산을 이루자.
붉은 꽃밭을 이루자.

　…(중략)…

　새로 푸른 동산에 금빛 새가 날러 오고 붉은 꽃밭에 나비
꿀벌떼가 날러들면 너는 아아 그때 나와 얼마나 즐거우랴.
섧게 흩어졌던 이웃들이 도라오면 너는 아아 그때 나와 얼
마나 즐거우랴. 푸른 하늘 푸른 하늘 아래 난만한 꽃밭에서
꽃밭에서 너는 나와 마주 춤을 추며 즐기자. 춤을 추며 노래
하며 즐기자 울며 즐기자.… 어서 오너라 …

　　　　　　　　　　　　　—「푸른 하늘 아래」 일부

　위의 시에는 파시즘 체제에 이른 제국주의 열강들의 각축전이 상징적
으로 드러나 있다. 그리고 한민족이 처한 암흑기가 '처참한 밤'으로 상징화
되어 있다. 그 처참한 역사적 어둠속에서도 희망을 버리지 않는 것은 하늘
에 떠 있는 별—예수 그리스도—때문이다. 그 예수 그리스도 안에서 민
족적 생명력이 회복될 수 있다고 믿고 있다. 그는 이 작품에서 조국의 광복
을 과거 예루살렘의 회복에다 비유하고 있다. 즉 바벨론 포로로 끌려 갔던
유대인의 귀환에다 오버랩시키고 있다. 이처럼 박두진은 개인적으로나 민
족적으로나 일제 파시즘 체제하에서의 완전한 회복, 소생은 오로지 예수
그리스도의 길 안에 있다고 믿고 있는 것이다. 그는 예수 그리스도 안에서
의 회복을 앞으로 도래할 완전한 천국(예컨대, 「향현」이나 「묘지송」에서
보았듯이)에서뿐만 아니라, 불완전하나마 현세 지상에서의 천국에서도 소
망하고 있다. 그 지상천국이 다음과 같은 모습으로 나타난다.

　정정한 푸른 장생목도 쉼으고 한철 났다 스러지는 일년초
도 쉼으자, 잣나무 오얏 복숭아도 쉼으고 들장미 석죽 산국

화도 심으자. 싹이 나서 자라면 이어 붉은 꽃들이 피리
니……

—「푸른 하늘 아래」 부분

이상과 같이 그가 꿈꾸는 유토피아는 바로 묵시적으로 계시된 천국에
다름 아니다. 그러면 그에게 있어서 천국, 곧 유토피아는 어떤 문학적, 미
학적 의미를 지니고 있었던가. 자본주의 파시즘 체제하에서, 일제의 억압
하에서 그의 묵시적인 생명시학은 어떤 기능을 할 수 있었던가.

2
왜 이렇게 자꾸 나는 山만 찾아 나서는 겔까?
──내 영원한 어머니……내가 죽으면 백골이 이런 양지
짝에 묻힌다. 외롭게 묻어라.

꽃이 피는 때 내 푸른 무덤에 한 포기 하늘빛 도라지꽃이
피고 거기 하나 하얀 山나비가 날러라. 한 마리 멧새도 와
울어라. 달밤엔 두견! 두견도 와 울어라.

언제 새로 다른 태양 다른 태양이 솟는 날 아침에 내가 다
시 무덤에서 부활할 것도 믿어본다.

3
나는 눈을 감어 본다. 순간 번뜩 영원이 어린다……인간
들! 지금 이 땅 우에서 서로 아우성치는 수많은 인간들 ──
인간들이 그래도 멸하지 않고 오래 오래 세대를 이어 살아
갈 것을 생각한다.

—「설악부」 부분

시인은 일제 파시즘 체제하에서 자꾸 산만 찾아 나선다. 이때 그 산은
생명력이 숨쉬고 있는 공간이다. 그리고 묵시적 공간이다. 성경에 의하면,
만물 안에 하나님의 신성이 분명히 보인다고 한다.[25] 즉 만물이 지닌 생

명력 속에 하나님의 신성이 보인다는 것이다. 다시 말하면, 자연이 지닌 생명력이 결국 묵시적이라는 것이다. 이러한 자연계시로 인해 그는 산만 찾아 나서는 것이다. 산 속에서 하나님에 의해 묵시화된 생명력을 찾을 수 있기 때문이다.

그런데 자연 속의 묵시화된 생명력은 모성적인 것이다. 그것을 시인은 '내 영원한 어머니'라고 했다. 박목월에게서도 나중에 기독교 사상이 뚜렷이 나타나게 될 때, 자연 속의 생명력은 모성과 연결되었듯이,26) 박두진에게서도 자연의 영원한 생명력은 모성으로 나타난다. 모든 지치고 병들고 피폐해진 존재들에게 생명력을 공급해 주고 회복시켜주는 모태로서의 영원한 자연! 이 영원한 자연, 생명으로서의 자연이 곧 그로 하여금 산만 찾아 나서게 만드는 것이다. 이것은 그가 앞서 유행하던 모더니즘문학을 비판하고 산으로 들어가게 한 이유이기도 하다. 박두진은 『문장』의 추천을 마치고 났을 때도 분명하게 그의 시가 反모더니즘이라는 것을 천명했듯이27), 나중에도 다음과 같이 자신의 반모더니즘적 성향을 토로했다.

> 당시의 우리 문단적 실정으로는 모두가 너무 절망적이고 무기력하고 암담한 눈물에 비비거리는 소리들만 웅얼거리고 있는 것을 싫어한 나머지, 나는 적으나마 이러한 모든 부정적이고 허무적인 심연에서 뛰어나와 보다 더 줄기차고 억세고 끝까지 밝은 소망을 기다리자는 정신, 즉 우리가 가질 바 하나의 영원한 갈망과 영원과 동경의 정서를 확립하는 밑바탕으로 자연을 택하지 않을 수 없었고, 거기에다 새로운 생명을 구하지 않을 수 없었습니다.28)

---

25) <로마서> 제1장 20절.
  "창세로부터 그의 보이지 아니하는 것들 곧 그의 영원하신 능력과 신성이 그 만드신 만물에 분명히 보여 알게 되나니 그러므로 저희가 핑계치 못하리라."

26) 노승욱, 앞의 논문.

27) 박두진, 「시와 시의 양식」, 『문장』 제13호, 1940. 2. P.160.

28) 박두진, 『시인의 고향』, 범조사, 1959. P.184.

　이처럼 그는 자연을 선택하고 그 속에 들어 있는 생명력과 신성을 발견
하였다. 이처럼 자연 속에 들어 있는 생명력과 하나님의 신성이 그로 하
여금 파시즘의 계절에 진정으로 생명 있는 문학을 하게 해 주었다. 하나
님의 신성이 내재해 있는 생명적 공간은 앞에서 말했듯이 영원한 어머니
의 품과 같은 곳이었다. 이 영원성에의 갈망, 즉 영원한 생명에의 동경이
그로 하여금 反파시즘적인 태도를 취하게 해 주었고, 동시에 반모더니스
트가 되게끔 만들어 주었던 것이다. 그의 이러한 묵시적 생명시학은 앞에
서도 누누히 말해왔듯이, 오로지 예수 그리스도 안에서 하나님의 은총 가
운데서 이루어지는 것이다. 예수 그리스도 안에서 만물의 하나됨과 회복
됨은 <로마서> 제 8장에 잘 나타나 있다.

> 　생각컨대 현재의 고난은 장차 우리에게 나타날 영광과 족
> 히 비교할 수 없도다. 피조물이 고대하는 바는 하나님의 아
> 들들의 나타나는 것이니, 피조물이 허무한데 굴복하는 것은
> 자기 뜻이 아니요, 오직 굴복케 하시는 이로 말미암음이라.
> 그 바라는 것은 피조물도 썩어짐의 종노릇 한 데서 해방되
> 어 하나님의 자녀들의 영광의 자유에 이르는 것이니라. 피조
> 물이 다 이제까지 함께 탄식하며 함께 고통하는 것을 우리
> 가 아나니,29)

　이것은 인간을 제외한 모든 다른 피조물들도 인간들과 함께 예수 그리
스도 안에서 회복되어 하나될 것을 고대하고 있다는 메세지로 되어 있다.
이와 같은 메세지를 박두진은 아래와 같은 귀절에서 노래하고 있다.

> 　언제 이런 설악까지 왼통 꽃동산 꽃동산이 되어 우리가
> 모두 서로 노래치며 날뛰며 진정 하로 화창하게 살아볼 날
> 이 그립다. 그립다.
>
> 　　　　　　　　　　　　　　　　　—「설악부」 마지막 연

---

29) <로마서> 제8장 18~22절.

이와 같이 그리스도 안에서 인간과 만물이 서로 하나되고 생명적 조화와 질서를 이루는 꿈과 믿음을 지니고 있기에, 즉 재통합에의 가능성을 믿고 있기에, 그는 당시 파편화, 해체화의 길로, 허무와 절망의 길로 치닫던 모더니즘을 부정할 수 있었다. 동시에 그런 절망적인 모더니즘 문학을 배태한 파시즘 체제를 시로써 비판할 수 있었던 것이다. 이처럼 박두진에게서 보이는 기독교적 묵시적인 생명시학은 파시즘 곧, 파국에 이른 서구적 근대에 대한 생산적 창조적 비판의 대안으로 떠오른 것이었다. 그리고 그가 한평생 부정적인 현실에 대해 완강하게 저항하며 끈질기게 서정성에 집념할 수 있었던 원동력이 된다.

Ⅳ. 조지훈의 동양적 생명시학

정한모의 지적대로,[30] 조지훈은 자연이 지닌 정적인 조화 속에서 영원한 생명을 찾고 거기서 초연함을 얻으려 하였다. 또한 정한모는 그 전대까지의 한시나 시조에 나타난 자연관과 조지훈의 자연관이 얼마나 동질적이며 동시에 얼마나 이질적인가를 분석해 볼 필요가 있다고 하였다.[31] 하여튼 정한모는 조지훈이 초속한 동양적 자연을 <재창조>하였다고 함으로써, 조지훈에게 나타난 전통적 자연관이 뭔가 그 전대의 것과는 다소 다르다는 뉘앙스로 말하고 있다.[32]

필자가 보기에 조지훈의 자연관은 조선조 사대부들의 자연관과 근본적으로 다를 것은 없다. 단지 그것을 대하는 전략적 태도에 차이가 보일 뿐이다. 조지훈 역시 조선조 사대부들과 꼭같이 자연에 대한 무한한 믿음을 보내고 있다. 자연에 대한 무한한 믿음이란 곧 자연이 지닌 무한한 생명

---

30) 정한모, 『현대시론』, P.311.

31) 정한모, 위의 책, P.310.

32) 정한모, 위의 책, P.319.

력에 대한 믿음이다. 그리고 그 자연이 지닌 무한한 생명력이 절대적으로 지고지순하다는 것, 즉 절대적으로 선하다는 것에 대한 믿음을 지니고 있다. 이 <믿음>은 조선조 때나 조지훈 당대에나 근본적으로 차이가 없었다. 단지 그것을 자각적으로 의식하느냐 안 하느냐에 따라 미학적 태도는 사뭇 달라진다. 조선조 사대부들의 자연에 대한 절대적인 믿음이 자명한 것이어서 무반성적이고 무자각적인 것이라면 현대유가의 한 사람으로서 조지훈은 그에 비해서 뚜렷한 자각을 가지고 있다. 따라서 조지훈의 미학적 태도는 명백히 방법론적이고 전략적이다. 이것은 그가 조선조 사대부들과는 다르게 자연에 대한 자신의 믿음을 애써 강조하고 있는 데서 보인다.

그가 이처럼 자연에 대한 믿음을 유지할 수 있는 것은, 앞에서도 말했듯이, 그것이 지니고 있다고 생각하는 절대적으로 선한 생명력 때문이다. 이 절대적으로 선하다고 생각되는 자연의 생명력이 그에게는 진·선·미의 통합적 근거가 되고 있다. 그에 따르면, 우주의 생명은 시인을 통해서 현현된다.[33] 즉, '인간의식과 우주의식의 완전일치 체험'이 시의 구경이라고 그는 믿고 있다. 다시 말해 그는 우주의 생명적 진실을 受精함으로써 시가 생탄된다고 믿고 있는 것이다. 그러면 여기서 자연에 대한 그의 순수한 믿음의 예를 인용해 보자.

> 대자연의 생명을 현현시키는 시인은 먼저 천분으로 뜨거운 사랑을 가진 사람이 아니면 안 되고 노력으로 사랑하고자 애쓰는 사람이 되지 않으면 안 될 것이다. 왜 그러냐 하면, 대자연의 생명은 하나의 위대한 사랑이요, 그 사랑은 꿈과 힘을 지니고 있기 때문이다. 다시 말하면, 시는 생명 그것의 표현이요, 인간성 그것의 발현이다.[34]

---

33) 조지훈, 「시의 원리」, 『조지훈 전집 3』, 일지사, 1973, P.15.
34) 조지훈, 『시의 원리』, P.15.

이 글에서 조지훈은 대자연의 생명을 하나의 위대한 사랑이라 보고 있다. 이는 결국 우주의 본질을 仁이라 보고 있는 유가사상에 다름 아니다. 유가들은 전통적으로 우주의 본질을 仁이라 함으로써 우주 자연에 대한 무한한 찬사와 믿음을 보내고 있다. 유학사상도 하나의 종교적인 믿음을 토대로 하고 있다. 자연이 그 자체로 절대적으로 선하고 동시에 모든 생명의 모태로 되어 있다는 생명사상, 이것은 분명 하나의 이데올로기인 것이다. 조지훈 등이 순수시론을 동양적 생명사상 위에 정초시키고 있듯이,[35] 그것은 명백히 하나의 이데올로기적인 믿음인 것이다. 그것의 형이상학적 토대는 바로 理氣철학인 것이다.

자연이 하나의 거대한 생명체로서 끊임없이 운동하고 있다는 것, 그 운동 방식이 곧바로 道라는 것, 그리고 그 道가 절대적으로 선하다는 것은 2차대전을 전후로 해서 중국을 위시한 현대유가들에게 일반화된 명제였다.[36]

> 생명은 자라려고 하는 힘이다. 생명은 지금에 있을 뿐만 아니라, 장차 있어야 할 것에 대한 꿈이 있다. 이 힘과 꿈이 하나의 사랑으로 통일되어 우주에 가득 차 있는 것이 우주의 생명이 아니겠는가. 우주의 생명이 분화된 것이 개개의 생명이요, 이 개개의 생명의 총체가 우주의 생명이라고 볼 수 있다.[37]

이처럼 조지훈은 우주를 보편생명의 흐름으로 보고 있다. 이 보편생명의 흐름 속에서 진·선·미를 구하고, 거기서 시정신을 건져 올리려 하고 있다. 또한 인간 자신을 보편생명 속에 잘 조화가 되어 있는 개별생명으로 보고 있다. 그에 따르면, 보편생명의 일부로서의 개별생명은 절대적으로 선할 수 밖에 없다. 이렇게 절대적으로 선한 개별생명과 보편생명

---

35) 최승호, 「조지훈 순수시론의 몇 가지 이론적 근거」, 『한국적 서정의 본질 탐구』, 다운샘, 1998.

36) 方東美, 『중국인의 인생철학』, 정인재 역, 탐구당, 1992.

37) 조지훈, 『시의 원리』, P.15.

사이의 교감으로 미가 발생한다는 것에 대한 믿음이 그의 서정시학의 정
수를 이루고 있는 것이다. 이러한 믿음은 파시즘이 이 나라를 점령한 시
점에서는 하나의 방법적 대응전략일 수가 있었다. 이는 마치 2차대전 전
후에 생명사상을 가지고 나와서 그것으로써 파시즘과 대결하려고 했던
중국의 方東美와 유사한 모습을 보여준다. 파시즘이 지닌 가공할 만한 파
괴력에 맞서서, 인간이 자신을 지키는 유일한 길은 모든 생명의 고향인
자연으로 돌아가는 것밖에 없다는 인식에 이른 것이다. 바로 이러한 지점
에서 조지훈의 초기시학이 출발하는 것이다.

> 닫힌 사립에
> 꽃잎이 떨리노니
>
> 구름에 싸인 집이
> 물소리도 스미노라.
>
> 단비 맞고 난초잎은
> 새삼 치운데
>
> 볕 바른 미닫이를
> 꿀벌이 스쳐간다.
>
> 바위는 제 자리에
> 옴찍 않노니
>
> 푸른 이끼 입음이
> 자랑스러라.
>
> 아스럼 흔들리는
> 소소리 바람
>
> 고사리 새순이
> 도르르 말린다.

—「山房」 전문

이 시는 1941년 일제말 월정사 은거시기에 쓴 작품이다.[38] 절간이 아니고 절간 근처의 민가와 그 주위를 둘러싼 산 속의 자연 풍경이 묘사되고 있다. 단순한 풍경 묘사만으로 끝난 것이 아니라, 그 풍경 너머 형이상학이 깃들고 있음을 알 수 있다. 그 형이상학은 바로 자연이 지닌 생명을 통해서 간접적으로 나타난다.

이 작품은 절간 근처의 민가를 둘러싼 자연이 지닌 생명력을 발견하고 그것을 즐기는 데서 시작된다. 닫힌 사립에 꽃잎이 떨린다는 데서 우선 자연의 생명력을 볼 수 있다. 꽃잎이란 것 자체가 나무나 식물이 지닌 생명력을 표상하기 때문이다. 그리고 구름에 싸인 집에 물소리가 스민다는 데서도 고요한 생명력의 흐름을 읽을 수 있다. 물의 운동은 곧 생명력의 표상이기 때문이다. 유가들에게는 만물이 유기체로 살아 움직이는 것으로 보여지고 있다. 그들에게는 우주의 모든 사물이 활발하게 움직이는 생명력(氣)으로 구성되어 있기 때문이다.

이러한 자연이 지닌 생명력은 난초잎에서도 보인다. 그런데, 난초잎보다 그 옆 볕 바른 미닫이를 스쳐 지나가는 꿀벌에게서 생명력이 더욱 돋보인다. 난초나 꿀벌만이 살아 있는 게 아니다. 조지훈에게는 바위조차 살아 있다. 제자리에 옴찍 않는다는 정지의 상태가 오히려 움직임의 한 모습으로 들어온다. 조지훈은 「돌의 미학」이란 에세이를 통해 적연부동하는 바위 속에서 뇌성벽력의 움직임을 본다고 고백한 적이 있다.[39] 위의 시에서도 그 바위는 살아있어서 푸른 이끼를 옷으로 삼아 자랑스럽게 입고 있다. 그리고 고사리 새순이 아스럼 흔들리는 소소리 바람 속에서 도르르 말린다는 데서 자연이 지닌 생명력을 다시 한 번 읽을 수 있다.

그런데, 조지훈의 위의 시에 나타난 자연은 생명력으로 가득 차 있으면서도, 그렇게 충일하거나 역동적이지 않다. 그것도 외양적으로 펼쳐지는

---

38) 조지훈, 「나의 역정」, 『조지훈 전집 4』, P.163.

39) 조지훈, 「돌의 미학」, 『조지훈 전집 4』, P.19.

운동력을 내보이지 않고 **靜中動**의 상태로 사물의 내부에서 고요히 움직이고 있다. 사물은 고요히 자신을 지키면서 자기의 생명을 관리하고 있다. 위의 시를 봐서도 알 수 있듯이, 그 공간은 한적한 산자락쯤으로 보인다. 박두진에게서 보이듯 하늘로 솟아올라 아래를 내려다 볼만큼 역동적이거나 우주적이지 않다. 그렇다고 박목월에게서 보이는 것처럼 완전히 산에 둘러싸인 폐쇄적인 공간으로 나타나지 않는다. 즉 생명력이 위축되어 있지도 않다. 그 대신 조지훈의 위의 시에 나오는 자연이나 공간은 생명력이 넘쳐흐르지도 않고 위축되지도 않고 현상유지적이다. 사물들은 안전하게 자기를 지키며 생명을 관리하고 있다. 바로 이러한 현상유지적인 생명력 관리에서 소위 유유자적의 미학이 나오는 것이다. 자적이란 불우할 수밖에 없는 환경 속에서도 짐짓 여유를 부려보는 미학적 태도인 것이다. 이러한 유유자적은 일제 말기 파시즘 체제하에서 귀중한 하나의 미학적 태도를 낳는데, 그것이 바로 느림의 미학이다.

외로이 흘러간 한송이 구름
이 밤을 어디메서 쉬리라던고.

성긴 비ㅅ방울
파초ㅅ잎에 후두기는 저녁 어스름

창 열고 푸른 산과
마조 앉어라.

들어도 싫지 않는 물소리기에
날마다 바라도 그리운 산아

온 아츰 나의 꿈을 스쳐간 구름
이 밤을 어디메서 쉬리라던고

—「파초우」 전문

위의 작품에 보이는 자연물 또한 고요한 현상유지적인 생명력으로 가득 차 있다. 그 자연물의 생명력이 약동하거나 또는 거꾸로 위축되어 있지 않음은 그 속을 통과하거나 그 속에 머무르는 주인공 나그네 때문이다. 나그네는 번잡한 일상에서, 근대적인 삶의 속도로부터 멀리 벗어나 있는 존재이다. 그 나그네는 외로이 흘러간 한 송이 구름처럼 천천히 떠돈다. 그리고 그는 지금 어느 여관쯤에서 쉬고 있다. 이렇게 번잡한 현실로부터 멀리 떠나고 여관에서 한적하게 쉬는 것, 이것은 모든 근대인들이 동경해 마지않는 여유로운 삶이다.

이러한 유유자적의 모습은 제2연에 와서 더욱 효과적으로 강조되어 나타난다. <성긴 빗방울>이 그러함을 더해 준다. 빽빽하게 거세게 내리는 비가 아니라 성긴 빗방울은 여유로움을 더해주는 사물이다. 더군다나 그 성긴 빗방울이 파초잎에 후두기고 있다. 이때 파초는 그 잎의 크고 넓음 때문에, 그리고 그것이 절간 등에서 자란다는 점 때문에 물외한적의 느낌을 준다. 그리고 더군다나 시간도 저녁 어스름이다. 저녁 어스름에는 모든 사물이 낮동안의 활발한 운동을 멈추고 조용히 자기관리나 하는 시간이다. 바로 이러한 사물들 앞에서 시적 자아는 창을 열고 푸른 산과 마주하여 앉는다.

이처럼 위의 시에 나타나는 바와 같이, 모든 사물들은 생명력으로 가득 차 있으면서도 차분하고도 여유있게 자기관리를 하고 있다. 이러한 유유자적의 미학은 바로 파시즘적인 어지러운 근대적 도시의 속도로부터 벗어나 자기를 지켜내려는 태도이다. 소극적으로는 자신을 지켜내는 방법이지만, 적극적으로 해석하면 근대적 삶의 방식에 대한 하나의 완강하고도 끈질긴 저항방식이 되는 것이다. 그러면 이러한 유유자적의 미학, 느림의 미학은 어디서부터 연유하는가. 조지훈의 삶의 기율을 만들어내는 형이상학은 무엇인가.

꽃이 지기로소니

바람을 탓하랴.

주렴 밖에 성긴 별이
하나 둘 스러지고

귀촉도 우름 뒤에
머언 산이 닥아서다.

촛불을 꺼야하리
꽃이 지는데

꽃지는 그림자
뜰에 어리어

하이얀 미닫이가
우련 붉어라.

묻혀서 사는 이의
고운 마음을

아는 이 있을까
저허하노니

꽃이 지는 아침은
울고 싶어라.

—「낙화」 전문

  박호영의 지적대로[40], 이 시는 처음 허두부터 유교적 성격을 강하게 띠고 있다. <꽃이 지기로소니/ 바람을 탓하랴> 라는 여유있는 태도가 바로 유가적인 것이라고 그는 보고 있다. 그에 따르면, 꽃이 지는 것은 바람의 탓이 아니라 꽃 자신이 품수한 理 때문이라는 것이다. 즉, 氣 때문이 아니

____

40) 박호영, 「조지훈 문학 연구」, 서울대 대학원 박사논문, 1988.

라 氣를 초월한 理 때문이라는 것이다. 이것은 바로 퇴계적인 主理論的 발상 때문이라는 것이다.

사물에 대한 이러한 해석은 유가적인 처세술로 만만찮은 것이다. 일제하 모든 것이 얼어붙고 기우는 시점에서 이러한 처세의 방법은 자신을 지켜내는 하나의 굳건한 방책이 된다. 더군다나 조지훈이 이 작품을 쓸 당시는 1943년, 그가 고향에 몰래 숨어 살던 때이다. 1941년 월정사 은거시기보다 훨씬 불리한 여건에서 쓰여진 것이다. 모든 살아있는 사물을 얼어붙게 하는 파시즘의 동토 속에서 <꽃이 지기로소니 바람을 탓하랴> 하는 여유 있는 태도는 파시즘에 대한 미학적 저항이기도 하고, 넓게는 서구적 근대적인 삶의 방식에 대한 응전이기도 하다.

이러한 유가적인 사물 인식방법은 이 작품의 구조를 꽉 움켜잡고 있으며 동시에 조지훈의 삶을 지켜주고 있기도 하다. 곧 이 시의 구조를 살펴보면 유가적인 인식방법이 표출되어 나온다.

이 작품은 몇 개의 중요한 이미지들로 구성되어 있다. 그런데 이 이미지로서의 사물들은 '부분적 독자성'을 띠고 나열되어 있다. 곧 지는 꽃, 주렴 밖의 성긴 별, 귀촉도 울음, 촛불, 하이얀 미닫이 등이 그렇게 나열 병치되어 있다. 즉 위의 사물들은 부분적 독자성을 지니면서 서로서로 음양관계로 작용과 반작용의 감응운동을 하고 있다. 조지훈과 같은 유가들에게서는 사물들이 부분적 독자성을 띠면서도 서로 연속되어 있는 것으로 나타난다. 즉 근대 서구철학에서처럼 만물이 인과론적으로 계기적으로 연속되어 있는 것은 아니고, 20세기 모더니즘철학에서처럼 파편적, 불연속적이지도 않다. 이렇게 부분적 독자성을 지니면서도 연속적인 것, 여기서 소위 동양적 여백이 생긴다. 이 여백 사이에 소위 무시간성이 개입하는 것이다.

이처럼 사물과 사물 사이에 존재하는 무시간성은 이 시로 하여금 영원성으로 이끈다. 즉 작품 속의 사물들은 무시간성 속에서 영원성에 이르게 된다. 이 영원성 속에서 사물들은 끊임없는 생명운동을 하고 있는 것이다.

이것이 유가들의 소위 一氣사상이다. 이처럼 끊임없는 생생불식의 생명운동을 하고 있는 영원한 자연에 대한 믿음이 조지훈의 초기시를 받쳐주고 있는 것이다. 이 영원성으로서의 무시간성은 근대 서구적인 시간관, 세속적이면서도 물리적으로 일직선적으로 나아가는 시간에 대한 대응논리로 기능하게 된다. 다시 말하면, 강박관념을 지닌 채 일직선적으로 앞으로만 나아가는 계기적 시간관, 소위 부르조아의 시간관이 봉착하게 된 근대의 파국에 대한 대응논리가 된다는 것이다. 따라서 조지훈의 자연시에 나타난 反근대적 시간관으로서의 영원성의 의미는 당대로서는 파시스트적 속도에 대항한다는 현대적 의미를 지니게 되는 것이다. 이것은 어쩌면 매우 근본적이고도 적극적인 대응논리일지도 모른다.

그런데 조지훈에게서는 앞에서 살펴 본 바와 같은 유가적인 생명미학만 나타나는 게 아니다. 그의 초기시에는 몇 편 안되지만 선적인 생명시학이 들어가 있는 작품도 보인다. 그에게 있어서는 선적인 생명시학과 유가적인 생명시학이 별 충돌없이 공존하고 있다. 사실 조선조 대부분의 사대부들에게도 유가적인 형이상학이나 불교사상이 개인적으로는 무리 없이 공존하고 있었다. 공적인 이데올로기에서는 불교사상을 배척했을지라도 사적인 세계관에서는 그것을 수용하고 있었다. 조선조 때 이이 같은 사람도 그러했는데, 20세기 조지훈에게는 그러한 공존이 지극히 자연스러웠다. 20세기에 이르러 유가들에게는 공적인 이데올로기와 사적인 세계관 사이에 모순 갈등이 있을 리가 없었기 때문이다.

　　木魚를 두드리다
　　졸음에 겨워

　　고오운 상좌아이도
　　잠이 들었다.

　　부처님은 말이 없이

웃으시는데

西域 萬里길

눈부신 노을 아래
모란이 진다

—「古寺 1」 전문

이 시에는 불교적인 靜中動의 미학이 나타난다. 그것은 소위 "생동하는 것을 정지태로 파악하고 枯寂한 것을 생동태로 잡는"[41] 선적인 방법과 관련되어 있다. 목탁을 두드린다는 것 자체가 주위의 정적감을 고조시킨다. 동양사상에 있어서 '靜寂'이란 사물의 정지상태인데, 이 정지상태 역시 엄청난 동작의 상태로 파악되고 있다. 졸음에 겹다는 것 역시 정적을 나타내는데, 그것 역시 움직임의 한 표현이다. 제2연 고오운 상좌아이도 잠이 들었다는 장면에 와서 그 정적은 극적으로 고조된다. 다음 제3연에 와서는 부처님의 말 없는 웃음으로 인해 그 정적이 우주적인 것으로 확산된다. 우주 전체가 정적 가운데서 활발히 움직인다는 것을 표상한 셈이다. 그리고 맨 마지막 연에서도 그러한 정적감이 보인다.

그런데 이 시에 보이는 정적감에는 한적함이 동반되어 있다. 또는 적막감마저 돌고 있다. 고운 상좌 아이도 잠이 들었다는 것과 눈부신 노을 아래 모란이 진다는 것이 둘 다 강한 적막감을 불러 일으킨다. '잠이 들다'와 '꽃이 진다'는 것은 그런 분위기를 자아내기에 알맞다. 앞에서 다룬 유가적인 생명시학으로 된 시에서는 보이지 않는 적막감이 여기서는 나타난다. 이것은 선적인 사고방식이 지니는 초탈적인 면 때문이다.

이 초탈적인 태도로 일제 말기 파시즘의 계절을 이겨내려 하고 있는 것이다. 그런데 이 초탈적인 태도 때문에 아무래도 그 현실대응 방식이 소극적일 수 밖에 없다. 이런 선적인 초탈의식은 아마 조지훈이 당대 현실

---

41) 조지훈, 「현대시와 선의 미학」, 『조지훈 전집 3』, p.117.

에서 강한 허무를 느꼈기 때문이라고 보여진다. 강한 허무 앞에서 '초탈'은 있어도 '유유자적'은 불가능하다. 이런 점 때문에 그의 선적인 시들과 유가적인 시들 사이에는 현실응전이란 면에 있어서 상당한 차이가 생길 수밖에 없다.

V. 꼬리말

본 논문에서는 『청록집』에 나타난 생명시학을 살펴보았다. 그리고 그 생명시학의 사회시학적 의미를 고찰해 보았다. 일제말기에 있어서 청록파 시인들이 지향한 생명시학이 당대 파시즘에 대해 어떻게 정치적·미학적 대응 의지를 드러내는가를 분석해 보았다. 그리고 파시즘 체제에 대항하는 그들의 생명시학에서 반근대적 태도를 읽어내어 보았다. 이 반근대적 태도로써 그들 청록파가 서구적 근대사상을 비판하면서 어떻게 시적인 구원을 제시해 나가는지, 즉 하나의 시대적 대안을 모색해 나가는지 살펴 보았다.

먼저 박목월의 경우 그의 생명시학은 목가적인 것으로 나타난다. 박목월은 등단 초기부터 서정적 동일성에 대한 끈질긴 집념을 보여주고 있다. 자아와 세계간의 행복한 만남을 파괴하는 근대의 어두운 힘에 완강하게 저항하면서 서정적 일치를 꿈꾸고 있다. 그에게 있어서 이 완강하고도 끈질긴 힘은 자연에 대한 소망과 믿음에서 나온다. 자연 속에 그러한 근원적인 힘이 있다는 믿음으로 현실적 고통을 견디어 내고 동시에 그 부정적 현실에 대해 끈질기게 저항할 수 있는 것이다. 이처럼 그는 긴 역사적 밤을, 그 현실적 고통을 경유하면서 그 속에서 서정적 유토피아를 꿈꾸고 있다. 이처럼 현실적 고통을 전제로 한 서정적 유토피아를 꿈꾸고 있다는 의미에서 그의 순수서정시는 현실적 긴장력을 동반하고 있다. 그리고 그 유토피아 지향성이 현실에 대한 비판의식을 함유하고 있다.

박목월의 초기시에 나타나는 자연은 생명적이면서도 향토적이고 목가적인 공간이다. 동시에 그 자연은 뭔가 초월적인 힘을 가지고 있으면서 묵시적으로만 그 실체를 드러내고 있다. 박목월의 시학은 그러한 자연이 지닌 생명력에 대한 믿음에서 출발한다. 또한 그 믿음 가운데서 자아와 세계와의 행복한 일치, 황홀경의 만남을 시도하고 있다. 또한 그 자연은 순결한 공간이기도 하다. 박목월이 추구하는 순결한 공간으로서의 자연은 당대 파시즘에 물든 타락한 도시문명을 거부하는 삶을 표상한다. 따라서 그의 시들은 반근대적인 공간을 확보하면서 파시즘에 억압된 당시의 삶에 대안적 방향을 제시해 주고 있다. 그러한 반파시점적인 정치성을 함유하고 있다는 점에서 박목월의 초기시는 현대성을 확보하고 있는 것이다.

다음 박두진의 경우는 묵시적 생명시학이란 명제로 살펴 보았다. 박두진은 정지용의 말대로 등단 때부터 소위 '신자연'을 들고 나왔다. 전통서정시에서 보이던 소소면면한 자연이 아니라, 웅장하고도 우주적이고 남성적인 자연을 가지고 나왔다. 그것은 박목월의 경우처럼 생명력이 위축되어 있지도 않다. 또한 조지훈의 경우처럼 유유자적하기에 알맞은 그런 한적한 공간도 아니다. 박두진에게 있어서 자연은 활기차고 소망으로 가득찬 생명의 세계이다. 그리고 그 자연의 생명력은 숭고한 그 무엇이다. 그에게 있어서 자연의 생명력이 숭고할 수 있는 것은 창조주 하나님에 대한 믿음 때문이다.

그의 시에 나오는 자연은 또한 장차 도래할 이상적인 공간, 창조적 질서가 회복되는 유토피아로서의 공간이다. 즉 기독교적인 묵시적 공간이다. 모든 생명체가 조화와 질서를 이루며 살아가는 아름다운 공간이다. 종교적인 유토피아인 만큼 믿음으로 기다리는 공간이다. 지금 - 이곳에서의 고통스러운 삶과 죽음까지도 이겨낼 수 있는 믿음의 공간, 부활을 꿈꾸는 소망의 공간인 것이다. 그가 꿈꾸는 부활은 개인적이면서도 민족적인 것이다. 즉 그는 기독교적으로 민족의 부활을 꿈꾸었던 것이다.

그는 생명의 공간으로서의 자연을 선택할 뿐만 아니라, 그 속에서 묵시적으로 드러난 하나님의 신성을 발견하였다. 그 자연 속에 들어 있는 생명력과 하나님의 신성이 그로 하여금 파시즘의 계절에 진정으로 생명있는 문학을 하게 해주었다. 하나님의 신성이 내재해 있는 생명적 공간은 영원한 어머니의 품과 같은 곳이다. 이 영원성에의 갈망, 즉 영원한 생명에의 동경이 그로 하여금 반파시즘적인 태도를 취하게 해주었고, 동시에 반모더니스트가 되게 해주었다.

이러한 묵시적 생명시학은 오로지 하나님의 은총 가운데 이루어지는 것이다. 그는 우주 만물이 그리스도 안에서 하나로 회복되고 생명적 조화와 질서를 이루게 되는 꿈과 믿음을 지니고 있기에, 당시 파시즘 체제에 적극 대응할 수 있었던 것이다. 또한 당시 파편화, 해체화의 길로, 허무와 절망의 길로 치닫던 모더니즘을 부정할 수 있었던 것이다. 이처럼 박두진에게서 보이는 기독교적인 묵시적 생명시학은 파시즘, 곧 파국에 이른 서구적 근대에 대한 창조적 생산적 비판의 대안으로 떠오른 것이다. 그리고 그가 한평생 부정적인 현실에 대해 완강하게 저항하며 끈질기게 서정성에 집념할 수 있었던 원동력도 거기서 나오는 것이다.

마지막으로 조지훈의 경우 동양적 생명시학이란 이름으로 살펴보았다. 조지훈은 조선조 사대부들과 마찬가지로 자연에 대한 절대적인 믿음을 지니고 있다. 단지 다른 점이 있다면, 조선조 사대부들의 자연에 대한 믿음이 자명한 것이어서 무자각적이고 무반성적인 것인데 비하여, 조지훈의 경우 매우 방법론적인 자각을 보인다는 것이다. 조지훈의 경우가 훨씬 더 미학적 전략을 동반하고 있다는 것이다. 그만큼 그의 시대에는 서구적인 자연관의 침범으로 자연에 대한 전통적 믿음, 절대적인 믿음이 위협받고 있었기 때문이다.

그렇더라도 조지훈에게서 보이는 자연관은 전통 사대부들의 그것과 궁극적으로 다름이 없다. 그에게 있어서 자연은 절대적으로 선하고 완미한 존재이다. 이 절대적으로 선하고 완미한 자연은 생명력으로 가득 차 있다. 이 생명력이 그에게 있어서는 진·선·미의 통합적 근거가 된다. 그에게

있어서 시정신은 우주의 보편생명과 시인의 개별생명의 황홀한 일치 체
험에서 빚어진다. 이렇게 절대적으로 선한 우주생명과 개별생명 사이의
교감으로 미가 발생한다는 것에 대한 믿음이 그의 서정시학의 정수를 이
루고 있는 것이다. 이러한 믿음은 파시즘의 물결이 이 나라를 점령한 시
점에서는 하나의 방법적 대응전략일 수가 있다. 파시즘이 지닌 가공할 만
한 파괴력에 맞서서, 인간이 자신을 기키는 유일한 길은 모든 생명의 고
향인 자연으로 돌아가는 길밖에 없다는 인식에 이른 것이다.

　　조지훈의 시에 나타나는 자연물들은 생명력으로 가득 차 있으면서도
차분하고도 여유있게 자기관리를 하고 있다. 박목월의 경우처럼 생명력이
위축된 상태에서 들찔레처럼 견디며 저항하는 것도 아니고, 부활신앙으로
무장된 박두진처럼 환희에 찬, 생명력으로 약동하는 공간도 아니다. 그가
마주 대하고 있는 자연은 생명력에 있어서 고요하게 현상유지적인 운동
을 하고 있다. 그런 생명력의 상태에서 소위 유유자적이 나오는 것이다.
극도로 불우한 상황 속에서 고요히 자기관리를 하고 있는 이러한 유유자
적의 미학, 곧 느림의 미학은 바로 파시스트적인 어지러운 근대적 도시의
속도로부터 벗어나 자기를 지켜내려는 태도이다. 소극적으로 자신을 지켜
내는 방식이지만, 적극적으로 해석하면 근대적 삶의 방식에 대한 하나의
완강하고도 끈질긴 저항방식이 되는 것이다.

　　그리고 조지훈의 자연시에 나오는 사물들은 '부분적 독자성'을 띠고 있
다. 즉 사물들은 부분적 독자성을 지니면서 서로 음양관계로 작용과 반작
용의 감응운동을 하고 있다. 이 부분적 독자성 사이에 소위 여백이 존재
하고 무시간성이 개재하는 것이다. 사물과 사물 사이에 존재하는 무시간
성은 곧 영원성에로 이끈다. 이 영원성 속에서 사물들은 끊임없는 생명운
동을 하고 있는 것이다. 바로 이 영원한 자연에 대한 믿음이 그의 시학의
골격을 이루고 있는 것이다. 이 영원성으로서의 무시간성은 근대 서구 부
르주아적인 시간관에 대한 대응논리로 기능하게 된다. 따라서 조지훈의
자연시에 나타난 反근대적 시간관으로서의 영원성의 의미는 당대로서는

파시스트적인 속도에 저항한다는 현대적 의미를 지니게 되는 것이다.

지금까지 살펴본 바와 같이, 청록파 시인들의 자연시학이란 파시즘의 계절에 적극적으로 저항하는 방식의 하나였다. 그것은 곧 자연 속에 들어 있는 생명력을 시적 에네르기로 분출시키는 데서 가능하였다. 그리고 이들 청록파 시에 나타난 자연의 생명적 에네르기는 그 이후 1950~60년대 순수서정시학의 정신적 모태가 된다.

앞으로 우리는 1950~60년대 순수서정시학에 분출되어 있는 자연의 생명적 에네르기를 그러한 관점에서 연구할 필요가 있다. 또한 그들 순수서정시학, 자연시학이 지니는 사회시학적 의미, 정치학적 의미를 적극 검토할 단계에 이른 것이다.

참고문헌

1. 저서

곽신환, 『주역의 이해』, 서광사, 1990.

김동석, 『예술과 생활』, 박문출판사, 1947.

김용직, 『정명의 미학』, 지학사, 1986.

김용직, 『한국현대시사 2』, 한국문연, 1996.

김윤식, 『한국근대문학사상연구 2』, 아세아문화사, 1994.

김종길 외, 『조지훈 연구』, 고대출판부, 1978.

김준오, 『시론』, 삼지원, 1997, 제4판.

박두진, 『시인의 고향』, 범조사, 1959.

박목월, 『보랏빛 소묘』, 신흥출판사, 1958.

오세영, 『20세기 한국시 연구』, 새문사, 1989.

정한모,『현대시론』, 보성문화사, 1973.

최동호,『하나의 道에 이르는 시학』, 고대출판부, 1997.

최승호,『한국현대시와 동양적 생명사상』, 다운샘, 1995.

최승호,『한국적 서정의 본질 탐구』, 다운샘, 1998.

최승호 편,『서정시의 본질과 근대성 비판』, 다운샘, 1999.

方東美(정인재 역),『중국인의 인생철학』, 탐구당, 1992.

山田慶兒(김석근 역),『주자의 자연학』, 통나무, 1991.

徐復觀(권덕주 외 역),『중국예술정신』, 동문선, 1990.

에밀 슈타이거(이유영·오현일 공역),『시학의 근본개념』, 삼중당, 1978.

에른스트 피셔(김성기 역),『예술이란 무엇인가』, 돌베개, 1984.

M. 호르크하이머·TH.W. 아도르노(김유동·주경식·이상훈 공역),『계
        몽의 변증법』, 문예출판사,1995.

폴 헤르나디(김준오 역),『장르론』, 문장, 1983.

발터 벤야민(반성완 역),『발터 벤야민의 문예이론』, 민음사, 1983.

2. 논문

구모룡,「한국 근대문학 유기론의 담론분석적 연구」, 부산대 대학원 박사
        논문, 1992.

금동철,「박목월 시의 텍스트 생산 연구」, 서울대 대학원 석사논문, 1994.

김동리,「三家詩와 자연의 재발견」,『예술조선』제3호, 1948.4.

김옥수,「자연시의 이데올로기」,『시와사상』제17호, 1998. 여름.

김용직,「조지훈론」,『심상』, 1973.11.

김종길,「향수의 미학」── 목월시의 전개,『문학과지성』, 1971.

박호영,「조지훈 문학 연구」, 서울대 대학원 박사논문, 1988.

서익환,「조지훈 시 연구」, 한양대 대학원 박사논문, 1988.

오세영,「조지훈의 문학사적 위치」,『민족문화연구』제22집, 고대민족문화

연구소, 1989.

이민홍, 「성리학적 외물인식과 형상사유」, 국어국문학 105집, 1991.

이숭원, 「한국 근대시의 자연표상 연구」, 서울대 대학원 박사논문, 1986.

최승호, 「정지용 자연시의 은유적 상상력」, 한국시학연구 제1호, 한국시학회 편, 1998.

황종연, 「한국문학의 근대와 반근대」, 동국대 대학원 박사논문, 1991.

박목월 서정시의 이데올로기와 '어머니'

I. 머리말

김경복의 말대로[1] 이제 서정은 하나의 선언이다. 다시 말하면 서정 그것은 하나의 시대적 요청이다. 산업화 이데올로기가 극심한 분열과 소외, 단절을 초래하고 있는 작금의 현실에서 서정은 거의 유일한 대안이라 해도 과언이 아니다. 리얼리스트들의 침묵과 모더니스트들의 침체 속에 서정은 서서히 그 대안적 징후와 가능성을 드러내고 있다.

서정시의 이데올로기는 유토피아지향성으로 요약된다. 서정시는 유토피아에 대한 순수한 열망을 통해 타락한 현실 자본주의의 모순을 비판하고 그 대안을 제시한다. 서정시는 원래가 反近代的 양식이다. 즉 근대 이전의 사회역사적 토대와 이데올로기의 산물이다. 그러나 근대체험 이후, 자본에 의한 무차별적인 파괴와 폭력을 경험한 이후, 서정시는 그것에 저항하는 미학적 기능을 지니게 되었다. 이제 서정시는 자본의 논리와 그것에 의해 빚어진 근대의 부정적인 힘에 대해 완강하게 저항할 수밖에 없는 운명을 지니게 되었다.[2] 그것은 바로 근대의 논리에 대한 하나의 '위대한

---

1) 김경복, 「서정의 귀환과 신생의 꿈」, 『신생』 창간호, 1999년 가을, pp.77~78.

2) 한영옥, 「서정시, 다시 생각하기」, 최승호 편, 『서정시의 본질과 근대성 비판』, 다운샘, 1999, p.36.

거부'를 표명하는 것이다.[3] 그것은 단순한 거부를 위한 거부, 추상적 비판이 아니라, 구체적 프로그램을 가진 현실적인 대안이다.[4]

　서정시의 이념, 곧 서정시의 이데올로기가 근대 자본주의 사회의 부정적 측면에 대해 강하게 저항하면서 미래적 비젼을 구체적으로 제시할 수 있는 것은 그것이 바로 근원에의 지향성을 지니고 있기 때문이다. 모든 순수서정양식이 지향하는 바 근원은 단순한 과거로 끝나는 것이 아니라 미래지향적인 것으로 나타난다. 이때 근원은 벤야민이 설파한 대로 미래적 비젼이고 목표가 된다.[5] 우리가 추구해야 할 이상적인 삶의 원형이 역사의 시원에 있었다는 것, 그것을 현재적인 삶의 모습으로 회복해야 한다는 것 등이 서정시의 구체적인 프로그램이다.

　서정시의 이러한 이데올로기는 이른바 미메시스적인 미학이념을 토대로 하고 있다. 과거 어느 시점에 완벽한 삶의 유형, 곧 낙원적 삶의 모습이 있었다는 것, 그리고 그 낙원적 삶을 오늘 이 시대 지상에서 회복해야 한다는 것 등이다. 이때 서정시론가들이 꿈꾸는 미메시스의 대상인 낙원은 세계 내 모든 존재들간의 내적 연관성, 곧 생명적 교감이 조화롭게 일어나는 상태로 되어 있다. 이 낙원은 당연히 서정시에서 당위적인 모습으로 나타난다. 지금은 산업화로 인해 훼손되고 파괴된 타락한 현실에서 어떻게 그것을 현재적인 것으로 요청해야만 하는가로 나타난다. 따라서 미메시스를 토대로 하고 있는 순수서정시학은 당위적일 수 밖에 없다. 그것이 유토피아지향성을 지닐 수밖에 없는 한 그렇다는 것이다.[6]

　본고에서는 1968년에 간행된 박목월의 시집 『어머니』를 분석 대상으로 한다. 이 시집에 실려 있는 시편들은 중년에 들어선 박목월이 어머니를 그리워

---

3) 최승호, 「박목월론: 근원에의 향수와 반근대의식」, 『국어국문학』 제126호, 2000.5, pp.399～401.

4) 구모룡, 「서정과 희망의 원리」, 『문학과 근대성의 경험』, 좋은날, 1998, p.124.

5) 발터 벤야민(반성완 역), 『발터 벤야민의 문예이론』, 민음사, 1983, p.348.

6) 서림, 「서정적 유토피아와 은유에의 의지」, 『말의 혀』, 새미, 2000, pp.17～21.

하면서 쓴 사모곡 형식으로 되어있다. 지금까지『어머니』속의 시편들은 본격적으로 연구되어 오지 못했다. 박목월의 작품들은 주로 그 초기시만이 문학사에서 연구되어 왔을 뿐이다. 본고에서는 1960년대 한국 현대 서정시단의 한 축을 형성하고 있었던 박목월의 중기시를 대표하는『어머니』시편들을 분석함으로써 1960년대 한국 현대서정시의 한 측면을 밝혀보고자 한다.

박목월의 서정시 속에 아버지는 거의 나타나지 않는다.[7] 그에 비해 '어머니'는 매우 집중적으로 나타난다. 박목월 서정시에 있어서 '어머니'는 거의 절대적인 위상을 차지하고 있다. 즉, 그의 서정시의 근원을 이루고 있다. 본고에서는 박목월의 중기 서정시에 나타나는 '어머니'를 통해서, 그의 서정시가 갖는 한 비밀을 밝혀보고자 한다. 즉 그의 서정시와 어머니와의 관계가 미학적으로 어떻게 상관되어 있는지 살펴보고자 한다. 미리 말한다면, '어머니'가 지니는 근원적 의미를 살펴보고자 한다.

그런데 '어머니'의 의미는 박목월 개인에게만 국한되지 않는다. 박목월의『어머니』가 1960년대에 발간되었다는 점에서 우리는 하나의 시대적 의미, 사회학적 의미, 역사철학적 의미, 곧 이데올로기적 의미를 읽어낼 수 있다. 본격적인 산업화와 더불어 시작된 분열, 소외와 단절을 경험한 1960년대 자생적 낭만주의의 소산이라고 할 수 있는 그의 시집『어머니』속의 '어머니'의 미학적 위상은 당대로서는 보편적 의미를 지닌다. 그리고 그것은 1960년대적 의미로 끝나는 것이 아니라 엄청난 속도로 치달리고 있는 기술문화시대, 소위 디지털 자본주의시대에 우리의 서정시가 나아갈 바 지표로서의 구실도 하고 있는 것이다. 그것은 소위 '오래된 미래'로서 혼돈에 처한 상실의 시대 우리에게 신생의 꿈을 제시하고 있는 것이다.

---

7) 박목월의 아버지는 1956년에 돌아가셨다.

Ⅱ. 서정의 근원으로서의 어머니

서정의 기능은 통합에 있다. 자본의 논리와 인간의 이기심, 죄성에 의해 점점 더 분열, 해체되어 가는 사회적인 제 존재를 화해와 융합의 장으로 끌고 가는 것이 바로 서정시의 위대한 힘이다. 이러한 서정적 동일성을 추구해 가는 서정적 주체는 소위 역사적 근대성에 의해 발생된 근대적 주체의 한계를 넘어서고 초극하게 해준다.

모더니즘 문학이 그러한 부정적인 근대 주체에 대해 풍자와 아이러니로 내부 비판을 감행했지만 그 역시 근대 주체라는 한계에서 벗어나지 못한다.[8] 즉 모더니즘 문학에서의 주체 역시 근대적 주체로서 그들이 꿈꾸는 반란은 결국 '포위된 시적 혁명'[9] 에 지나지 않는다. 이에 비해 서정시는 세계와 자아의 동일성을 지향하는 만큼 합일과 화해의 정신을 바탕으로 하고 있다. 따라서 근대적 주체가 불러온 지배와 부림의 방식에 전면적으로 반대한다.[10] 서정적 비전은 사물들 사이의 공존, 곧 공동선을 전제로 한다. 타자를 복속시키고 도구화하는 자본주의적 주체에서 화합과 융화의 정신을 강조하는 서정적 주체에로의 변환을 전제로 하고 있다는 말이다. 그것이 곧바로 근대를 초극하게 해주는 토대가 된다.

박목월의 시집 『어머니』에 나타나는 '어머니' 는 바로 서정적 화합을 만들어주는 토대, 곧 근원이 된다. '어머니' 는 시적 자아로 하여금 세계와의 서정적 동일성을 이루게 하는 사랑의 원천으로 나타난다.

　　　　다정하게 포개진 접시들.

　　　　윤나는 남비.

---

8) 김경복, 「서정의 귀환과 신생의 꿈」, p.80.
9) 구모룡, 「포위된 시적 혁명」, 『시와사상』, 1999. 겨울(제23호), pp.34～42.
10) 김경복, 앞의 글, p.81.

방마다 불이 켜지고

제자리에 놓인

포근한 의자.

안락의자.

어머니가 계시는 집안에는

빛나는 유리창과

차옥차옥 챙겨진 내의.

새하얀 베갯잇에

네 잎 크로우버.

아늑하고

그득했다.

—「가정」전문

위의 시편에 보이는 사물들은 한결같이 따뜻하고 포근하며 생명의 온기로 가득 차 있다. 그리고 중심을 향하여 질서가 평화롭게 잘 잡혀 있다. 그 중앙에 바로 '어머니' 가 존재하는 것이다. 접시들이 다정하게 포개져 있는 것도, 냄비가 윤나는 것도, 방마다 따뜻하게 불이 켜져 있는 것도, 포근한 의자, 안락의자가 '제자리에 놓여 있는' 것도 다 어머니가 집안에 계시기 때문이다. 서정시에 있어서는 모든 사물들이 '제자리에 놓여' 있는 것이 중요하다. 이른바 서정적 질서는 모든 사물들이 소리 없이 제자리에 잘 놓여 있는 가운데 생명적 교감을 할 때 발생하기 때문이다.

이때 어머니는 가족의 건강을 돌보고 가정을 화목하게 만드는 중심, 곧 사랑의 원천이다. 이 시에서는 무엇보다 '어머니'를 중심으로 모든 사물들이 사이좋게 공존하며 교감하고 있다는 데에 중요성이 있다. 박목월은 생리적인 서정시인이란 평을 받고 있다.[11] 그가 생리적인 서정시인이 될 수 있었던 것은 바로 어릴 적 고향 경주에서의 행복했던 원체험 때문이다. 어머니를 중심으로 해서 모든 사물들이 행복하게 내밀한 생명적 교감을 누리는 삶을 체험했는데, 그 체험이 그의 삶의 밑바탕에 깔려 있어서 평생 서정시인이 되게 했던 것이다.

서정시란 앞에서도 말했듯이 자아와 세계간의 동일성, 공동선의 체험, 황홀감을 전제로 한다. 그가 유년시절에 겪었던 그러한 황홀한 원체험이 그로 하여금 1960년대 각박한 현실 속에서 낭만적 동경을 하게 만든 것이다. 『어머니』 속의 시편들은 바로 1960년대 개발독재가 본격화되고 그와 더불어 산업화의 폐해가 노정되기 시작하던 때 쓰여진 것들이다. 산업화의 이데올로기는 분열과 소외와 갈등을 낳았고, 이 부정적 측면을 극복하고자 나온 것이 소위 1960년대식 자생적 낭만주의이다. 분열과 갈등의 시대 새로운 통합과 화합의 가능성을 꿈꾸던 것이 곧 1960년대식 낭만주의 문학으로 나타난 셈이다. 그들이 꿈꾸던 자연, 고향, 어머니의 대지적 사랑은 그들에게 하나의 비상구였고 현실을 비판하고 새로운 비전을 제시할 수 있는 근원이었던 것이다.

집에는
어머니와
어머니의 옥색 고무신.
훈훈한
안방에
은은한 미닫이.
찬장에는

---

11) 이숭원, 「박목월과 자연」, 『한국현대시사 연구』, 일지사, 1983, pp.501~502.

가분한
찻잔과
빼닫이에 가득한 숟갈.
곱게 그을린
남비는 부엌에
푸푸 소리 부는
뜸 지는 밥솥.
내 방에는
내 의자
초록빛 의자.
책꽂이에 단정한
책들.
뜰에는
장미가지에 장미꽃.
바둑이는
제 버릇대로
집안을 서성거리고,
때가 되면
절로 불이 켜지는
집안에는
익숙하게 열리는 문과
낯익은 자리에
낯익은 물건들
참으로 때가 되면
불이 켜지는 전등에는
환한 불빛과
안온한 방과.

—「집에는」 전문

　　위의 작품에서도 모든 사물들은 제자리를 지키고 있으며 따뜻한 온기를 지니고 있다. 그리고 생명적인 교감을 이루고 있다. 박목월의 시집 『晴曇』은 『어머니』 앞서 발간되었는데, 『청담』의 시세계 역시 가족간의 유대와 사랑을 토대로 하고 있다.[12] 아버지가 된 목월 자신이 중심이 되어 가족간의 사랑을 토대로 짜 올린 아름다운 서정시편들로 이루어져 있다.
『어머니』가 '어머니'를 중심으로 한 1960년대 서정시편의 한 축을 이루고
있다면『청담』은 '아버지'를 중심으로 한 서정시의 다른 한 축을 형성하
고 있다. 그런데『청담』을 쓰고 난 다음에『어머니』를 썼다는 점에서 중
요한 시사점을 읽을 수 있다.『청담』에 나오는 '아버지'라는 존재는 가장
으로서 가족간 유대와 사랑을 지키고 돌보는 역할을 하고 있다. 그런데
그 가족을 둘러싼 현실은 '얼음과 눈으로 벽을 짜 올린'(「가정」) 곳이다.
그 속에서 '十九文半의 신발'(아버지)이 '굴욕과 굶주림과 추운 길'을 걸
어 '아홉 마리의 강아지 같은 것들'을 지키려 하고 있다.13)

　이러한『청담』의 세계에서 아버지는 '어설픈' 존재이다. 이 어설픈 존
재로서의 아버지가 '연민한 삶의 길' 위에서 멀리 환상적으로 어린 시절
을 되돌아보고 있는 것이다. 그것이 바로『어머니』시편의 창작 동기이
다.『청담』의 시편들이 소시민인 아버지의 가족에 대한 사랑과 현실적 고
통을 대비적으로 나타내주고 있다면,『어머니』의 시편들은 어머니의 위
대한 사랑을 중심으로 한 유토피아적 삶의 모습만 순수하게 보여주고 있
다. 대신 현실적 고통은 문면으로 숨어버린다. 낭만적 동경이 순수한 열망
으로 나타날수록 현실적 고통은 작품의 이면으로 깊이 침잠하는 것이
다.14)『어머니』시편 속에 낭만적 동경이 강하다는 것은 그만큼 어머니의
사랑이 절대적이었다는 것을 반증한다. 그리고 그만큼 현실적 고통이 크
다는 것도 미루어 짐작할 수 있다.

　위의 시「집에는」에도 모든 사물들이 어머니의 사랑의 온기를 받아 생
명력을 발하고 있다. 뜰에는 장미 가지에 장미꽃이 질서정연하게 달려있
고, 바둑이는 제 버릇대로 곧 제 본성대로 집안을 서성거리고 있다. 즉 어

---

12) 최승호, 「박목월론: 근원에의 향수와 반근대의식」, 『국어국문학』 제126호, 2000,
　　p.409.

13) 박목월, 『박목월 전집』, 서문당, 1984, pp.125~126.

14) 한영옥, 앞의 글, p.36.

머니의 사랑의 온기가 가 닿는 곳마다 만물들이 제 본성을 최대한 조화롭
게 발휘하게 된다는 뜻이다. 이러한 생명체뿐만 아니라, 때가 되면 집안에
절로 불이 켜지는 것도, 문이 익숙하게 열리는 것도 모두 다 어머니의 사
랑 때문이다. 바로 낯익은 자리에 낯익은 물건들이 놓여지는 것, 즉 이 세
계의 질서가 잡혀지는 것이 바로 어머니의 사랑 때문이라는 것이다. 어머
니의 사랑으로 인해 모든 사물이 자신의 본성을 발휘하고 제 자리에 놓여
있다는 것은 소위 '근대적 혼돈'에 저항하는 힘이 된다.

　이처럼 '어머니'의 사랑은 가족간의 유대와 화합을 가져온다. 가족간의
사랑, 그것은 사회의 가장 기본 구성단위에서 이루어진다는 점에서 중요
하다. 사회적 통합이란 기본단위에서부터 이루어질 때에야 확고하다.
1960년대는 산업화의 물결로 인해 가족간의 해체가 본격적으로 나타나기
시작하던 때이다. 김승옥의 소설과 김수영의 시가 그것을 대표한다. 그에
비해 박목월 서정시는 가족간의 사랑이 그 근간을 이루고 있다. 서정적
동일성의 근저에 '어머니'의 사랑이 놓여있는 것이다. 그리고 박목월 시
집 『어머니』에 나오는 어머니는 가족적 사랑에 국한되지 않는다는 점에
서 중요한 의미가 있다. 그 어머니는 고향 경주, 자연과도 동화되어 있
다.15) 그런 점에서 박목월 서정시의 '어머니'는 보편적 의미를 획득하고
있다.

　　　　어머니에게서는
　　　　어린 날 코에 스민 아른한 비누냄새가 난다.

　　　　보리대궁이로 비눗방울을 불어 올리던 저녁노을 냄새가
　　　　난다.

　　　　여름 아침나절에
　　　　햇빛 끓는 향기가 풍긴다.

---

15) 김재홍, 「목월시의 성격과 시사적 의미」, 『현대문학』, 1988. 5, p.94.

겨울밤 풍성하게 내리는
눈발 냄새가 난다.

그런 밤에
처마 끝에 조는 종이초롱의
그 서러운 석유 냄새

구수하고도 찌릿한
백지 냄새

그리고
그 향긋한 어린 날의 젖내가 풍긴다.

—「어머니의 향기」 전문

어머니의 향기는 어린 날 코에 스민 아른한 비누 냄새와 일체가 되어 있다. 그리고 보리대궁이로 비눗방울을 불어 올리던 저녁노을 냄새와도 일체가 되어 있다. 그것은 계속해서 여름 아침나절에 햇빛 끓는 향기, 겨울밤 풍성하게 내리는 눈발 냄새와도 하나가 되어 있다. 심지어는 겨울밤 처마 끝에 조는 종이초롱의 그 서러운 석유 냄새, 구수하고도 찌릿한 백지 냄새 등과도 하나가 되어 있다. 즉 생물, 무생물 가릴 것 없이 어머니는 어머니의 사랑의 온기가 가 닿는 모든 사물과 동화되어 있다. 그런데 무엇보다 중요한 것은 그 어머니의 향기가 어린 날의 향긋한 젖내로 풍긴다는 데에 있다. 어머니의 사랑의 향기는 젖내로써 모든 사물을 기르고 살리는 '위대한 힘'을 지니고 있다는 것이다. 그래서 「어머니의 손을 잡고」라는 작품을 통해 그는 "어머니와 함께라면 못 갈 곳이 없다"16) 라고 고백하고 있다. 그렇게 고백하는 그에게 있어서 어머니는 존재의 근원이 되기도 한다.17)

---

16) 박목월, 「어머니의 손을 잡고」, 『박목월 전집』, pp.297~298.
17) 금동철, 「박목월시의 텍스트 생성 연구」, 서울대학교 대학원 석사학위논문, 1994. 2,
　　p.42.

저는
당신의 아들
어머님의 아들
나의 귀청을 울리는
당신의 불러주심.

당신이
저를 있게 하시고
당신의 열매로
저를 열매 맺게 하시는
아아
당신의
그 간절하신 호명

―「당신의 호명」 부분

이러한 존재의 근원으로까지 미화된 '어머니'는 그로 하여금 평생 생리적인 서정시인이 되게끔 만든 것이다. 실로 그는 어머니를 통해서 세상을 보았고 느꼈던 것이다. 아래와 같은 시를 통해서 그의 어머니는 그에게 서정의 원천이 됨을 읽을 수 있다.

어머니의 미소는
여유롭고 다정하고
은근하고 균형이 잡히는
모든 것에서
늘 발견되고
내일은 동트는 새벽의
그 신비스러운 빛살로
마련된다.

―「어머니의 미소」 부분

어머니의 미소가 잘 익은 햇살 향기로 풍겨오고, 움트는 다알리아 뿌리

의 연자홍색 빛깔로 살아나고, 오월 하늘의 구름으로 풀리고, 잔잔한 詩
心에 물살짓는 영혼의 표정으로 감돈다. 그에 멈추지 않고 겨우 수지균형
이 합쳐지려는 생활의 계산 속에서도 살며시 번진다. 이처럼 어머니의 미
소는 '균형이 잘 잡히는' 모든 것에서 발견된다. 이는 어머니의 사랑이 만
물 속에 스며있음을 토로하고 있는 것이다. 즉 세계와의 서정적 동일성,
사랑을 느끼고 체험할 수 있는 것은 바로 어머니의 사랑 때문이라는 것이
다. 이것은 박목월 서정시의 원리를 드러내는 대목이다. 게다가 어머니의
미소가 동트는 새벽의 그 신비로운 빛살로 마련된다는 데에 이르면, 어머
니의 사랑이 서정시가 지니는 신생과 희망, 구원의 원리가 된다는 뜻이
내포되어 있다.

　이러한 순수서정시에 내포되어 있는 신생에의 꿈과 힘에는 강한 현실
비판의 원리가 숨어 있다.[18] 어머니의 사랑의 힘은 1960년대 개발독재로
인해 점점 더 황폐해져 가는 각박한 현실에 완강한 저항의 힘으로 나타나
기도 한다.[19]

어머니는
머리를 빗는다.
이처럼 암담한 시대,
거울 앞에서
백발을 다스리는
어머니의 손길.
밤물결처럼 설레이는
어지러운 시대,
우리들 頭上에 소용돌이치는
돌개바람.
어머니는

---

18) T.W. 아도르노(김주연 역),「시와 사회에 대한 강연」,『아도르노의 문학이론』, 민음
　　사, 1992, pp.14～15.
19) 최승호, 앞의 논문, p.414.

미소조차 머금고
머리를 빗는다.
질서 있게 빗어 내리는
풍화된 잿빛 백발.
우리는 걷잡을 수 없는 혼란 속에
장발을
바람에 흩날리며
전혀 길이라곤 보이지 않는
혼란 덩어리의 미로에
설레이는 흑발—밤물결.
어머니는
심신을 가다듬어
머리를 빗는다.
내면을 관조하는 빛.
쌀쌀 빗어 내리는
어머니의 백발,
그 아름다운
표백과 건조,
미소조차 머금은 淸算과 解答,
어머니는
머리를 빗는다.

—「어머니는 머리를 빗는다」 부분

　　어머니의 사랑의 힘은 점점 더 파시즘화되어 가던 당대의 어두운 세력에 대해 완강하고도 여유 있는 저항을 하게 만든다. 어머니는 미소조차 머금고 그 어두운 현실을 응시하며 머리를 빗고 있다. 그 아름다운 표백과 건조, 청산과 해답 속에서 머리를 빗고 있다. 이러한 상태에서 머리를 단정히 빗고 있는 모습이란 바로 파시즘의 밤물결 앞에 마주선 순수서정시가 취할 수 있는 저항의 방식이다. 그것은 곧 '내면을 관조하는 빛'의 힘 때문이다. 영혼을 비추는 진리의 빛은 어두운 현실을 회피하는 것이 아니라 비판적으로 초극하게 해준다.

Ⅲ. 낙원과 일체로서의 어머니

서정시가 유토피아를 지향하는 것은 그것이 지닌 미메시스적 속성 때문이라고 앞에서 말한 바 있다. 미메시스란 결국 본질, 곧 진리의 언어적 반영에 다름 아니다. 즉 언어적 질서를 통해 사물의 질서와 본질을 드러내고자 하는 은유에의 의지와 밀접한 관련을 맺고 있다. 은유의 수사학에 의해 초래되는 미메시스란 결국 기표와 기의의 일치를 지향하는 미적 이데올로기의 산물이다. 언어적 질서를 바로 세우려는 은유에의 의지는 결국 사물들의 질서 회복을 겨냥한다.[20] 그리고 회복될 사물들의 질서의 모델은 역사의 시원에 있었던 근원적인 것으로 상정된다.[21] 인류학적으로 그것은 '낙원'으로 일컬어진다. 순수서정시란 바로 이 낙원 회복을 겨냥한다. 이때 낙원은 본질과 현상이 분리되지 않았던 곳, 기표와 기의가 일치되었던 곳, 소위 '신'이 우리와 더불어 함께하고 있었던 곳이 된다. 따라서 그곳은 소위 '진리'가 존재하며 그 빛을 발하던 공간이 된다. 이 진리적 삶을 타락한 '지금 - 이곳'의 현실에서 재현하고자 하는 미메시스적 시학이 순수서정시학 속에 들어 있는 것이다. 이 진리적 삶은 타락한 현실을 비쳐주는 거울이 되고 그것을 비판하고 개혁하는 지표가 된다.

> 바다로 기울어진 사래 긴 밭이랑
> 아들은
> 골을 타고
> 어머니는 씨앗을 넣는다.
>
> 어느 시대이기로니
> 근심 없는
> 태평성대만이 있으리요 마는
> 밭머리에

---

20) 서림, 「서정적 유토피아와 은유에의 의지」, p.21.

21) 에른스트 피셔(김성기 역), 『예술이란 무엇인가』, 돌배개, 1984, p.176.

환한 無名 꽃나무.

진실로
어느 시대이기로니
젖과 꿀이 흐르는 고을이 있으리요 마는
밭머리에 나란히 벗어 둔
두 켤레 신발에
나비 한 마리.

해는 한낮으로 달아오르고
음력 삼월 초순의
눈부신 眺望을
사래 긴 밭이랑 끝에 남빛 바다의 잔잔한 고임.

—「바다로 기울어진」 전문

　위의 시에서는 시적 화자가 어머니를 중심으로 자연과 잘 동화된 삶을
살아가는 모습이 보인다. 어머니를 중심으로 하여 시적 자아가 자연과 잘
동화되어 있는 모습은 '밭머리에 환한 무명 꽃나무'에서 확인된다. 이때
무명 꽃나무는 자연 속에 묻혀 사는 이름 없는 촌부를 상징하는 것이라고
볼 수 있다. 이들이 자연에 잘 동화된 모습은 밭머리에 나란히 벗어둔 '두
켤레 신발에 나비 한 마리' 라는 구절에서도 보인다.

　이렇게 자연에 잘 동화된 삶은 유토피아 내지 아카디아적인 것으로 나
타난다. 시적 화자는 '어느 시대이기로니 근심 없는 태평성대만이 있으리
요 마는'이라고 말하고 있는 가운데 넌지시 자신이 고향 경주에서 살던
유년시절이야말로 태평성대였다는 것을 토로하고 있다. 이 고향 경주에서
의 삶은 성인이 되고 난 다음에도 그의 의식을 사로잡고 있는데, 그것은
그의 詩作에 있어서 평생 '향수'의 미학으로 나타난다.22)

---

22) 김종길, 「향수의 미학 - 목월시의 전개」, 『문학과지성』, 1971.9, pp.581.

　그리고 그에게 있어서 고향 경주는 어머니와 분리되지 않는다. 즉 그에게 있어서는 '경주=고향=어머니'의 관계가 형성되어 있다.[23] 이 고향 경주에서의 원체험, 즉 어머니를 중심으로 만물과 동화되어 있던 행복한 원체험은 그의 평생 시적 작업 속에 관류하고 있는데, 그것이 『청록집』, 『청담』 등으로 나타난다. 『청록집』에 나오는 강렬한 유토피아지향성은 유년시절에 겪었던 유토피아적 삶의 기억이 어느날 문득 식민지 청년 시인의 의식 속으로 고개를 디민 것이라고 할 수 있다.[24] 그리고 앞에서 말했듯이 『청담』에 보이는 가족애의 밑바탕에 바로 유년시절 고향에서의 원체험이 들어있다는 것이다. 이로 보아 『어머니』에 나타나는 유년시절의 낙원체험은 그의 시 전체를 이해하는 데 열쇠가 될 수 있다.

　이러한 유토피아적인 원체험을 가능케 했던 유년시절 고향에서의 삶, 즉 어머니를 중심으로 만물과 동화되어 있던 삶은 이 시대 하나의 구체적이고도 실천적인 대안으로 떠오른다. 그들은 아카디아적 삶보다는 유토피아적인 삶에 더 가까운 것을 추구했다고 볼 수 있다. 그것은 그들의 노동 행위를 통해서 볼 수 있다. 아카디아적 삶이 인간의 의지나 투쟁과는 상관없이 주어지는 것이라면, 그에 반해 유토피아적 삶이란 그러한 삶을 방해하는 제 조건과 세력에 대해 부단히 싸워가면서 획득해 내는 것이 된다. 그런 의미에서 서정적인 유토피아적 삶의 추구는 그것을 방해하는 근대적 제 조건과 세력에 대해 끊임없이 저항하게 되어 있다.[25] 그것은 곧 근대화에의 저지이다.[26] 그리고 그 속에는 앞의 시에서 보이는 건전한 노동, 소외되지 않는 노동이 보인다. 근대의 기술적 유토피아에의 꿈이 인간에 의한 자연의 지배, 파괴, 사물화를 초래하고, 급기야는 인간마저 대상

---

23) 김은전, 「박목월의 동시」, 『선청어문』 제16집, 1988.8, pp.748~749.

24) 최승호, 앞의 논문, p.411.

25) 서림, 「서정적 유토피아와 은유에의 의지」, pp.18~20.

26) 김경복, 「서정시와 유토피아 사상」, 최승호 편, 『서정시의 본질과 근대성 비판』, 다운샘, 1999, p.23.

화, 사물화, 위계화하는 지경에 이르렀다면, 앞의 시에서 보는 바와 같이 서정적 유토피아를 향한 이데올로기는 인간과 자연, 인간과 인간간의 더불어 사는 삶을 지향한다. 이것만이 근대의 폐허를 가로지르고 초극할 수 있는 구체적 대안일 수가 있는 것이다.

이러한 유토피아지향성은 결국 우리들의 삶을 물신화시켜버리고만 근대적 기획들에 대한 전면 선언으로 나타날 수밖에 없다. 그것은 곧바로 낭만주의적 동경이 취하는 반자본주의 선언인 것이다.27) 이러한 선언을 가능케 하는 것은 앞에서 말한 바 있는 미메시스시학에 대한 확신 때문이다. 미메시스란 진리의 시학이다. 본질시학이면서도 구원의 시학이다. 반영해야 할 이상적인 모델이 실제로 존재한다는 <믿음> 때문에 미메시스가 가능하고 그 위에 서정시학이 기초하고 있다.

서정시학은 서사문학과 더불어 총체성을 지향한다. 사물들 사이의 긴밀한 내적 연관성과 교감을 추구한다. 그리고 그러한 내적 연관성을 가능케 해주는 근원, 형이상학적 근거 등을 전제로 하고 있다. 서정시가 지향하는 진리적 삶, 총체적 삶이 잘 나타나는 시로 다음의 것을 볼 수 있다.

갈밭 마을의
명주 고름처럼 새하얀
보름밤의 오솔길.

한 가닥은 감밭으로 묻혀버리고
한 가닥은 개울을 돌아
들판으로 건너가고

갈림길 어구에서
나는
갈잎피리만 불었다.

---

27) 김경복, 「서정의 귀환과 신생에의 꿈」, pp.77〜78.

바람이 불 때마다
갈잎에 살아나는
어머니의 음성.

달빛에 나부끼는
갈잎에 살아나는
하얀 어머니의
얼굴.

어머니는
버선을 뽑으신 일이 없었지만
달빛에 나부끼는
갈잎에
빛나는 어머니의 맨발.

— 「갈밭 마을의 명주고름 같은」 전문

위의 작품에서도 서정적 자아는 어머니를 중심으로 해서 자연 만물들과 잘 동화되어 있다. 낙원적 삶이란 공동체적이고 유기적인 것이어서 서로가 서로에게 긴밀히 연결되어 있다. 그것이 바로 서정시가 지향하는 유토피아적 삶, 즉 총체적 삶이다. 갈밭 마을의 보름밤 오솔길은 어머니의 명주 고름처럼 새하얗다. 그리고 그 둘은 서로 그렇게 연결되어 있다. 그 오솔길의 한 가닥은 감밭으로 묻혀버리고 한 가닥은 개울을 돌아 들판으로 건너가고 있다. 인간과 자연간의 만나는 장소가 오솔길인데, 이 오솔길은 거대한 자연 속에 묻혀버리고 있다.

그렇게 일체화된 삶은 시적 자아가 갈림길 어구에서 어머니를 기다리며 갈잎피리를 불고 있는 모습에서 극화된다. 그는 단지 〈갈잎피리만〉 불고 있을 따름이다. 자연과 하나로 더불어 살고 있는 어머니를 기다리는 방식은 그 자연의 바람결 속으로 갈잎피리를 불어 보내기만 하면 되는 것이다. 그때 바람결에서는 갈잎에 살아나는 어머니의 음성이 들려온다. 자연을 향해 갈잎피리를 부는데 어머니가 대답해오는 것이다. 그리고 그 바람결 사이 달빛에는 어머니의 하얀 얼굴이 떠오르는 것이다. 더구나 달빛 속에서는 버선을 뽑지도 않은 어머니의 맨발까지 보인다. 즉, 자연과의 동화된 삶 속에서 어머니의 깊은 곳까지, 감추어진 것, 본질까지 드러난다는 것이다.

이렇게 자연과 유기적으로 총체성을 이루고 있는 서정적 유토피아로서의 삶은 낙원으로 나타난다. 이는 기독교인인 박목월에게 있어서 천국적 삶의 지상적 모델로 나타난 것이다. 달리 말하자면, 잃어버린 낙원, 곧 에덴의 회복을 위한 모델이 되는 것이다. 이러한 모델로서의 낙원적 삶은 진리적인 것이 되고, 하나의 Idea적인 것으로 나타난다. 이것은 산업화로 인해 점점 더 파괴되어 가는 공동체적 삶을 복원코자 하는 열망과 연결될 때 하나의 강력한 이데올로기가 된다. 이러한 이데올로기적 열망은 현실의 고통과 질곡이 심하면 심할수록 더욱 강하게 나타난다. 이러한 순수한 열망을 내포하고 있는 것이 서정시인 셈이다.

박목월의 「나그네」 역시 그가 추구하는 영원한 고향, 본향, 곧 천국의 지상적 모델을 배경으로 설정하고 있다고 보아야 할 것이다. 이 땅에 언젠가는 회복되어야 할 낙원으로서의 삶의 방식이 「나그네」 속에서 추구되고 있는 것이다.28) 「나그네」뿐만 아니라 『청록집』의 시세계 전부가 그러한 강한 열망으로 이루어져 있는데, 이 『청록집』을 가능케 한 원체험이 바로 고향 경주에서 어머니를 중심으로 한 자연과의 동화된 삶, 낙원적 삶에서 나왔다고 보아야 할 것이다.

박목월은 「부륵쇠」29)에서 굴레 없이 자라난 부륵송아지와 같은 자유로운 삶을 살았던 것을 회고하고 그 유년시절을 동경하고 있다. 그런데 그런 부륵송아지와 같은 자유로우면서도 천진난만한 삶은 어머니의 사랑 때문에 가능했던 것이다. 그리고 자연과 동화된, 어머니를 중심으로 한 부륵송아지같은 삶은 절대자의 보살핌 가운데서 가능하였다.

---

28) 서림, 「전위로서의 서정시」, pp.29 ~ 32.

29) 박목월, 『박목월 전집』, pp.278~279.

두 손을 모아 쥐고 목사님 앞에 꿇어앉았다. 꼭 같은 자세로 어머님 옆에 앉아 있었다. 수염이 허연 한 목사님의 우렁찬 목소리. 문답이 끝나고, 사도신경을 어머니와 함께 암송했다.

전능하사 천지를 만드신 하나님 아버지를 내가 믿사오며…… 갑자기 어머니가 잠잠했다. 의아하여 소년이 돌아보자, 단정히 꿇어앉은 채 울고 계시는 어머니. 굵은 눈물 줄기에 남폿불이 어려 있었다.

어머니와 함께 소년은 등성이를 넘어 집으로 돌아왔다. 수요일 밤의 짙푸른 밤하늘. 별자리가 치렁치렁 널려 있었다. 가슴이 벅차 떨리는 목소리로 소년은 어머니께 여쭈었다.

—「수요일의 밤하늘」 부분

위의 시는 박목월이 소년시절 고향 경주에서 어머니를 따라가 교회에서 세례문답 하는 장면과 집으로 돌아오면서 밤하늘의 장엄함을 보고 가슴 설레어하는 모습을 보여주고 있다. 세례문답을 하고 사도신경을 외운다는 것은 절대자 '하나님'이 천지만물을 창조하고 주관·섭리한다는 것을 입술로 시인하는 행위이다. 이러한 신앙고백에 바로 이어 밤하늘의 신비와 웅장한 아름다움에 가슴 벅차 오르고 있는 모습을 보여주는 데서 고향 경주에서의 낙원적인 근원체험, 어머니의 사랑체험 등의 궁극에 절대자 '하나님'의 존재와 사랑이 전제되어 있음을 볼 수 있다.

Ⅳ. 절대자에 이르는 매개자로서의 어머니

박목월의 시집 『어머니』 속에 나오는 '어머니'는 서정적 자아가 절대자인 '하나님'에게 이르게 되는 데 도움을 주는 매개자이다.[30] 박목월의 시

---

30) 최승호, 「박목월론 : 근원에의 향수와 반근대의식」, p.415.

편들 중에 절대자 '하나님'의 존재와 사랑과 섭리가 본격적으로 나타나는 것은 이『어머니』시집부터이다. 그런데 여기에 나오는 절대자 '하나님'은 항상 '어머니'를 통한 간접만남의 형식을 취하고 있다. 박목월이 '하나님'을 '자기의 하나님'으로 만난 모습은 말기 시집인『크고 부드러운 손』에 이르러서야 본격적으로 나타난다.[31] 이러한 점으로 미루어 보아 그의 중기시에 나타난 종교적 체험 내지 신앙적 태도를 이해하는 데 있어서 '어머니'는 너무나 중요한 존재이다. 중기 때까지 그는 그의 어머니의 신앙을 그대로 유전으로 이어받고 있는 셈이다. [32]

> 갈릴리 바다의 물빛을
> 나는 본 일이 없지만
> 어머니 눈동자에
> 넘치는 바다.
> 땅에 글씨를 쓰시는
> 예수님의 모습을
> 나는 본 일이 없지만
> 믿음으로써
> 하얗게 마르신 어머니.
> 圓光은
> 천사가 쓰는 것이지만
> 어머니 뒷모습에
> 서리는 광채.
> 아들의 눈에만 선연하게 보이는.

—「갈릴리 바다의 물빛을」전문

　어머니 눈동자 속에서 갈릴리 바다를 보고, 어머니 뒷모습에서 광채를 보는 서정적 자아에게 있어서 어머니는 절대자인 '예수 그리스도'에 이르게 하

---

31) 최승호, 앞의 논문, p.417.
32) 황금찬,「박목월의 신앙과 시」,『심상』, 1980. 3, p.31.

는 매개자이다. 서정적 자아는 그렇게 어머니와 영적으로 인격적으로 일체화
가 되어 있다. 남들의 눈에는 안 보이지만 어머니의 뒷모습에서 천사가 쓰는
원광을 본다는 것은 그만큼 서정적 동일성이 철저하다는 것이다. 그런데 어
머니 눈동자에 넘치는 갈릴리 바다를 본다는 것은 절대자인 '예수 그리스도'
에 대한 어머니의 믿음을 자기의 믿음으로 받아들이고 있다는 것이다. 이처
럼 이 작품에서 서정적 자아는 어머니와의 서정적 동일성을 신앙적 차원에까
지 확산시키고 있다. 물론 여기서의 서정적 동일성은 어머니와 서정적 자아
두 사람 사이에서만 나타나는 것이 아니다. 이 시에서의 서정적 동일성은 절
대자, '예수 그리스도'를 중심으로 어머니와 서정적 자아간의 삼각구도 가운
데서 일어난다. 이때 서정적 동일화의 궁극적 근원은 당연히 절대자인 '예수
그리스도'이다. 이 절대자인 '하나님'이 이 당시 그의 서정시에 궁극적인 근
원으로 나타난 모습은 아래의 작품에서 보인다.

저는 목마른 사슴.
六, 七月 해으름에
산길을 헤매는.
은은한
물소리 찾아
당신을
渴求하며 길을 헤매는 목마른 사슴.
귀를 기울이면
저편 산기슭에서 골짜기에서
저를 부르는
당신의 안타까운 목소리
저는 길을 분별 못하는
六, 七月 해으름에
산길을 헤매는
목마른
어린 사슴.

—「목마른 사슴」 전문

서정적 자아는 자신을 '목마른 사슴'(성경에 나오는 '길 잃은 어린양'에 비유할 수 있다)이라 칭하고 있다. 그는 은은한 물소리(생수)를 찾아 절대자를 갈구하며 헤매는 목마른 사슴이다. 이 '목마른 사슴'은 「나그네」의 '나그네'에 비유될 수 있다. '나그네'가 타락한 식민지 현실을 벗어나 구름에 달 가듯이 '술 익는 마을'(유토피아)로 가기를 갈망하듯이, '목마른 사슴'은 6, 7월 해으름에 산길을 헤매며 생수를 갈망하고 있다. 목마른 사슴은 길을 잃고 헤매지만, 저 편 산기슭에서, 골짜기에서 자기를 부르는 절대자의 안타까운 음성을 듣고 있다. 이 시에서 보듯 서정적 자아는 6, 7월 해으름에 산길을 헤매면서도 절망적이지 않다. 그것은 바로 절대자가 자기를 부르는 음성 때문이다. 척박한 자연 환경 속에서도 서정적 자아는 절대자와 하나로 이어져 있다. 절대자와 하나로 연결되어 있기 때문에 척박한 자연환경과도 적대적인 관계를 맺지는 않는다. 이와 같이 『어머니』에 나오는 그의 중기 기독교적 서정시는 절대자가 중심이 되어 서정적 자아와 일체화가 되어 있다.

그리고 위의 시에서 또 하나의 핵심적인 모티브는 서정적 자아가 근원, 생수의 근원을 찾고 있다는 것이다. 이 '갈증의 시학'이 기독교적 서정시의 중요한 모티브인데, 이 생수로 갈증을 채워주는 근원이 바로 절대자 '예수 그리스도'라는 것이다. 이처럼 기독교적인 서정시학에 있어서 동일성의 중심은 단연히 절대자인 '예수 그리스도'이다. 그리고 시집 『어머니』 속의 '어머니'는 바로 서정적 자아가 절대자와 하나로 만나게 해주는 매개자로 나타나는 데 그 특징이 있다. 그것은 위의 시에서 절대자인 '당신'이 '어머니'의 형상과 겹쳐져 있는 데서 알 수 있다.[33] 서정적 자아와 매개자 어머니, 그리고 절대자간의 삼각구도적 동일성 체험은 아래의 시

---

33) 한광구, 『박목월의 시에 나타난 시간과 공간 연구』, 한양대학교 대학원 박사논문, 1990, pp.152~156.
   최승호, 앞의 논문, p.415.

에서도 선연히 보인다.

> 눈 위로 불어오는 바람결에서
> 향기로운 당신의 숨결을
> 제 코가 느낍니다.
> 어머니,
> 한밤중에 수근거리는
> 아가리나뭇잎새에서
> 다가오시는 당신의
> 발자국을 제 귀가 느낍니다.
> 어머니,
> 심산 비알로 벋어 가는 덩굴에서
> 제 눈이
> 당신을 압니다.
> 그리고 어머니,
> 밥상 앞에서 수저를 들 때마다
> 안으로 굽어 오는
> 제 손에서
> 당신의 사랑을 느낍니다.

—「어머니에의 기도 1」 전문

서정적 자아는 눈 위로 불어오는 바람결에서 향기로운 어머니의 숨결을 느낀다. 한밤중에 수근거리는 아가리나무잎새에서 다가오는 어머니의 발자국을 느낀다. 그리고 심산 비알로 뻗어가는 덩굴에서 어머니를 본다. 이처럼 서정적 자아는 어머니를 매개로 자연 사물들과 생명적 교감을 나누고 있다. 사물들의 생명적 온기에서 모성적 사랑을 느끼고 있다. 이렇게 '어머니'는 서정적 자아가 자연 사물들과 생명적 교감을 나눌 수 있게 하는 근원이다. 그런데 어머니, 자연 사물, 서정적 자아가 일체가 되어 동일성을 이룰 수 있게 되는 궁극의 근원에는 절대자인 '하나님'이 존재한다. 모든 사물들 사이의 생명적 교감을 가능케 하는, 생명의 근원인 절대자 '하나님'

을 중심으로 하는 기독교적 생명시학 내지 생태시학이 이 작품을 지배하고
있는 것이다. 물론 이 작품에서도 어머니인 당신은 절대자인 '하나님'의 형
상과 오버랩되어 있다. 이러한 오버랩 장치를 통해서 절대자의 사랑과 생
명을 주관하는 섭리가 어머니라는 형상을 통해 간접적으로 드러나는 것이
다. 이러한 기독교적인 생명시학은 파시즘이 점점 더 노골화되어 가던
1960년대에 하나의 생명의 불꽃, 진리의 불꽃으로 타오른다.

> 어린 날,
> 잠결에 들은
> 당신의 속삭임이
> 봄날에 돋아나는 연한 물뿌리의
> 파룻한 생기로
> 살아나고,
> 그리고 폭풍우가 몰아치는 이 밤에는
> 어둠을 노려보는
> 아들의 눈동자에
> 곧게 촛불로 타오릅니다.
>
> —「어머니에의 기도 8」 전문

　서정적 자아는 어린 날 잠결에 들은 어머니의 속삭임이 봄날 돋아나는
연한 물뿌리의 파룻한 생기로 살아나는 것을 본다. 즉 어머니의 사랑의
속삭임을 근거로 해서 서정적 자아는 연한 물뿌리와 생명적 교감을 누리
고 있다. 그리고 여기서 등장하는 당신은 어머니이면서도 절대자이기도
하다. '하나님'의 형상과 사랑이 어머니의 형상과 사랑으로 나타나는 것
이다. 그런데 중요한 것은 어머니에게서 나온 생명의식, 결국엔 절대자에
게서 나온 생명의식이 그 생명력을 압살시키는 파시즘의 광기, 근대의 어
두운 힘에 저항하는 근원으로 작용한다.34) 이것이 근대 체험 이후 기독교
적인 생명시학이 지니는 사회시학적, 역사철학적 의미인 것이다. 그리고

---

34) 최승호, 앞의 논문, p.414.

기독교적인 생명시학, 넓게 말해서 기독교적인 자연서정시학은 결국 하나
의 미메시스적인 양상으로 나타나게 된다.

나는
어디서나
어머니를 뵈옵게 되고
어머니의 응답을
느낀다.
거울 앞에서
면도를 하다 말고
문득 얼굴 바탕에서
살아나는 어머니의 모습.
길을 가다 말고
안으로 속삭이는
독백 속에 문득 울리는
어머니의 음성.
어머니를
어디서나 발견한다.
꽃가지에 머금는 그늘에서
어머니의 은근한 사랑은
아른거리고
바람결에도
주름 짓는 물살에도
어머니는 표정을 지으셨다.
오늘은 피어오르는 물김에
무지개로 빚어지려는
어머니를 뵈옵고
표백된 구름에서
비가 되시려는
어머니를
깨닫는다.

—「무지개를 빚으려는」 전문

서정적 자아는 우주 만물 속에서 어머니의 존재와 사랑을 느낀다. 언제 어디서나 어머니의 음성을 듣는다는 것은 무소부재하는 절대자의 모습으로 비유된다. 결국 절대자인 '하나님'의 존재와 사랑과 섭리가 '어머니'라는 형상을 통해 만물 속에 비치고 있는 것이다. 어머니의 사랑이 우주 내 모든 사물들간의 내적 연관성의 근원일 수 있는 것은 그보다 더 큰 궁극적인 근원, 절대자 때문이다. 이렇게 보아 박목월의 중기시 중 기독교적인 서정시는 하나의 미메시스적 양상을 취하고 있음을 확인할 수 있다. 미메시스란 결국 진리, 본질을 반영하는 문학 양식인데 이 때 진리란 바로 절대자 그 자체이다. 절대자는 우주 내 만물의 존재의 근원이면서 동시에 그것들간의 내적 연관성의 근원이기도 하다. 절대자의 사랑과 성품이 만물내에 스며들어 있다는 것이 바로 서정적 동일성의 근거가 되는 것이다.

박목월의 기독교적인 서정시학이 겨냥하는 궁극적 목적은 구원에 있다. 미메시스라는 미학적 이데올로기가 곧바로 '구원의 시학'과 직결되어 있기 때문이다. 이때의 구원은 미메시스의 대상인 절대자와 시적 자아의 합일, 동화에서 이루어진다. 1960년대 근대화의 열풍 속에서, 벤야민의 말대로[35] 앞으로만 향해 치달리는 역사의 폭풍 속에서 '오로지 진보'라는 야만적 이데올로기 아래 모든 사물들 사이의 관계가 해체되어가던 시절, 박목월은 절대자의 사랑과 섭리로써 통합을 꿈꾸는 서정적 이념을 구현하려 했던 것이다. 그것이 곧 구원의 시학이다. 그리고 이때의 구원은 시적인 것과 신앙적인 것이 합치된 형국으로 전개되었다.

V. 꼬리말

본고에서는 박목월의 시집 『어머니』를 분석하여 당시 그의 순수서정시에 내포된 이데올로기를 추론해 보았다. 그리고 그의 서정시에 내포된 이

---

35) 발터 벤야민(반성완 역), 『발터 벤야민의 문예이론』, 민음사, 1983, p.348.

데올로기가 '어머니'와 어떻게 관련을 맺고 있는가를 살펴보았다.

박목월의 순수서정시에 있어서 '어머니'는 통합의 근거로서 작용한다. 『어머니』 시편들 속에서 '어머니'는 서정적 자아가 자연 사물들과 동화되는 데 있어서 결정적 역할을 해준다. '어머니'는 서정적 자아를 포함한 사물들간의 내적 연관성, 소위 서정적 동일성을 이루게 해주는 근원이다. 이른바 어머니의 사랑이 바로 서정의 근원이라는 것이다.

1960년대는 개발독재 아래 산업화가 본격적으로 일어나기 시작하여 개인적으로나 사회적으로 분열과 대립 갈등이 격심해져 가던 때이다. 이러한 해체화의 시대, 그 해체를 가속화시키는 근대의 어두운 힘에 저항하는 형식으로 순수서정시가 쓰여졌는데, '어머니'는 고향, 자연, 유년시절과 더불어 공동체적 통합을 가능케 해주는 근원으로 기능하고 있는 셈이다. 특히 박목월에게서 '어머니'는 서정의 중심축을 이루고 있었다. 어머니의 사랑이 사물들 사이 깊숙이 스며들어 있어서 그것으로써 서정적 동일성이 가능하였던 것이다. 이처럼 서정적 자아를 비롯하여 만물 속에 스며들어 만물을 통합시키는 어머니의 사랑은 사물들을 위계화, 타자화, 사물화시키는 근대의 어두운 힘에 끈질기게 저항하게 해주는 힘의 원천이 된다. 이것이 박목월 서정시에 나타난 '어머니'의 미학적 위상인데, 그것은 당대에 있어서 낭만적 비전의 전형으로서 보편성을 획득한다.

또 한편 박목월의 중기 서정시에 있어서 '어머니'는 낙원과 일체화된 존재로 나타난다. 박목월이 고향 경주에서 어머니를 중심으로 자연과 동화된 삶을 살았다는 것은 그의 평생을 지배하는 중요한 원체험이다. 어머니를 중심으로 서정적 자아는 자연 사물들과 행복한 교감을 누리고 있었다.

박목월의 『어머니』에 나타난 낙원적 삶은 그에게 하나의 또다른 근원이 된다. 어머니를 중심으로 서정적 자아를 비롯한 만물이 서로 내밀히 생명적 교감을 누리고 있는 이러한 유토피아적인 삶은 물론 소년시절에 대한 추억의 소산물이다. 낭만적 동경으로 이루어진 것이다. 그런 만큼 그 유토피아적 삶은 이 땅에서 회복되어져야 할 당위적인 것이다.

따라서 그것은 미메시스적 원리를 토대로 하고 있다. 박목월의 순수서
정시는 회복되어져야 할 낙원을 모델로 반영하고 있다는 점에서 구원의
시학적 성격을 지닌다. 이 구원의 시학은 타락한 현실을 비추고 비판하고
개선해 나가는 기능을 하고 있다. 그것은 곧 근대화가 가져온 황폐함을
초극하고 새로운 삶의 원리를 구체적인 대안으로 제시하는 것이다. 그 새
로운 삶은 서정적 주체가 사물들과 서로 사랑하면서 더불어 사는 것이다.

그리고 박목월 중기 서정시에 나타난 서정적 동일성의 궁극적인 근원
은 절대자 '하나님'이다. 어머니를 중심으로 만물이 내적 연속성을 확보
하고 있는 것은 결국은 절대자 '하나님'의 존재와 섭리와 사랑 때문이라
는 것이다. 우주 만물 속에 절대자의 신성과 섭리와 사랑이 개입하고 있
는데, 이 절대자의 섭리와 사랑이 '어머니'의 형상으로 구체화되어 나타
나고 있다. 어머니의 이미지는 절대자의 형상과 겹쳐져 나타난다. 이처럼
'어머니'는 서정적 자아에게 있어서 절대자에게 이르게 해주는 매개자로
나타난다. 그처럼 박목월의 중기 서정시에 있어서 어머니는 절대적이라
할 수 있다.

그리고 이러한 기독교적인 서정시학은 절대자를 중심으로 서정적 자아
와 자연 사물들 간의 삼각구도를 형성하고 있다. 서정적 자아인 인간이
자연 사물보다 '도덕적 우위'를 점유하면서 절대자를 중심으로 자연 사물
들과 행복하게 내적 연속성을 확보하고 있는 것이다. 이것이 바로 기독교
적 서정시에서 보이는 총체적 관계이다. 이것은 기독교적인 생명시학, 생
태시학의 기본 구도이기도 하다.

한편 절대자는 기독교적인 서정시에서 우주적 중심이 된다. 이 우주적
중심인 절대자는 만물을 통합시키는 주체가 되고 근원이 된다. 서정적 총
체성이 절대자를 중심으로 이루어지고 있는 것이다. 이처럼 박목월의 기
독교적인 서정시는 그 절대자를 중심으로 일어나는 서정적 원리를 반영
할 수밖에 없다. 이렇게 해서 기독교적인 서정시학이 미메시스적인 원리
위에 놓여 있음을 알 수 있다. 따라서 기독교적인 서정시학은 구원의 시

학일 수밖에 없다. 왜냐하면 미메시스란 '진리'를 반영하는 문학의 정신이자 방법이기 때문이다. 그뿐만 아니라 미메시스란 시적 자아가 진리를 담지하고 있는 대상과 일체화되는 방식이기 때문이다. 다시 말하자면 미메시스란 서정적 동일성을 향한 하나의 강력한 이데올로기이다. 그것은 소위 '진리'에 대한 믿음 위에 기초해 있다. '진리'에 대한 믿음 위에 기초해 있다는 점에서 서정시학은 신생과 희망의 원리로 등장한다.

참고문헌

구모룡, 『제유의 시학』, 좋은날, 2000.

구모룡, 『문학과 근대성의 경험』, 좋은날, 1998.

김경복, 『서정의 귀환』, 좋은날, 2000.

박목월, 『박목월 전집』, 서문당, 1984.

서　림, 『말의 혀』, 새미, 2000.

이숭원, 『한국현대시사연구』, 일지사, 1983.

최승호 편, 『서정시의 본질과 근대성 비판』, 다운샘, 1999.

한광구, 『목월 시의 시간과 공간』, 시와시학사, 1993.

발터 벤야민(반성완 역), 『발터 벤야민의 문예이론』, 민음사, 1983.

에른스트 피셔(김성기 역), 『예술이란 무엇인가』, 돌베개, 1984.

T. W. 아도르노(김주연 역), 『아도르노의 문학이론』 제3판, 민음사, 1992.

전통서정시론의 시대적 변천

I. 머리말

통상 한국 근대문학사에 있어서 견인차 역할을 해 온 것은 리얼리즘문학과 모더니즘문학이라고 말해진다. 즉 리얼리즘과 모더니즘이 서로 길항관계를 맺으면서 한국 근대문학을 추동해 온 원동력이라는 것이 저간의 논리이다. 이러한 논리는 근대라는 것 자체가 어차피 서구적인 것이고 그런 것밖에 없다고 단정을 내리는 연구자들의 편견에 의해 임화 이래 지속적으로 내려오고 있다. 이같은 편견은 서구적 근대의 두 축을 형성해 온 리얼리즘과 모더니즘 외에 다른 문학적 태도는 아예 도외시해 온 경향을 지녀왔다.[1]

그런데 한국문학사가 진행되면서 리얼리즘이나 모더니즘 이론으로는 해석할 수도 없고 또한 그로 인해 무시될 수도 없는 문학적 실체가 거대한 집단과 흐름을 이루면서 전개되어 왔다. 이른바 '전통주의'가 바로 그

---

[1] 실제 많은 문학사가들이 리얼리즘이나 모더니즘 이외의 것들, 특히 전통주의 문학들에 대해 이율배반적인 태도를 취해온 것은 사실이다. 시대사적으로는 분명히 현대문학이라 부르면서도 그것들이 지닌 현대적 가치에 대해서는 의심의 눈길을 거두지 않았다. 그들의 논리로는 이 전통주의 문학들이 정말로 다루기 힘든 괴물과도 같은 것이었다.

것이다. 지금까지 전통주의라 하면 일단 보수적이고 반동적인 것, 국수주의적이고 편협한 것 등으로 치부되어져 왔다. 즉 리얼리즘이나 모더니즘이 추구하는 서구화된 보편주의와는 상반되고 거꾸로 나아가는 반동적인 것, 또는 특수성만 강조하는 국수주의적인 것으로 배척당해 온 것이 사실이다.

결국 문학이란 것도 자기의 이익을 추구하는 집단끼리의 헤게모니 쟁탈전의 성격을 띤다고 보면, 근대문학의 전개과정에서 전통주의자들은 이론적 비평적 지원을 제대로 받지 못하고 중심권에서 밀려나가 떨어진 것이 사실이다. 사실 근대 대학의 학문을 이끌고 온 것이 서구 보편주의이고 보면, 제도적 힘을 얻은 집단들에 의해 전통주의가 크게 불이익을 당해왔다고 해도 과언이 아니다. 더구나 1970~80년대 이후 모더니즘 그룹과 리얼리즘 그룹에 의해 가해진 전통주의자들에 대한 핍박과 박해가 심했다. 그들은 전통서정시라 하면 으레 보수적이고 반동적인 것이라고 단정하고 치부하기에 서슴치 않았던 것이다.

그런데 1990년대에 이르러 신서정의 운동과 더불어 문단에서부터 전통성 또는 서정성에 대한 새로운 인식과 각성이 일어나기 시작했다. 전통적인 것이 반드시 보수적이고 반동적인 것인가, 서정적인 것은 과연 근대에 대한 대결정신이 결여된 것인가 하는 등등의 논의들이 조금씩 일어나게 된 것이다. 필자같은 경우는 순수서정 또는 전통적 서정이 때에 따라서는 리얼리즘이나 모더니즘문학보다도 더 본질적이면서 근본적으로 근대성의 부정적 측면에 대해 대응하는 성격과 논리를 지니고 있다고 본다.[2] 왜냐하면, 자아와 세계간의 내적 연관성을 파괴시키는 파시즘적인 자본의 폭력 앞에 가장 순수하고 집요하게 대응할 수 있는 것은 그러한 순수서정이라고 보기 때문이다. 순수서정이란, 주지하다시피 자아와 세계간의 정서

---

2) 최승호, 「이병기, 근대에 대한 서정적 대응방식」, 『한국적 서정의 본질 탐구』, 다운샘, 1998, pp.43~53.

적, 형이상학적 동일성을 추구하는 데 목적과 특징을 두고 있다. 자본주의적 가속도, 즉 자아와 세계간의 행복한 만남을 파괴시키는 자본의 가속도와 가장 치열하게 싸울 수 있는 양식이 이제는 순수서정이라는 것이 스스로 드러나기 때문이다.3)

본고에서는 한국문단에서 매우 큰 세력과 흐름을 이루어 온 전통서정시가 어떻게 시대적 변천에 대응하여 그 현대적 모습을 띠어 왔는가를 살펴보는 것이 목적이다. 전통서정시가 조선조 때까지는 지배계급의 문학으로 군림해 온 측면이 많다. 그러나 산업화가 진행되면서 그것은 부르주아 문화에 대응하는 논리를 지니게 되었다.

여기서는 한반도 내에서 서구적 근대화가 진행되어 가는 정도에 비례해서 어떻게 전통서정시가 현대적 모습을 구체적으로 띠어 가는지, 그것을 시론을 통해서 살펴보고자 한다. 한국문학사에서 전통서정시론이 크게 대두된 것은 먼저 1920년대 국민문학파에 의해서이다. 그들은 당시 세계주의자들인 마르크스주의 문학론자들과 맞서서 그들의 전통주의 시론을 옹호했다. 그것이 이른바 시조부흥론으로 나타났다. 그리고 1930년대 고전부흥운동과 더불어 동양시론이 또 한번 크게 일어난다. 그것은 문장파의 대두와 더불어 나타났다. 그러다가 해방기를 지나고 6 · 25의 혼란을 겪으면서 전후적 질서회복과 그리고 문단의 재편성과 더불어 1950년대에 또 한번 크게 일어났다.

본고에서는 1920년대는 시조부흥론을 둘러싼 논쟁을 중심으로, 그리고 1930년대는 문장파의 시론을 중심으로, 그리고 50년대는 서정주, 조지훈 등을 중심으로 살펴보고자 한다. 이들을 중심으로 전통서정시론이 현대화되어 가는 과정을 살핌으로써 전통서정시론이 각 시대에 대응하여 어떻게 자기의 모습을 갱신하면서 그 시대에 맞게끔 자신의 존재 이유를 정립해 가는가 살펴 볼 것이다. 결국 근대문학사에서의 큰 흐름인 리얼리즘,

---

3) 최승호, 「머리말」, 최승호 편, 『서정시의 본질과 근대성 비판』, 1999, 다운샘, pp.3~4.

모더니즘, 전통주의 세 그룹간의 헤게모니 쟁탈전과 그 역학구도 속에서, 전통서정시론의 현대적 의미와 위상이 밝혀질 것이다.

Ⅱ. 1920년대 시조부흥운동기의 전통서정시론

1920년대 국민문학파의 시조부흥운동과 관련된 이론적 논의는 그 당시에도 활발했고, 이후 연구자들에 의해서도 비교적 논의가 많이 되어 왔다.4) 그런데 지금까지 시조부흥운동과 관련된 논의는 국민문학파와 KAPF와의 이데올로기적 대결구도 내지 조선주의 대 세계주의라는 이분법적 항목 아래에서만 연구되어온 게 사실이다. 그런데 막상 시조부흥운동을 주도해 온 당사자들의 글을 읽어보면 그들은 단지 그러한 좁은 울타리를 뛰어넘는 이론적 전개 내지 모색을 하고 있었음이 드러난다. 예컨대 그들은 시조부흥운동을 전통서정시의 재건 내지 부활 논의로 이끌어 가고자 했다. 그리고 시조를 통해 한반도 안에서 새로운 '근대문학'의 가능성을 타진하고자 했다. 즉 그들은 전통서정시로써 '근대성'을 확보하려고 시도하고 있었다. 이로 보아, 시조부흥운동과 관련된 그 시대의 전통주의 논의들은 서구 자본주의의 거센 유입과 더불어 전개되기 시작한 이 땅의 리얼리즘과 모더니즘 문학의 틈바구니 속에서 제 살 길을 찾고자 했던 것이다. 서구 자본주의의 유입에 따라 그것에 대응하여 전통서정시론도 걸맞게 변신을 시도해야 하는 당위성을 맞이하고 있었고, 그들 스스로도 그것을 의식하고 있었다.

---

4) 시조부흥운동과 관련된 논의 중 대표적인 것들은 다음과 같은 것들이 있다.
　　백철, 『조선신문학사조사』 현대편, 백양당, 1944.
　　김윤식, 『한국근대문예비평사연구』, 일지사, 1976.
　　김용직, 『한국근대시사』 下, 학연사, 1986.
　　임종찬, 『현대시조론』, 국학자료원, 1992.
　　임선묵, 『근대시조집의 양상』, 단국대출판부, 1983.

시조부흥운동의 최초의 주창자는 단연 육당 최남선이다. 그는 시조 창작뿐만 아니라 시조시론으로서도 근대적인 독자적인 시조학을 개척코자 고심 노력한 인물이다. 지금까지 최남선의 시조시론을 전통서정시론과 관련지어 논의한 것은 거의 없다 해도 과언이 아니다. 그런데 알고 보면 최남선은 시조부흥운동을 분명히 전통서정시론의 입장에서 개진하고 있음을 볼 수 있다.

①봄은 조선의 동산에도 조선심의 노목에도 돌아왔다. 조선인의 오래 눈꼽 끼었던 눈이 차차 바로 무엇을 보게 되고 남의 거울에 빗최는 자기의 그림자를 보게 되고, 그리하여 버렷던 자기를 도로 찾으며, 모르든 자기에 새 정신을 차리게 되었다. 봄의 큰 불은 겨울에게 지질렸던 온갖 것을 모조리 녹이고야 말려 한다. 쌩쌩한 얼음에 눌린 조선심도 자가 본구의 힘을 발휘하야 묵음의 마광과 새롬의 진취에 구원한 젊은 긔운을 보이기 비롯하였다. 터질듯한 마음이 먼저 「말」에게 하소연을 하고 말은 그 주체하지 못하는 울결을 젊은 음절의 조으리로 건지려 하매 詩道는 이에 발흥하였다.[5]

②그러나 조선인이 시를 요구하는 것은 작난으로나 소견으로가 아니라 실로 가슴을 메어터지려 하는 신음성을——견디다 견디다 못한 애끊키는 소리를 구울려 내며 색여 없애려 하는 말려도 말 수 없는 욕구에서 나온 것이다. 그의 아픈 마음을 바로 뒤집어 보이는 무슨 길을 엇지 아니하고는 마지 못할 깊은 사정에 끌려 있는 것이다.[6]

③이것(시조: 인용자)으로써 天魔의 원한을 푸닥거리 하고, 이것으로써 三世六塗九識八苦를 하소연하려 하는 우리가 심상치 아니한 매혹을 가지게 되는 점[7]

---

5) 최남선, 「조선국민문학으로서의 시조」, 『조선문단』, 제16호, (1926. 5.), 권영민 편, 『한국현대문학비평사 Ⅱ』, 단국대학교 출판부, 1981, p.186.
6) 최남선, 「조선국민문학으로서의 시조」, 권영민 편, 앞의 책, p.187.

④조선의 풍토와 조선인의 성정이 음조를 빌어 그 過動의 일 형상을 구현한 것이다. 음파 위에 던진 朝鮮我의 그림자이다. 어떻게 자기 그대로를 가락 있는 말로 그려낼까 하여 조선인이 오랜동안 여러 가지 애를 쓰고서 이때까지 도달한 막다른 골목이다. 조선심의 방사성과 조선어의 섬유조직이 가장 압착된 상태에서 표현된 공든 탑이다.[8]

⑤自然하고 人事하고의 교착과, 환경하고 감정하고의 感應이 문학 또는 시의 기반이 되는 바[9]

이상 인용한 글들에서 우리는 최남선이 얼마나 전통서정시의 가능성과 그 부활을 염원해 왔던가를 알 수 있다. 시조를 통한 전통적 서정의 가능성과 부활에 대한 그의 믿음과 그 이론적 근거는 다음과 같이 몇 가지로 요약될 수 있다.

첫째, 일제에 의해 억눌린 조선인의 정서가 이제 돌아오는 새 봄을 맞이하여 젊은 기운을 보이기 시작한다는 것. 그리고 그 터질 듯한 마음이 말을 통해서 울결을 터뜨려 낸다는 것.

둘째, 조선인이 시를 구하는 것은 장난이 아니라는 것. 실로 가슴을 메어터지게 만드는 신음의 소리라는 것.

셋째, 시조로써 그러한 천마의 원한을 푸닥거리하고 식민지인의 고뇌를 해소할 수 있다는 것.

넷째, 시조는 조선심의 방사성과 조선어의 섬유조직이 가장 압착된 상태에서 표현된 것으로서 서정시의 정수라는 것.

다섯째, 그 서정시란 자연과 인간, 환경과 감정의 감응에서 나온다는 것 등이다.

---

7) 최남선, 「조선국민문학으로서의 시조」, 앞의 책, p.188.
8) 최남선, 「조선국민문학으로서의 시조」, 앞의 책, p.189.
9) 최남선, 「조선국민문학으로서의 시조」, 앞의 책, p.190.

이와 같이 최남선은 단지 조선주의만을 외친 것도 아니고 그것을 복고적이고 반동적인 것으로 만들 의도도 요량도 없었다. 서정시란, 알고 보면, 결코 그 자체가 반동적인 것도 복고적인 것도 아니다. 서정성이란, 서론에서도 밝혔듯이, 자아와 세계간의 일체화를 도모하는 미학정신이다. 즉 자아와 세계간에 서정적 공동선을 추구하는 것이다. 그래서 근대에 들어오면 서정시는 그러한 공동선을 파괴하는 세력과 맞서게 된다. 전통적 서정을 고수하기 위한 최남선의 시조부흥론이야말로 일제로 대표되어지는 당시 파시즘의 폭력성과 파괴력에 맞서서 朝鮮我 내지 조선적 정체성을 지키고, 나아가서 문학적 공동선을 지키고자 한 시도와 노력에서 나온 것으로 볼 수 있다.

그런데 최남선의 그러한 시조부흥을 통한 전통적 서정의 고수를 유독 조선주의라 매도한 사람이 김기진과 김동환이다. 김기진은 시조부흥이 지니는 서정적인 측면은 고사하고 단지 그것이 지니는 바 계급적 측면만을 부각시키고 있다. 즉 시조가 지배계급의 낡은 문학으로서 더 이상 근대문학으로서의 소임을 떠맡을 수가 없다는 것이었다.

> 이미 그러할진대 문단상 조선주의는 어떠하게 가치되어야
> 할 것이냐? ―흙으로 걷어치우건대 그것은 일개의 국수주의
> 의 변형이요, 보수주의요, 정신주의요, 반동주의요, 그 이상
> 의 아무것도 아니다.[10]

이와 같이 그는 시조를 단순히 반동적인 부르주아문학이란 이유로 배척하였다. 그래서 '보수주의 = 반동주의'란 도식의 편견으로 떨어지게 된 것이었다. 그런데 주지하다시피 보수주의가 곧 반동주의는 아닌 것이다. 반동주의는 보수주의 내에도 있을 수가 있고 진보주의 안에도 있을 수 있다. 보수주의든 진보주의든 그것이 극우나 극좌적인 편향성을 띨 때, 그것

---

10) 김기진, 「문예시평」, 『조선지광』 제64호, 1927. 2, p.95.

은 반동화하는 것이다. 단지 보수주의라는 이유로 반동이라고 매도할 수는 없다. 앞의 인용에서도 보았듯이, 최남선은 자연과 인간의 감응과 교차라는 용어를 씀으로써 이른바 '서정적 동일성'을 어렴풋이나마 인식하고 있었다. 이론적이거나 체계적이지는 않지만 전통적 서정시의 본질을 희미하게나마 자각하고 있었던 것이다. 아직 전통적 서정이 본격적으로 전면적으로 위협을 받지 않았던 만큼, 그것의 현대적 중요성에 대한 자각도 방법적일 수는 없었다. 그런데 부르주아들에 의한 제국주의적인 반동체제 속에서 전통적인 서정적 동일성을 추구한다는 것은 다분히 의미가 심장하다. 즉, 이제 제국주의 시대에 들어오면 전통적 서정시가 하나의 반제국주의적인 대응논리로 기능할 수도 있다는 것을 무의식 중에라도 느끼고 있었다고 보아야 할 것이다. 즉, 적어도 최남선은 시조로써 일본 제국주의와 문학적으로 맞서고 있었던 것이다.

그런데 김동환의 「시조배격소의」는 한 술 더 뜬다. 그는 근대시조로서의 가능성만 부정하는 것이 아니라 시조의 미학 그 자체를 부정하는 무리수를 두고 있다. 즉 시조는 그 자체가 낡은 시대의 산물이라는 것, 따라서 한일합방을 一期로 하여 신조선은 구조선을 버려야 한다는 것을 주장하였다. 그리고 시조가 원래 3행시이기 때문에 다른 나라의 시에 비해 열등하다는 것 등을 들어 배격하기를 주장했다.11)

이러한 명백한 전통단절론은 분명 시조가 더 이상 근대적일 수 없다는 부정론에 입각하고 있다. 시조가 더 이상 현대시조로서 존립할 수 없다는 이러한 부정론에 대해서는 앞의 최남선이나 조운 등의 글에서 반론의 가능성을 찾을 수 있다. 사실 명백히 최남선은 '근대시조'를 의식하고 시조부흥론을 개진하고 있다.

⑥ 봄은 조선의 동산에도 조선심의 노목에도 돌아왔다. 조

---

11) 김동환, 「시조배격소의」, 『조선지광』 제68호, (1927. 6), 권영민 편, 앞의 책, pp.352~362.

선인의 오래 눈꼽 끼었던 눈이 차차 바로 무엇을 보게 되고
남의 거울에 빗최는 자기의 그림자를 보게 되고, 그리하여
버렸던 자기를 도로 찾으며, 모르든 자기에 새 정신을 차리
게 되었다.12)

⑦ 왜그러냐 하면 조선은 문학의 소재에 있어서는 아무만
도 못하지 않고, 또 그것이 胞胎로 어느 정도 만큼의 발육을
遂한 것도 사실이지만은 대체로는 문학적 성인, 성인문학 내
지 완성문학의 國 又 國民이라기는 어렵다. 조선도 상당한 문
학국 — 민족 독자의 문학의 전당을 만들어 가진 者라고 하
자면 먼저 문학——민족문학이란 것에 특수한 一定義를 만들
어 가지고 덤빌 필요가 있는 터이다.13)

⑧ 온갖 예술 내지 문화는 그 본연한 요구에 있어서, 필연
할 行相에 있어서 분화, 변화, 진화를 취하는 것이니 이러한
各異, 個別이야말로 큰 續一과 조화의 전제가 되고 계기가 되
는 것이다.14)

위의 글을 요약하면 다음과 같다. 즉, 그는 시조부흥운동이 전통서정시
의 부활운동이라는 것, 그리고 그 전통주의가 계몽주의와 결합한다는 것
을 주장하고 있다. "조선인의 오래 눈꼽 끼었던 눈이 차차 바로 무엇을 보
게" 되는 행위는 바로 "남의 거울에 비치었던 자기의 그림자를 보게 되고
그리하여 버렸던 자기를 도로 찾는다"는 것과 다르지 않다는 것이다. 기
실 최남선의 시조부흥운동은 '근대시조'로서의 시조운동인 것이다. 조선
의 <근대>문학 건설을 위해 시조부흥을 논하고 있는 것이다. 이처럼
그는 어디까지나 계몽주의자로서 시조부흥운동을 전개하고 있다는 것을
잊지 말아야 할 것이다. 그런데, 그때까지는 서구적 근대성의 부정적 측면

---

12) 최남선, 「조선국민문학으로서의 시조」, 권영민 편, 앞의 책, p.186.
13) 최남선, 「조선국민문학으로서의 시조」, 앞의 책, p.189.
14) 최남선, 「조선국민문학으로서의 시조」, p.190.

이 심각하게 드러나지 않았기 때문에, 계몽주의자로서의 최남선이 인식하는 서정성의 중요성은 그리 절실하지도 않았을 뿐만 아니라 방법적 자각을 동반하지도 못했다.

그가 이렇게 전통주의와 계몽사상을 연결시키고 있음은 인용문 ⑦, ⑧에서도 확인된다. 그는 소위 문학의 변화 발전과 진보를 믿고 있다. 그는 근대문학으로 발달을 계속하고 있는 시조의 모습을 상정하고 있는 것이다. 따라서 그는 시조의 형식이 고정된 것이 아니라 시대에 맞게끔 재창조될 것을 아래와 같이 말하고 있다.

> 다만 그것이 시방까지의 정화임과 조선문학의 靈光殿임을 사실대로 인식하야 그전의 꼴이나, 시방의 출발이나, 이 다음의 희망이 나를 여기서 한번 응시하여야 할 것과, 이것으로 새로운 출발점을 삼아서 얼마든지 앞으로 발전시키고, 변화시키고, 乃至 脫化하여 조선심의 소리됨에 가장 적절한 새 형식도 만들려니와 …(중략)… 조선의 국민문학(민족문학)으로의 시조를 좀더 밝은 데로 끌어 내고, 힘있게 만들고, 막다른 골에 길을 터서 새로운 생명을 집어 넣으려 함에 남과 같이 다소의 정열을 가질 뿐이었다. 15)

이와 같이 시조의 내용과 형식을 새롭게 일신시키고자 한 계몽주의자 최남선의 노력이 자신에게서는 창작적으로 크게 성과가 없었으나, 이병기에 와서는 상당한 결실을 이루게 된다. 가람에 이르러서야 비로소 시조부흥론은 본격적으로 현대시론의 모습을 띠게 되었다. 가람은 「시조는 혁신하자」라는 글을 비롯해서 몇 개의 평론을 통해 그것의 현대적인 모습을 구체적으로 제시하고 있다. 가람의 이 글은 1932년에 나온 것이므로 1930년대의 전통서정시론으로 보아야할 것이기에 제Ⅲ장으로 넘긴다.

---

15) 최남선, 앞의 글, p.192.

Ⅲ. 1930년대 고전부흥운동기의 전통서정시론

1920년대 시조부흥운동기의 시조시론이 희미하게나마 하나의 근대적인 서정시론의 일환으로 제기되었음은 이미 살펴보았다. 그리고 1920년대까지의 전통서정시론이 본격적으로 反근대성을 지향하지는 않았다. 왜냐하면 아직까지 1920년대 한국사회에서는 근대성의 어두운 측면이 본격적으로 나타나지 않았기 때문이다. 최소한 근대성의 부정적 측면이 본격화되어야 리얼리즘문학이나 모더니즘문학처럼 전통서정시도 역시 그 부정성에 대하여 비판적인 태도를 취할 수 있기 때문이다.

1930년대 고전부흥운동기, 전통서정시론가의 대표로 이병기와 정지용을 들 수 있다. 이들은 문장파의 대표로서 1930년대 후반기의 한 축을 열어간 사람들이다. 근대문학의 지형도에 나타나는 세 흐름 중 리얼리즘문학이 퇴조하고 난 후, 서구 모더니즘 중심의『인문평론』지와 그에 맞서 파시즘 체제하에서 민족적 자기 정체성을 지키면서 문학적 근대화를 도모해간 잡지로서『문장』이 있다. 고전부흥운동의 이데올로기를 문학적으로 집약하고 있는『문장』이란 잡지의 문학사적 특징에는 종래까지 매우 부정적인 의미에서 '反근대적' 이란 어사가 붙어 다녔다. 적어도 1970~80년대까지에는 '反근대적'이라 하면 그것은 곧 봉건적 내지 '반시대적'인 것을 의미하는 배척되어야 할 것으로 여겨졌다. 그런데 1990년대에 들어와서 서정성, 그것도 전통적 서정성의 의미가 재해석됨에 따라 이제 '反근대'는 '비판적' 내지는 '창조적'이라는 의미를 띠게 되었다.[16] 본고에서도 1930년대의 전통서정시론을 反근대적인 의미에서, 그것의 비판적이고 생산적인 의미에서 새롭게 고찰해 보고자 한다.

---

16) 근래 들어 '反근대'는 근대의 부정성을 초극하는 논리로서, 탈근대적 지평의 가능성으로 해석되고 있다.

김윤식,『한국근대문학사상연구 2』, 아세아문화사, 1994.

최승호,「『청록집』에 나타난 생명시학과 근대성 비판」,『한국시학연구』제2집, 1999.

구모룡,『제유의 시학』, 좋은날, 2000.

먼저 고전부흥운동 기간 중 가장 실질적이고 주체적인 실천을 해나간 인물인 가람 이병기의 시조시학에 나타난 근대적 모습부터 살펴보자. 가람 이병기는 1920년대부터 활동한 사람이었으나, 그의 진면목이 나타나는 것은 1930년대 이후부터이다. 1930년대에 들어와서 해낸 그의 이론적, 창작적 업적은 그 전대 시조부흥운동 시대의 것과는 괄목하게 다르고 질적으로도 발전하였다.[17] 가람의 작업들은 전대 시조부흥운동의 정신과 성과를 계승하면서도 더욱 심화되고 성숙된 것이었다. 그러면서도 당대의 시대정신을 반영하는 1930년대 고전부흥운동기의 활동을 잘 집약하면서도 대표성을 띠고 있는 것이었다. 그러면 가람의 시조시학의 근대적인 모습을 구체적으로 살펴보자.

가람은 무엇보다 시조가 근대 서정시의 하나임을 분명히 인식하고 있었고, 그렇게 계발하려고 노력하고 있었다.[18] 이는 최남선에 비해서 현저한 현상이다. 최남선이 시조를 통해서 근대적 서정성을 희미하게나마 인식하고 있었다 할지라도 그에겐 교술적인 측면이 상당히 남아 있었던 것이다. 이 교술성은 그가 계몽주의자이기 때문에 오는 것이다. 그러나 그렇다고 이 교술성이 반근대적이거나 전근대적인 것은 아니다. 오히려 그것이 근대성으로 작용하고 있다고 보아야 할 것이다. 그의 교술의식은 어떻게든 옛시조를 근대시조로 변혁시키고자 하는 노력과 관련되어 있기 때문이다. 그의 시조는 국민문학의 하나로서 제시된 것이었다. 그리고 그때 '국민문학'이란 것 자체가 근대 국민국가를 전제로 한 것이었다. 그러나, 앞에서 누누히 말했듯이, 최남선에게는 아직 근대적 서정성에 대한 인식이 방법적 자각을 동반하지 못하고 있었다. 이에 비해 이병기는 근대적 서정을 분명히 인식하고 있었고 그만큼 방법적 자각을 동반하고 있었다.

하여튼 이병기는 분명히 하나의 근대 서정시로서의 시조를 인식하고

---

17) 김용직, 『한국근대시사』下, 학연사, 1986, p.377.
18) 이병기, 「시조의 개설」, 『가람문선』, 신구문화사, 1966, p. 278.

그것을 그에 맞게끔 변혁시키고자 노력한 가장 공로가 큰 인물이다.[19] 먼저 그는 시조의 형식을 난삽하고 우원하던 귀족문학적인 것으로 둘 것이 아니라 명료하고 평이한 대중문학적인 것으로 바꾸자고 제안한다. 그래서 그는 진부하고 과장을 좋아하던 고전문학이 아닌 진실하고 신선한 '寫實文學'으로 개조할 것을 주장하고 있다.[20] 그러면 그는 어떻게 소위 사실문학으로서의 근대시조를 만들려고 하는가? 그는 세세히 구체적으로 창작방법론을 개진하고 있다.

첫째, 그는 소위 '實感實情'으로 표현할 것을 제안하고 있다. 그는 우선 옛날 시조 중에서도 오늘날까지 그 생명을 유지해 오고 있는 것은 실감실정을 표현한 것만이라고 못 박고 있다. 그리고 당시까지 전하는 천여 수 되는 시조 가운데 그 작가의 실생활에서 얻은 실감실정을 표현한 것이라고 볼 만한 것이 그다지 많지 않다는 것을 지적하고 있다. 천여 년이 넘는 시조의 역사에도 불구하고 시조가 별로 발전하지 못한 것은, 시조 작가들이 그들의 실감실정을 표현하지 않고 그저 하나의 타령으로 하는 생각과 남의 정신을 가지고 함에 있을 뿐이라고 진단한다.[21]

그리고 그는 실감실정을 나타내기 위해 먼저 '寫生'을 중시하였다. 그에 의하면, 사생은 모든 사물, 모든 정경을 다 그려낼 수 있는 것이다. 그리고 사생은 그저 생각, 혹은 수작으로써 하는 것이 아니고, 적어도 實物, 實事, 實景, 實情, 實感을 근거로 하는 까닭에 그 재료가 광범하고 풍부하며, 그 내용도 진실하고 생신할 수 있다는 것이다.[22]

이처럼 실감실정을 위해 사생을 중시하는 것을 두고 그는 '寫實文學'이라 부르고 있는데[23], 이는 근대시로서의 시조에 한 발짝 크게 다가간 것

---

19) 김용직, 「서정의 주류화와 풍류의 미학」, 『한국근대시사』下, pp.382~388.

20) 이병기, 「시조는 혁신하자」, 『가람문선』, pp. 314~315.

21) 이병기, 「시조는 혁신하자」, pp.316~321.

22) 이병기, 「시조 감상과 작법」, 『가람문선』, p. 309.

23) 이병기, 「시조는 혁신하자」, p.315.

이라고 볼 수 있다. 근대문학의 기본정신이 사실성에 근거하고 있다는 것을 인식하고 있는 셈이다.

둘째, 그는 현대적인 시어를 과감하게 도입할 것을 주장하고 있다. 그러기 위해서는 과거의 시조에서 사용되던 관습적인 언어나 상투어를 버릴 것을 제안하고 있다. 예컨대, 그는 근대적인 용어들 즉, 기차, 전등, 시계, 노동, 세계와 같은 어휘들이나, 구두, 게다, 벤또라든가, 보이, 버스, 포플라, 라디오, 넌센스 같은 서양말이라도 다 써야 하고, 새로 자꾸 만들어내는 말 ― 한글, 카프 같은 따위도 써야 함을 역설하고 있다. 이렇게 함으로써 그는 시조에도 개성적인 분위기와 리듬을 창출할 수가 있다는 것이다.24) 그리고 그렇게 할 수 있는 이유는 시조가 원래 定形이 아니라 整形으로서 생각보다는 그 형식면에서 퍽 자유스럽기 때문이라는 것이다.25)

셋째, 격조의 변화를 들고 있다. 격조의 변화란 간단히 말해서 부르는 시조에서 읽는 시조로의 변화를 두고 말하는 것이다.26) 그는 시조가 진부하게 된 원인의 하나로 여전히 시조를 부르는 것으로 보는 데 두고 있다. 사실 1920년대까지만 하더라도 부르는 시조가 많이 있었다. 그는 부르는 시조는 부르는 전문가에게 맡겨놓고 대중들에게는 읽는 시조가 더 절실하다고 보고 있다. 즉 오늘날부터는 음악으로 부르는 시조보다도 '문학으로서의 시조'를 계발해야 한다는 것이다. 이처럼 시조에 있어서 읽는 것을 강조할 때 그것은 곧 문학성의 강조로 나타난다. 그때의 문학성은 곧 근대성과 연결된다. 주지하다시피 읽는 시조는 활자화된 문학이다. 이 활자화된 문학이 바로 근대성의 한 양상이다. 부르는 시조, 음악으로서의 시조(음악성 강조)가 중세적인 특징을 가짐에 비하여, 읽는 시조, 활자화된 시조(시각성 강조)는 확실히 문학적 근대성을 인식하게 만드는 요인이 된다.

그리고 이러한 문학적 근대성의 핵심을 차지하는 것이 가람에게는 멋

---

24) 이병기, 「시조는 혁신하자」, pp.324~325.
25) 이병기, 「시조는 혁신하자」, p.313.
26) 이병기, 「시조는 혁신하자」, pp.325~326.

과 풍류로 나타난다. 그에게 있어서 풍류는 최남선에게 여전히 남아 있던
교술성을 몰아내고 대체하는 것이었다. 교술성의 빈자리를 서정성, 그것
도 근대적 서정성으로 채웠다는 것이다.[27] 그리고 그의 풍류의 서정시학
은 곧 난과 매화의 미학으로 나타난다. 또한 그 난과 매화의 미학은 1930
년대 후반 제국주의화된 식민지 자본주의적인 속도와 번잡함 또는 속물
성으로부터 시적 자아를 지켜주는 구실을 하게 된다. 필자는 다른 글에서
그것을 생명의 미학이라고 부른 바 있다.[28] 즉 파시즘의 얼어붙은 시절에
난과 매화의 생명력을 노래함으로써, 그 파시즘의 날카로운 바람에 응전
할 수 있었다는 것이다. 가람 시조학의 근대적 특질은 바로 여기에서 그
정점에 이른다. 제국주의화한 일본 자본이 빚어내는 서구적 근대의 부정
적인 측면에 대응하는 논리로서의 '反근대적' 태도가 오히려 시적인 근대
성을 확보한다는 것이다.[29]

　넷째, 이러한 근대적인 내용미학의 변화에 부응하기 위해 시조의 형식
도 연작으로 쓸 것을 제안하고 있다. 그에 따르면, 종래의 시조는 한 수가
한 편이 되게 하여 완전히 독립된 성격을 지니고 있었다. 그런데 오늘날
우리의 실생활은 예전보다 퍽 복잡하여지고 새로운 자극을 많이 받게 되
었다. 따라서 그 복잡한 정서를 겨우 한 수만으로 표현한다면, 아무리 그
선을 굵게 잡더라도 불가능하다는 것이다. 따라서 연작을 쓰자는 것이다.
이 연작은 연시조와도 다르다. 연시조도 따지고 보면 매 한 수 한 수가 독
립적이라는 점을 들어 연작의 효능에 못 미치는 것으로 보고 있다. 그는
연작의 방법을 이렇게 제시하고 있다.

　　한 제목을 가지고 한 수 이상으로 몇 수까지든지를 지어
　　한 편으로 하는데, 한 제목에 대하여 그 시간이나 위치는 같

---

27) 김용직, 「서정의 주류화와 풍류의 미학」, 앞의 책, pp.388～398.
28) 최승호, 『한국현대시와 동양적 생명사상』, 다운샘, 1995, pp.115～117.
29) 최승호, 『한국적 서정의 본질 탐구』, 다운샘, 1998, pp.53～55.

든 다르든, 다만 그 감정의 통일만 되게 하는 것이다. 가령
이에 다섯 수가 각각 독립한 것이면서도 서로 연관이 있어
전개되고 통일된 것이다.[30]

이와 같은 연작은, 이병기의 주장처럼, 근대의 복잡한 실생활에서 빚어
지는 정서를 담아내기 위한, 근대적 변모를 위한 시도로 해석할 수도 있
을 것이다. 그러나 근대의 복잡한 생활에 대해서 그 시적 대응의 강도를
높이기 위해서는 훗날 이호우처럼 단수정신으로 나아갈 수도 있다는 점
을 고려한다면, 그의 연작론은 하나의 가능성 정도로 평가할 수 있을 것
이다.

이제부터는 1930년대 전통서정시론가 중에 그 성향이 매우 두드러지는
정지용의 견해를 살펴보기로 하자. 정지용의 시론들은 거개가 1930년대
후반에 나온 것이다. 즉 일제 파시즘에 의해 한반도 내에서 근대가 파국
을 맞고 난 후에 나온 글이다. 그런 점에서 정지용의 글은 근대가 파국을
맞고, 즉 계몽과 진보에 대한 믿음이 무너지고 난 다음에, 그 대안으로 나
온 것으로 볼 수 있다. 그러한 근대의 신념을 무너뜨린 파시즘의 실체와
미학적으로 대응하면서 나온 점에서 정지용 전통서정시론의 현대적 성격
이 확보되는 것이다. 이 시대 시론에 나타난 소위 '反근대성'은 서구적 근
대가 파국을 맞고 다다른 파시즘의 광기에 맞서기 위한 전략적 미학적 태
도에서 나온 것이다. 따라서 이 시대 정지용의 시와 시론에 나타난 反근
대성은 체제에 대해서는 비판적으로, 미학적인 측면에서는 생산적으로 기
능한 것을 알 수 있다.

정지용은 이병기보다도 서정성의 중요성과 그 위의를 좀더 구체적으로
실감하고 있었다. 그것은 그의 중요한 시론인 「시의 擁護」나 「시의 威儀」
에 나오는 '시'라는 용어가 실제는 '서정시'에 한정된다는 점을 인식하면

---

30) 이병기, 「시조는 혁신하자」, p.327.

금세 눈치챌 수가 있다. 그만큼 그는 전통적인 서정성을 중시하고 그것을 옹호하였다. 왜 서정성, 그것도 전통적 서정성을 그토록 옹호하고, 서정시가 지니는 바의 威儀를 강조하였는가. 그것은 앞에서도 말했듯이 서정성, 그것이 당대를 이겨내는 또는 견디어내는 가장 확실하고 끈질긴 방법이었기 때문이다. 파시즘 계절에 있어서 순수 전통서정성이야말로 가장 근본적인 대응방식이기 때문이다.

필자가 다른 글에서 밝혔듯이[31], 정지용은 순수 조선적 포에지의 가능성을 이병기에게서 발견하였다. 문장파의 정신적 수장인 이병기와의 오랜 교분으로 인해 정지용은 그의 새로운 시조의 가치에 대해 남다른 애정을 가지고 있었고, 또한 거기서 자신의 새로운 변모를 위한 자양분을 끌어오고 있음을 아래의 인용문에서 읽을 수 있다.

> 더욱이 확호한 어학적 토대와 고가요의 조예가 가람으로 하여금 시조 제작에 힘과 빛을 아울러 얻게 한 것이니 그의 시조는 경건하고 진실함이 이를 읽는 이가 평생 교과로 삼을 만한 것이요 전래 시조에서 찾기 어려운 자연과 리얼리티에 철저한 점으로서는 차라리 근대적 시정신으로써 시조 재건의 열렬한 의도에 경복케 하는 바가 있다. 이리하여 가람이 전통에서 출발하여 그와 결별하고 다시 시류에 초월한 시조 중흥의 영예로운 위치에 선 것이다.[32]

위의 글에서 보듯 정지용은 가람의 시조에서 근대적 포에지를 읽고 있다. 같은 글에서 그는 '조선적 리리시즘'을 말하는데, 이 조선적 리리시즘의 대표인 이병기 시조에서 바로 근대적 시정신을 읽을 수 있다는 것이다. 그 근대적 시정신을 자연과 리얼리티에 철저하다는 점에서 찾고 있다.

---

31) 최승호, 「이병기, 근대에 대한 서정적 대응 방식」, 『한국적 서정의 본질 탐구』, 다운샘, 1998, p.36.

32) 정지용, 「가람시조집 跋」, 『가람시조집』, 문장사, 1939, pp.103~104.

그런 이유 때문에 가람이 전통에서 출발하여 그것을 초월하고 새로운 국면을 타개했다고 말하는 것이다. 바로 거기서 그가 말하는 바 조선적 리리시즘의 근대적 가능성을 찾아낸 것이다.

그가 말하는 바의 조선적 리리시즘, 즉 전통적 서정성에 대한 열렬한 옹호는 「시의 옹호」에서 확호하게 드러난다. 그는 이 글에서 "고귀한 발화에서 다시 긴밀한 화합에 이르기까지 효력적인 것이 시가 마치 橄欖(감람) 聖油의 성질을 갖추고 있다"[33]라고 말한 적이 있다. 여기서 말하는 '긴밀한 화합'이란 달리 이름 붙이면 '서정적 동일성'일 것이다. 그런데 이 '서정적 동일성'은 '고귀한 발화'에 의해 이루어진다. 그런데 '고귀한 발화'는 카톨릭적으로 말해서 '회복된 언어'이다. 언어가 회복된다는 것은 그것의 본질적 능력을 회복한다는 말이다. 카톨릭적으로 말해서 창조시의 아담의 언어는 사물의 본질이나 속성을 그대로 다 드러내는 본질적인 것이었다. 그러나 그의 타락으로 말미암아 언어의 본질적 능력은 손상되어 버렸다. 이제 그 언어는 오직 예수 그리스도의 피로 씻겨질 때에야 회복되어진다. 이렇게 죄성으로부터 회복된 언어로 된 시는 긴밀한 화합의 효과를 가져온다. 그리고 그러한 시는 '감람 聖油'로 거룩하게 구별된 것과 같은 성질을 지닌다는 것이다.

이와 같은 언어철학에 바탕을 두고 개진되고 있는 그의 서정시론은 너무나도 확고하다. 그리고 그의 서정시론은 아래와 같은 확고한 정신적인 기반, 형이상학적 토대 위에서 이루어지고 있다. 정지용의 정신주의적인 시관을 나타내는 다음의 인용문을 읽어보자.

> 정신적인 것은 만만하지 않게 풍부하다. 자연, 人事, 사랑, 죽음 내지 전쟁, 개혁 더욱이 도의적인 것에 멍이 든 육체를 시인은 차라리 평생 지녀야 하는 것이, 정신적인 것의 가장 우위에는 학문, 교양, 취미 그러한 것보다도 <愛>와 <기도>와

---

33) 정지용, 「시의 옹호」, 『정지용 전집 2』, 민음사, 1988, p. 243.

<감사>가 거한다. 그러므로 신앙이야말로 시인의 일용할
신적 糧道가 아닐 수 없다.[34]

이와 같이 그의 서정시론은 정신주의적인 본질시론에 기초하고 있다. 그 정신주의적인 본질시론의 핵심에 카톨릭 사상이 들어 있다. 즉 모든 예술적 미의 근원으로서의 '하나님'에 대한 신앙을 제시하고 있는 것이다. 이처럼 1930년대 후반 그의 전통서정시론은 카톨릭 신앙 위에 확고하게 서 있는 본질시학인 셈이다. 시나 언어 및 모든 진·선·미의 궁극적인 근원으로서의 신을 인정하고 거기서 출발하는 모습에서 그의 서정시론이 만만치 않음을 알 수 있다.

1930년대에는 일제 파시즘 세력에 의해 KAPF가 해산되고, 마르크스주의뿐만 아니라 자유주의 이념에 입각한 합리적인 사고가 파탄에 이르게 되었다. 역사의 발전과 진보에 대한 믿음은 송두리째 흔들렸다. 더군다나 카프의 해산과 더불어 나타난 리얼리즘의 퇴조는 근대적인 진리관 자체의 와해를 초래하게 된 것이다. 이런 지적, 정신사적 공백 속에서 정지용의 카톨릭사상에 기반한 전통서정시론이 빛나는 의미를 지니게 되는 것이다. 아무리 파시즘이 날뛰더라도 그의 카톨릭사상에 기반한 진리관은 엄연히 존재하고 있었던 것이다. 그리하여 그는 다음과 같이 확고한 본질론에 입각한 시론을 펼칠 수 있었던 것이다.

사물에 대한 타당한 견해라는 것이 의외에 고립하지 않았던 것을 알았을 때 비로소 안도와 희열까지 느끼는 것이다. 한 가지 사물에 대하여 해석이 일치하지 않을 때 우리는 서로 쟁론하고 좌단할 수는 있으나 정확한 견해는 논설 이전에서 이미 타당과 화협하고 있었던 것이요, 진리의 보루에 의거되었던 것이요, 편만한 양식의 동지에게 암합으로 확보되었던 것이니, 결국 알 만한 것은 말하지 않기 전에 서로

---

34) 정지용, 「시의 옹호」, pp.243~244.

알고 있었던 것이다. 타당한 것이란 天成의 위의를 갖추었기
때문에 요설을 삼간다. 싸우지 않고 항상 이긴다.35)

위의 글에서 그가 사물에 대한 보편타당한 객관적 진리를 믿고 있음이
명확하게 드러난다. "의외에 고립하지 않았다"는 말에서 보편타당성이 검
증된다. 그리고 그런 보편적인 진리에서 '안도와 희열'이라는 미를 느끼
게 된다. 즉 앞에서 말했듯이, 미의 근원은 보편적인 진리이자 객관적인
진리인 '예수 그리스도'이고 그 속에서 안도와 희열을 느끼게 된다는 것
이다. 이러한 보편적인 진리는 논설 이전에 이미 타당과 협화하고 있었던
것이고, 편만한 양식의 동지에게 암암리에 확보되었다는 것이다. 그리고
그런 보편적 진리란 말하지 않더라도 이미 서로 알고 있다는 것이다. 그
리고 그것은 천성의 위의를 갖추었고 그래서 요설을 삼가고 싸우지 않고
도 항상 이긴다고 본다.

이와 같이 그는 카톨릭사상을 기반으로 본질론적인 서정시학을 구축하
고 있었다. 그 카톨릭 사상으로 그는 당대 파시즘과 맞붙어 싸우고 있었
던 것이다. 특히 그가 믿고 있던 본질시학은 당시에 유행하던 각종 해체
시론에 대한 맞대응의 논리로 읽혀질 수 있다. 당시 李箱 중심의 해체시
학은 결국 보편적인 진리를 부정하고 허무주의에 빠져 있었던 것이다. 따
라서 카톨릭적 본질시학에 바탕을 둔 그의 서정시론은 당시 해체시론의
허무사상에 대한 비판과 대안으로 기능했던 것이다. '은혜', '사랑'이란 용
어를 시론에서 자주 사용하고 있는 것으로 봐서 당시 그가 얼마나 해체시
론의 절망감에 크게 저항하고 있었는가를 알 수 있다.

한편 그의 정신주의적 서정시론에는 카톨릭 사상 외에 동양정신도 스
며들어 있다. 한국 카톨릭이 이방 사상에 대해 대체로 관용적인 것처럼,
정지용도 동양사상을 받아들여 절충시키고 있다. 특히 그는 유가적인 사
상에 깊이 관심을 드러내고 있다. 특히 그가 언어와 문화에 대해 치열한

---

35) 정지용, 「시의 옹호」, p.241.

애정을 느끼는 점으로 봐서 더욱 그러하다.

> ① 시는 다시 애착과 友誼를 낳게 되고, 문화에 대한 치열한 의무감에까지 앙양한다. 고귀한 발화에서 다시 긴밀한 화합에까지 효력적인 것이 시가 마치 감람 성유의 성질을 갖추고 있다.[36)

> ② 문자와 언어에 혈육적 愛를 느끼지 않고서 시를 사랑할 수 없다. 사랑은커니와 시를 읽어서 문맥에도 통하지 못하나니, 시의 문맥은 그들의 너무나도 기사적인 보통 상식에 연결되기는 부적한 까닭이다.[37)

> ③ 시의 신비는 언어의 신비다. 시는 언어와 Incarnation적 일치다. 그러므로 시의 정신적 심도는 필연으로 언어의 정령을 잡지 않고서는 표현 제작에 오를 수 없다.[38)

이상의 인용문에서 보았듯이, 그는 소위 인간에 의한 '문화'를 중시 여긴다. 이것으로 보아 그가 도교보다는 유교에 가깝다는 것을 알 수 있다.[39) 그리고 그가 언어를 중시하는 점에서도 유교에 가깝다. 카톨릭에서도 언어를 중시하지만, 유교사상에서도 언어를 중시한다. 공자의 정명사상이 그러하다. 정명사상이란 언어 기호로 사물의 본질을 드러내고자 하는 은유적 태도의 산물이다. 언어 기호체계와 사물들의 체계를 일치시키려는 사상, 더구나 언어기호에 생명을 불어넣음으로써 사물들의 질서를 바로잡으려는 사상이 그런 정명사상에 들어 있는 것이다.

---

36) 정지용, 「시의 옹호」, p.241.

37) 정지용, 「시의 옹호」, p.243.

38) 정지용, 「시와 언어」, 『정지용 전집 2』, p. 253.

39) 정종진이 정지용을 도교적으로 해석한 적이 있다.
   정종진, 『한국현대시론사』, 태학사, 1988, pp.221~223.

이처럼 기표와 기의를 일치시키려는 사상이 정지용의 1930년대 후반기 전통서정시론의 핵심을 이루고 있다. 기표와 기의를 일치시키려는 은유적 태도는 하나의 언어철학이고 세계관이다. 1930년대 후반 파시즘의 폭력 앞에 모든 것이 파괴 해체되고 혼돈되어 가던 시절, 정지용은 언어를 바로잡음으로써 세계의 질서를 세우겠다는 의지를 지녔던 것이다. 그런 은유적 상상력의 형이상학적 기반으로 작용한 것이 카톨릭이요, 유가적 세계관이다. 그가 동양사상에도 깊이 관심을 가졌다는 것은 아래의 인용문에서도 밝혀진다.

> 시학과 시론에 자주 관심할 것이다. 시의 자매 일반예술론에서 더욱이 동양화론, 서론에서 시의 향방을 찾는 이는 비뚫은 길에 들지 않는다.
> 경서 성전류를 심독하여 시의 원천에 침윤하는 시인은 불멸한다.[40]

이상과 같이 1930년대 이병기와 정지용의 전통서정시론을 살펴보았다. 이병기의 전통서정시론은 전근대적인 시조가 근대적인 시조로 넘어오는 데 있어서 하나의 거멀못 역할을 하였고, 정지용이 그것을 매우 정교하게 발전시켜 놓았다. 그리고 그들의 시론은 1930년대 후반, 파국에 이른 근대의 절망적 상황에서, 새로운 정신적 탈출구를 여는 데 일조를 했다. 그리고 그들의 反근대적 성향은 제국주의 파시즘에 이르고 만 서구적 근대성에 대한 비판적 대응논리로 생산적으로 작용했던 것이다. 이러한 점에서 그들의 전통서정시론은 당대에 있어서 또하나의 독특한 방법으로 현대성을 확보하고 있는 것이다.

---

40) 정지용, 「시의 옹호」, p.245.

Ⅳ. 1950년대 전후 전통서정시론

1950년대는 6·25 전쟁과 그로 인한 전후 실존적 상황으로 엄청난 혼란과 혼돈이 야기된 시대였다. 전쟁에 의한 물리적 파괴와 더불어 진행된 정신적 참상은 극심한 인식의 단절을 가져왔다. 이 인식의 단절은 자아와 세계간의 질서를 파괴했을 뿐 아니라, 한 개인의 의식세계마저 분열시켰다. 자아와 세계의 질서 교란과 인식의 분열은 결국 서정적 질서의 파괴를 초래했으며 인간성의 황폐화를 야기시켰다.

전후의 이러한 인식 내지 정신적 혼란이 가중되고 심화될수록 그것에 대한 반응은 두 가지로 나타났다. 하나는 세계적 질서를 다시 회복하려는 것이고, 다른 하나는 재질서화 자체를 부정하고 불신하는 것이었다. 앞의 태도는 서정성 회복으로 나타나는데, 그것이 소위 전통적 서정성 회복을 지향하는 전통주의 내지 영미계통의 주지적 모더니즘이다. 후자의 태도는 쉬르리얼리즘 계열 모더니즘 위주의 해체적 경향의 시들로 나타났다. 전자의 시는 어떻게든 질서를 회복하여 자아와 세계가 유기적 총체성을 확보하는 쪽으로 나아간 반면, 후자의 시는 분열과 혼돈 그 자체만 강조 내지 노정하는 절망과 허무의 시학으로 나아갔다.

여기서는 전자 중에서도 전통주의 시론만 따로 떼어 분석하고자 한다. 전후 혼돈된 시대에 있어서 자아와 세계간의 조화와 화해를 추구하고, 인식 주체의 의식의 분열을 극복하려는 시도를 그들의 시론에서 살펴보고자 한다. 먼저 1953년에 간행된 조지훈의 『시의 원리』를 중심으로 전통서정시학의 현대화된 모습을 살펴보고자 한다.

『시의 원리』는 피난 중 대구에서 그 초판이 나왔다. 그리고 약간의 보완을 거쳐서 개정판이 1959년에 나왔다. 1953년 전쟁 중에 출판되었으나, 그것을 전후시론으로 묶어도 큰 무리는 없을 것으로 본다. 그 책은 나오자마자 크게 인기가 있었던 것으로 보인다. 그것은 이 책의 내용이 전쟁 내지 전후적 상황에 있어서 매우 절실한 대안으로 받아들여졌던 것으로 해석할 수도 있다. 이는 조지훈의 전통서정시론이 전쟁기나 전후 상황을 대처하는 미학적 방법의 하나로서 매우 유효한 것으로 인정받았다는 것을 나타내기도 한다.

확실히 그의 시론은 전후 상황에 있어서 새로운 질서를 복구하는 데 있어서 하나의 적극적인 대안으로 제시된 것이 사실이다. 더군다나 리얼리스트들이 문단에서 사라지고 난 다음, 그의 시론은 보수주의 우파 문인들에게 하나의 교과서처럼 읽혔을 가능성이 크다. 전후 문단은 결국 모더니즘과 전통주의로 대별된다. 모더니스트들을 위한 이론적이고 체계적인 문건이 어느 정도 있었다면, 전통주의자들을 위해서는 이것밖에 없다시피 하였다. 소위 문협정통파의 이론적 지침서로서 한국 보수주의 문단의 대변서 역할을 한 셈이다.

조지훈의 전통서정시론은 그 요체가 서정성 회복과 그것의 현대화로 귀결된다. 먼저 서정성 회복은 인간과 자연에 대한 전통적인 '믿음'에서 출발한다. 조지훈의 서정시론도 역시 종래의 전통서정시론과 마찬가지로 인간과 자연과의 관계 설정에서 시작된다. 전통서정시론에서 특히 자연시론에서 인간과 자연이 관계 맺는 방식의 문제는 핵심적인 것이다. 과거 전통적인 서정시론에서 인간과 자연은 대체로 매우 행복하게 만나고 있다. 즉 자아와 세계, 인간과 자연간의 서정적 동일성 추구는 쉽게 이루어지고 있었다. 그것은 과거 근대 이전까지는 하나의 공식 이데올로기였으며, 누구도 부인하지 못할 지배 이데올로기였다. 그리고 그것의 정치학은 성리학적 세계관을 토대로 하여 매우 견고하게 기능하고 있었다. 그런데 근대산업사회로 넘어오면서, 더군다나 6·25와 같은 엄청난 전쟁의 파괴를 거치면서 그 정치학은 의미와 기능이 달라지게 된 것이다.

과거 조선조까지만 해도 전통서정시학의 정치학은 다분히 지배 이데올로기로 작용하였으나, 이제 엄청난 자본의 파괴력 앞에 그것은 '저항 이데올로기'로 나타난 것이었다. 전쟁이란 참화와 그 이후 지속된 실존적 불안과 혼란 속에서 전통서정시학은 그 존립에 위기를 맞게 된 것이다.

이제 더 이상 인간과 자연에 대한 전통적인 믿음이 자명하지 않게 된 것이다. 인간은 믿을 수도 없고, 자연조차도 매우 이기적이고 폭력적인 것으로 비쳐지기 시작했다. 거기서 모더니즘이 발생한 것이다. 이런 위기 상황에서 다시금 인간과 자연에 대한 희망과 믿음을 회복하는 데 그의 서정시론이 의미를 띠게 된 것이다.

사실 근대 서구사상, 특히 실존주의, 대륙 모더니즘 등의 유입 이후, 인간과 자연에 대한 믿음은 심하게 붕괴되고 위협을 받아왔다. 이런 상황에서 우리는 조지훈이 자연과 인간에 대한 전통적인 '믿음'을 새삼스럽게 강조한 의미를 되새길 필요가 있다. 근대 이전에는 자연과 인간에 대한 믿음은 자명했다. 너무나도 당연했기에 의식적으로 '믿음'이란 말을 쓰지 않았고 쓸 필요도 없었다. 그러나 조지훈 시대에 오면 '믿음'이란 말이 두드러지게 나타났다. 이것은 매우 의식적이고 전략적인 표현이다. 따라서 자연과 인간에 대한 믿음을 강조하는 그의 태도는 새로운 미학적 의미를 띠게 된다. 전략의 변화는 미학의 변화이다.

자연과 인간에 대한 그의 믿음은 곧 그것들이 절대적으로 선하고 완미하다는 것이다. 그의 이러한 미학적 태도는 물론 유교적인 전통에서 나온 것이다. 유교적 전통 중에서도 영남 사림파들의 주리적 흐름에서 나온 것이다. 주리적 전통에 의하면, 특히 퇴계적 전통에 의하면, 인간을 포함한 자연물은 모두가 각기 본질로서의 理를 품수하고 있는데, 이때 理는 절대적으로 선한 것이다. 그리고 이때 그들에게 있어서 理는 진·선·미의 통합적 근거이기도 하고 미 그 자체이기도 하다. 모든 미의 근원으로서의 理와 그것의 발현체로서의 자연과 인간에 대한 믿음은 결국 인간과 자연에 대한 무한한 사랑으로 나타난다.

> 대자연의 생명을 현현시키는 시인은 먼저 천분으로 뜨거운 사랑을 가진 사람이 아니면 안되고, 노력으로 사랑하고자 애쓰는 사람이 되지 않으면 안될 것이다. 왜그러냐 하면, 대

> 자연의 생명은 하나의 위대한 사랑이요, 그 사랑은 꿈과 힘
> 을 지니고 있기 때문이다. 다시 말하자면, 시는 생명 그것의
> 표현이요, 인간성 그것의 발현이다.[41]

이처럼 대자연이 생명으로 가득 차 있다는 것, 그리고 그 생명은 사랑
을 본질로 하고 있다는 것, 인간조차도 대자연의 일부라는 것을 말함으로
써 우주의 본질이 仁이라고 보는 유가사상을 이어받고 있다. 유가들은 우
주의 본질을 仁이라 하면서 우주에 대한 무한한 믿음과 찬사를 보내왔다.
사실 유학사상도 하나의 종교적 믿음 위에 구축되어 있다. 자연이 그 자
체로 절대적으로 선하며 모든 생명의 모태가 되고 있다는 생명사상, 그것
은 분명히 하나의 이데올로기이다. 조지훈 등이 순수시론을 동양적 생명
사상 위에서 정초시키고 있듯이[42], 그것은 하나의 이데올로기적인 믿음인
것이다. 바로 동양적 理氣철학을 그 형이상학적 바탕으로 하여 마르크스
주의자들이나 모더니스트들과 싸우고 있는 것이다. 따라서 그의 순수시론
은 전후 문단에서 전략적 의미를 획득하고 있는 것이다.

조지훈에게 있어서 시란 바로 생명의 흐름 속에 깃들어 있다고 보아야
할 것이다.[43] 시가 생명의 흐름 속에 깃들어 있다는 것은 바로 미의 근원
이 우주적 생명 속에 있다는 것이다. 이것은 方東美식으로 말하자면, 미
란 우주 속에 있는 보편생명의 흐름 속에 있다는 것이다. 方東美에 따르
면, 우주의 생명 그 자체는 매우 그리고 절대적으로 선한 발걸음을 하고
있다는 것이다.[44] 조지훈의 서정시론은 이렇게 절대적으로 선한 자연과
인간의 믿음에 근거한다.

그리고 조지훈은 인간의 언어에 대해서도 확고한 믿음을 지니고 있다.

---

41) 조지훈, 「시의 원리」, 『조지훈 전집 3』, 일지사, 1973, p. 15.

42) 최승호, 「조지훈 순수시론의 몇 가지 이론적 근거」, 『한국적 서정의 본질 탐구』, 다
운샘, 1998, pp.85~92.

43) 조지훈, 「시의 원리」, p. 37.

44) 方東美(정인재 역), 『중국인의 인생철학』, 탐구당, 1992, pp.24~25.

즉 본질적인 언어, 시적 언어에 대한 믿음이 있다. 그에게는 시적인 것이 분명히 존재한다. 시적인 주제, 시적인 진리가 존재한다. 그것이 理요, 자연이요, 인간이다.

또 한편 그에게는 시적인 언어도 분명히 존재한다. 시적 언어란 앞에서도 말했듯이 본질적 언어이다. 즉 사물의 정신, 본질을 드러내는 언어이다. 서정시란 바로 이런 본질적 언어로 자아와 세계가 서로 대화하는 것이기 때문이다. 결국 서정시란 인간이 언어로 대상에다 말을 걸고 이름을 붙이는 행위에 다름 아니기 때문이다. 조지훈은 이런 시적 언어, 본질적 언어를 아래와 같이 유가적인 생명사상으로 이해하고 있다.

> 시 창생의 유일한 질료는 언어이다. 시의 뼈와 살, 빛과 소리, 혼과 향기는 모두 언어 속에 깃들어 있다는 말이다. 그러므로 언어 속에는 우주의 생명이 깃들어 있다고 하지 않을 수 없다. 그러나 언어는 도리어 인간의 속에 있고 인생은 자연의 안에 있다. 사람이 창조하는 언어가 자연의 혈통을 받아 생명체로 독립 환원하는 곳에 시의 생탄하는 보람이 있는 것이다[45].

이는 언어 속에 바로 생명(우주의 본질)이 들어 있다는 사상이다. 비록 일상 언어에는 이런 생명이 들어 있지 않다 하더라도 시적인 언어에는 그것이 들어 있다는 것이다. 언어 속에 생명, 곧 사물의 본질을 담을 수 있고 또 담아 내어야 한다는 명제는 공자의 정명사상에 잘 나타난다. 조지훈은 한편 그런 본질적 언어를 '생명적 언어'[46]라 부르고 있는데, 이 생명적 언어에 대한 믿음이 유가들에게서 보편적으로 보이는 것이다. 예컨대 박지원은 언어 속에 理와 氣가 들어있다고 주장한 적이 있다.[47]

---

45) 조지훈, 「시의 원리」, p.25.

46) 조지훈, 「시의 원리」, p.33.

47) 박지원, 「답임형오론원도서」, 『연암집 2』, 부성문화사, 1966, p.36.

이런 본질적 언어는 달리 말하면 은유적 언어가 될 것이다. 언어로써 사물의 본질을 담아내고 또한 그로 인해 사물의 질서를 바로 세워야 한다는 사상이 그 속에 들어있다고 보아야 할 것이다. 그리하여 그는 "시를 쓰면 벌써 시가 아니다"라는 老子적 명제를 부인하고, "시를 쓰면 시가 된다"고 孔子식으로 정리하고 있다.[48) 따라서 그는 다음과 같이 언어를 통한 우주적 생명의 미의 발현을 말하고 있다.

> 시의 우주는 실로 한 편의 시를 통하여 영원한 시간과 무한한 공간을 통일한다. 질서 없는 혼돈이 질서와 조화를 이룬 것이 우주이듯이, 시정신은 하나의 광대한 도로서 카오스가 코스모스로 넘어가는 길이 된다. 무한한 카오스가 한 편의 유한한 시로 형성된다.[49)

이는 결국 언어로써, 언어를 바로잡음으로써 세상의 질서를 바로잡겠다는 의지, 곧 기표와 기의를 일치시키겠다는 은유에의 의지를 표명한 것이다. 결국 서정시학에 있어서 본질적 언어에 대한 믿음은 바로 시를 통해 자아와 세계간의 조화와 질서를 바로 세우겠다는 래디컬한 사상으로 나아간다. 이것은 보수주의가 진보적인 측면을 아울러 띠게 되는 국면이다.

이것은 전후 혼돈된 언어관을 바로잡겠다는 의지와 연결되어 있다. 당시는 리얼리스트들에 의한 연속체적인 인식이 뿌리뽑히고, 모더니스트들에 의한 혼돈철학이 유행되고 있었다. 모더니스트들에 의한 혼돈된 언어철학을 불식시키고 이를 통해 시를 바로잡고 나아가 세상을 바로 세우겠다는 사상이 하나의 의지로 표명된 것이다.

여기서 그의 전통서정시학이 은유에의 의지라는 하나의 이데올로기로 나타난 것이다. 이런 이데올로기는 서정성에 대한 완벽한 믿음으로 나아간다. 당대의 혼란과 혼돈, 그리고 인식적 단절과 파편화를 막으려면 이

---

48) 조지훈, 「시의 원리」, p.14.
49) 조지훈, 「시의 원리」, pp.15~16.

길밖에 없다는 사상은 결국 서정시에 대한 종교적 믿음으로까지 나아가게 된 것이다. 여기에 전후 전통서정시론의 한 극점이 명백히 드러나게 된다.

> 생명의 충동과 이상의 규범이 자연히 일치되는 사람! 일거수 일투족이 무비법에 맞는 사람! 그가 바로 천성의 시인이다. 이런 사람이 사는 곳엔 도덕도 법률도 아랑곳 없을 것이다. 그러기에 조화와 질서와 통일의 미는 교화 이상이 될 수 있는 것이니, 우리는 철인의 정치 뒤에 인류정치의 구경적 이상으로 시인정치를 생각할 수 있다. 언제 이루어질지 모르는 이 고귀한 사명 속에 시의 종교성이 있다.[50]

이처럼 그는 시인정치를 이상적인 것으로 보고 있다. 그리고 그 시인을 우주적 도의 구현자로 보는 데서 그의 서정시학이 지니는 바 유토피아 지향성이 나타난다. 이 유토피아 지향성이야말로 그의 전통서정시학이 지니는 근대적 측면이다. 근대성은 그 특징이 종말론과 유토피아 지향으로 나타난다. 6·25전쟁으로 인해 근대문명이 봉착한 파국을 인지하고 하나의 새로운 유토피아를 상정하는 것으로써 그의 전통시학은 현대적 특질을 유감없이 발휘하고 있는 것이었다.

조선조 때까지 물아일체의 이념은 현재적인 것이었지 미래적인 것은 아니었다. 그런데 근대의 종언을 체험한 이후, 그런 서정적 유토피아는 이제 시간상 미래지향적인 성격을 띠게 되었다. 그럼으로써 근대인에게 당위적 삶의 모델을 제공해 주는 효능을 지니게 된 것이다. 근대적인 의미에서 유토피아란 미래지향적인 것이지, 지금 당장 이곳에서 실현 가능한 것은 아니다. 그것은 어디까지나 근대인의 삶의 목표와 행위를 이끄는 미적인 기율로 기능하게 된다. 이렇게 하여 조지훈의 전통서정시학에 이르러서 그 근대적 성격이 완벽한 체계로 나타난 것이었다.

---

50) 조지훈, 「시의 원리」, p.16.

한편 전후의 혼란스럽고 절망적이던 현실을 초극하려 했던 또 한 명의 발군의 시인이 서정주다. 서정주는 본격적인 시론은 거의 남기지 않았으나, 시론 개설서나 시문학사와 관련된 글, 또는 단편적인 수상들을 통해 그의 시적인 견해들을 간헐적이면서도 산발적으로 남겨 놓고 있다. 그러면서도 그 시대 시론의 정수를 보여주고 있다.

6·25전쟁을 겪으면서 서정주의 시적 활동은 그 전대에 비해서 엄청난 변화를 보인다. 초기시는 보들레르나 니체의 영향을 받은 이른바 탈근대적 징후가 보이는 작품으로 되어 있다. 그리이스 신화적인 세계를 바탕으로 인간의 육체성을 탐구해 들어간 면이 그것이다. 이는 탈모더니스트들이 일반적으로 갖는 육체성 탐닉과 동일한 성향이 있다. 그러나, 그는 자신의 말대로 곧 거기서 벗어난다.

> 니이체는 첫째 내 허약한 육체를 대화 속의 높이로 인상시켜 준 공덕이 크다. 특히 디오니소스적 생의 열락과 긍정을 내 다난한 청년시절에 권고해 주어서 고마웠다. 일제치하에서 겪어오던 저 갖은 박탈과 암흑 속을 나는 그의 권고의 덕으로 겨우 몸을 곧추세우고 다닐 수 있었던 것이다.
> 그러나 이 그리이스적 신성이라는 것은 조만간 그 肉壁 때문에 막혀 타개할 길이 없는 것이라는 것을 20대 중간 쯤부터 요량해 오게 되었다. 니이체의 영겁회귀라는 것은 되면야 물론 좋지만, 디오니소스나 아폴로적인 육벽을 지니고선 불가능하다는 걸 짐작하게 되었다.51)

이상의 것을 풀이하자면, 그가 초기시에서 보여 주었던 고대 그리이스적 육체성 탐닉에 어느덧 한계를 발견하게 되었다는 것이다. 그의 초기시는 고대 그리이스적 육체성의 신화에 주로 연결되어 있다. 그리고 거기다가 성경적 모티브를 신화적으로 해석해서 자신의 시적 세계를 구축해왔

---

51) 서정주, 「내 시와 정신에 영향을 주신 이들」, 『서정주 전집 5』, 일지사, 1972, pp. 269~270.

다. 그것이 「화사」류의 시편들이다. 그런데 이 시기에는 그가 육체성에 탐닉한 나머지 정신성을 몰각시키고 있었다. 그러다가 더욱더 참담한 좌절에 이르렀다. 6·25전쟁의 체험으로 그것이 극한에 이르렀을 때, 그는 오히려 동양적 전통세계로 회귀하였던 것이다. 그는 여기서부터 고대 그리이스적 육체성, 사탄적 악마성을 자신 속에서 몰아 내면서 소위 동양적 정신성으로 귀의하였다.52) 그가 도달한 동양적인 정신성의 세계는 곧 불교와 신라의 풍류도이다.

> 그래서, 니이체도 결국은 신취한 채 미쳐버리고 만 것이라고 생각한다.
> 그리고, 그 자리에 서서히 부처님이라는 석가모니가 걸어 나오기 시작했다. 그러나, 저 「토끼와 거북이의 경주」 가운데 보이는 거북이보다도 훨씬 더 느리게밖엔 발걸음을 옮겨 놓지 않은 이가 석가모니다.53)

이렇게 그는 서서히 불교적인 정신성으로 옮겨가면서 육체성을 누르면서 정신주의 쪽으로 기울었다. 이 불교적인 정신주의는 영원성을 지향한다는 점에서 전후적인 의미가 있다. 누차 말했지만, 전후의 상황은 모든 것이 파괴되고 파편화되고 인식의 단절이 극단적으로 치달은 시기이다. 근대적인 것에의 믿음이 초토화된 것이다. 왜냐하면 6·25전쟁이란 것 자체가 당시로서는 첨단 근대과학문명이 빚어낸 사건이기 때문이다. 따라서 소위 '전진하는 시간'으로 대표되는, 계몽과 진보에 대한 근대적인 믿음이 여지없이 무너진 시대였다. 이 혼돈을, 이 인식적 단절과 파편을 서정주는 불교적인 연속적인 시간관으로 초극하고자 했던 것이다. 우선 그는 근대인의 시간관을, 특히나 세속화된 시간관을 다음과 같이 비판하고 있다.

---

52) 송기한, 『한국 전후시와 시간의식』, 태학사, 1996, pp.102~125.
53) 서정주, 「내 시와 정신에 영향을 주신 이들」, p. 270.

　　그런데, 말하고 싶은 것은 현대인들은 거의 모두가 옛날 사람들에 비해 그 생활에 있어서 언제나 시간적으로 현재만을 너무 소중히 여겨 표준을 삼아 살고, 공간적으론 또 인간 사회만을 표준으로 삼아 살다가, 답답하고 끓는 피에 역겨워 고민하고 절망하고 타락하는 일이다. 옛날 우리 나라 사람들은 사람 사이의 인간사회에서 무슨 일에 실패해도 거기서 낙오자가 돼버리는 일이 없이 먼지 털털 털고 일어나서 그들의 본래의 고향 —자연에 돌아가 삶으로 다시 살 기운을 회복했고, 그들의 원래 맡은 전체의 시간, 영원을 자각함으로써 끈질기게 됐던 것이지마는, 요새 우리나라 사람들은 이미 자연과 영원을 많이들 잊어버려서 현재에서, 인간 세상의 현실에서 크게 실패할 때 힘을 돌리려 갈 데가 없이 돼 버렸다. 이 점 곰곰히 생각해 볼 때, 아무래도 옛것을 배울 일이라 생각한다. 잘 살아온 민족들은 옛 진리의 훌륭한 걸 갱생시켜 다시 써 왔던 데 비해 우리나라는 불행에 눈코 뜰 새 없이 늘 겨워 지내오느라고 좋은 옛 진리들을 잊어버린 게 많지만, 지금부터라도 이것들을 다시 찾아 갱생시켜 그 덕을 볼 일이다.[54]

　　이상에서 보듯 그는 육체성에 탐닉하던 순간적, 현세적, 속세적, 찰나적 시간관을 비판하고 영원성을 주장한다. 그 영원한 시간이란 곧 불교적 시간관에서 나온 것인데, 이때 시간은 자연으로서의 공간과 결합된 순환적 주기적 시간의식으로 나타난다. 불교의 윤회설에 바탕을 둔 이런 주기적 순환적 시간의식을 배경으로 그는 영원회귀의 정신태도를 갖고 있다. 영원회귀해도 변하지 않는 진리, 곧 '옛 진리'를 오늘날에도 되살려 전후 파괴되어진 의식과 현실을 복구하자는 것이다.

　　서정주의 이러한 순환적인 시간의식은 일직선적으로만 달리던 근대의 세속적 시간관이 파탄을 맞은 전후적 국면에 하나의 대안으로 떠올랐던 것이다. 이후 그 영향을 받고 그와 동일한 정신적 계보에 속하는 전통서

---

54) 서정주, 「자연과 영원을 아는 생활」, 『서정주 전집 5』, p. 299.

정시인들이 속출하였던 것이다. 한편, 서정주의 영원주의에 기반을 둔 전통사상은 불교뿐만 아니라 신라인의 風流道에도 맥을 대고 있다.

> 다음 영원을 알아 살던 본보기론 선덕여왕과 문무왕 대에
> 걸쳐 있는 어떤 이야기가 여기에 해당한다. 『삼국유사』 속의
> 선덕여왕 知幾三事條에 보면, 女王이 아직 살아 계시던 어느
> 날, 사람들 앞에서 女王은 말하기를 '자기는 죽으면 도리천에
> 가 살리라'고 했다 하는데, 그로부터 4대째 왕인 문무대왕이
> 그 말씀을 살려, 그 선덕여왕의 능 앞에다가 四天王寺라는 절
> 을 세움으로써 그 계신 터가 도리천인 걸 목전의 현실로 표
> 현한 것 같은 것은 그 좋은 예의 하나이다.[55]

이와 같은 인용문에서 보듯이 서정주는 신라인의 세계관에서 영원불멸하는 옛 진리를 찾아 오늘날에 되살리고자 했다. 신라인의 풍류도는 바로 시간을 초월해 영원히 진리로 살아 있다는 것이다. 이처럼 그는 때로는 불교적 시간관이나 진리관, 또는 신라인의 시간관이나 진리관을 필요에 따라 원용해 왔다. 이것은 기본적으로 영원히 변치 않는 과거의 옛 진리가 시대를 초월하여 반복 순환된다는 사상에서 나온 것이다. 그리고 이 '옛 진리'가 미래적 구원의 지표로, 사회적, 정신적 통합의 근거로 기능한다고 믿었던 것이다. 이것은 바로 6·25동란과 그 전후 상황에서 박인환이 그러했듯이, 진리(신)가 죽었다고들 절망적으로 외치고 있는 자리에서, 다시금 자아와 세계에 질서를 회복하고자 한 염원에서 나온 것이다. 그는 초기의 찰나적, 현세적 육체성을 극복하고, 영원한 시간, 영원한 진리를 지향하며 정신성의 승리로 나아간 것이다. 이것이 바로 전후 상황에서 그가 시도한 서정성 회복의 의미인 것이다.

그리고 그는 자신의 그러한 시학을 어디까지나 현대적인 것으로 인식하고 있었다.[56] 즉 파탄에 이른 서구적 근대의 대안물로서 동양적인 시간

---

55) 서정주, 위의 글, p.300.

관과 진리관을 내세우고, 그것을 토대로 서정성을 회복하고, 인간성을 되살리고자 했던 것이다. 그래서 당시 그는 문단에서 모더니스트들에 의해 자행된 '서정의 거부'를 거세게 비판하면서, 필요한 것은 '서정의 고도화'라고 맞설 수 있었던 것이다. 그런 논리를 바탕으로 하여 그는 당대 전통 서정시의 부활이 단순한 보수반동이 아니라는 것을 역설하려 했다.

V. 꼬리말

본 논문에서는 한국 전통서정시론의 시대적 변천과정을 살펴보았다. 한국 근대문학을 추동해 온 리얼리즘문학과 모더니즘문학과의 역학관계 속에서 전통주의 문학이 어떻게 자기 존재이유를 확보하면서 현대적 가치를 획득해 나가는가에 초점을 맞추어 고찰해 보았다. 그렇게 하기 위해서 한국문단에서 매우 큰 세력과 흐름을 이루어온 전통서정시가 어떻게 시대적 변천에 대응하여 자기갱신을 하며 현대화되어 나가는가를 집중적으로 살펴보았다.

사실 전통서정주의시는 리얼리즘문학이나 모더니즘문학보다 훨씬 더 본질적이면서도 근본적으로 근대의 어두운 측면에 대해 대응하는 성격과 논리를 지니고 있다. 왜냐하면 자아와 세계간의 내적 연관성을 파괴시키는 파시즘적인 폭력 앞에 가장 순수하고 집요하게 끈질기게 대응할 수 있는 것이 바로 그러한 순수서정이기 때문이다. 순수서정이란, 주지하다시피 자아와 세계간의 정서적, 형이상학적인 동일성을 추구하는 데 목적과 특징을 두고 있다. 자본주의적 가속도, 즉 자아와 세계간의 행복한 만남을 파괴시키는 자본의 가속도와 가장 치열하게 싸울 수 있는 양식이 이제는 순수서정이라는 게 드러나기 시작하기 때문이다. 이러한 관점에서 한국 전통서정시들이 시대와의 대결을 이루면서 현대적 성격을 획득해 나가는

---

56) 서정주, 「한국 현대시의 사적 이해」, 『서정주 전집 2』, PP. 138~139.

점을 규명해 보았다.

먼저 1920년대 시조부흥운동기의 전통서정시론을 살펴보았다. 국민문학파의 시조부흥운동은 지금까지 연구되어 온 바처럼 KAPF파와의 이데올로기적 대결구도에만 머무르고 있지는 않다. 실제 최남선같이 시조부흥운동을 주도해온 당사자들의 글을 읽어보면 그들은 단지 그러한 좁은 이념적 울타리를 뛰어넘는 이론적 전개 내지 모색을 하고 있었다. 그들은 시조부흥운동을 전통서정시의 재건 내지 부활 논의로 이끌어 가고자 했다.

그리고 시조를 통해 한반도 안에서 새로운 '근대문학'의 가능성을 타진하고자 했다. 즉 그들은 전통서정시로써 '근대성'을 확보하려고 시도하고 있었다. 그리고 시조부흥운동과 관련된 그 시대의 전통주의 논의들은 서구 자본주의의 거센 유입과 더불어 전개된 이 땅의 리얼리즘과 모더니즘 문학의 틈바구니 속에서 제 살길을 찾고자 했던 것이다. 서구 자본주의의 유입에 따라 그것에 대응하여 전통서정시론도 걸맞게 변신을 시도해야 하는 당위성을 띠면서 그 방법을 실천적으로 모색하고 있었던 것이다.

최남선이 추구한 전통적 서정성이란 자아와 세계간의 일체화를 도모하는 미학정신이다. 다시 말하면 자아와 세계간의 서정적 공동선을 추구하는 것이다. 그래서 근대에 들어오면 전통적 서정시는 그러한 공동선을 파괴하는 세력에 맞서게 된다. 이와 같이 전통적 서정을 고수하기 위한 최남선의 시조부흥론이야말로 일제로 대표되어지는 당시 파시즘의 폭력성과 파괴력에 맞서서 朝鮮我 내지는 조선적 정체성을 지키고, 나아가서 문학적 공동선을 지키고자 한 시도와 노력에서 나온 것이라 볼 수 있다.

사실 최남선은 '서정적 동일성'의 개념을 어렴풋이나마 인식하고 있었음을 보여주고는 있으나, 그것을 이론적으로 체계적으로 방법화시키지는 못하고 있었다. 아직은 전통적 서정이 본격적으로 전면적으로 위협을 받지 않은 만큼, 그것의 현대적 중요성에 대한 자각도 방법적일 수가 없었던 것이다.

그리고 최남선의 전통주의는 당시 계몽주의와 결합하고 있다. 이로 보아 그의 시조부흥운동은 '근대시조'로서의 시조운동인 것이다. 즉 조선의 근대문학 건설을 위해 시조부흥을 논하고 있는 것이다. 이처럼 그는 어디까지나 근대 계몽주의자로서 시조부흥운동을 전개하고 있음을 잊지 말아야 한다.

1930년대 고전부흥기의 전통서정시론은 이병기와 정지용을 중심으로 살펴보았다. 가람 이병기의 시조부흥론의 작업들은 1920년대의 시조부흥운동의 정신과 그 성과를 계승하면서도 더욱 심화되고 성숙된 모습을 보여주었다. 그리고 1930년대의 시대정신을 반영하는 고전부흥운동기의 활동을 잘 집약하면서도 대표성을 띠고 있었다.

이병기는 무엇보다 시조가 '근대 서정시'의 하나임을 분명히 인식하고 있었고, 그렇게 계발하려고 노력하고 있었다. 이는 최남선에 비해 현저한 현상이다. 먼저 그는 시조의 형식을 난삽하고 우원하던 귀족문학적인 것으로 둘 것이 아니라 명료하고 평이한 대중문학적인 것으로 바꿀 것을 제안하고 있다. 그리고 현대 서정시로서의 시조는 '寫實文學'이어야 한다고 주장하고 그에 걸맞는 새로운 창작방법론도 개진하고 있다.

그리고 그는 최남선에게 남아 있던 계몽주의적인 교술성을 멋과 風流라는 미학으로 극복하였다. 이 멋과 풍류의 미학이 '근대적 서정성'의 모습으로 나타나기 시작한 것은 바로 이병기에게서이다. 이병기에게 있어서 멋과 풍류는 난과 매화의 생명력을 즐김에서 나온다. 1930년대 후반 제국주의 지배하의 자본주의적인 속도와 번잡함 또는 속물성으로부터 시적 자아를 구원해주는 것이 바로 난과 매화가 지닌 생명력이다. 다시 말하면, 파시즘의 얼어붙은 시절에 난과 매화의 생명력을 노래함으로써, 그 파시즘의 날카로운 바람에 응전할 수 있었던 것이다. 가람 시조학의 근대성은 바로 여기에 있는 것이다.

정지용은 '조선적 포에지'로써 근대적 서정성을 탐구하는 방식과 그 가능성을 가람에게서 배웠다. 그럼에도 불구하고 그런 조선적 포에지를 더욱 더 근대적인 것으로 발전시킨 공로가 그에게 있다. 정지용은 이병기보다도 서정성의 중요성과 그 의의를 좀더 구체적으로 예민하게 의식하고 있었다. 그만큼 더 방법적 자각이 강했다는 것이다.

정지용의 시론들은 1930년대 후반, 그러니까 시집 『백록담』을 발간하기 전후에 쓴 글들이다. 다분히 정신주의적인 시를 옹호하기 위한 시론인 셈이다. 그리고 그 시론들은 일제 파시즘에 의해 한반도 내에서 근대가 파국을 맞고 난 후에 나온 글이다. 그런 점에서 정지용의 글들은 근대의 기획, 즉 계몽과 진보에 대한 믿음이 무너지고 난 다음 그 대안으로 나온 점에 중요성이 있다. 그리고 그러한 근대의 신념을 무너뜨린 파시즘의 실체와 미학적으로 대응하며 나왔다는 점에서 그의 전통서정시론이 현대적 가치를 확보하는 것이다. 따라서 이 시대 정지용의 시론에 나타난 '반근대성'은 체제에 대해서는 비판적으로, 미학적인 측면에서는 생산적으로 기능한 것을 알 수 있다.

정지용의 서정시론은 정신주의적인 본질시학에 기초하고 있다. 그 정신주의적인 본질이 카톨릭사상과 유교사상에 접맥되어 있다. 그는 카톨릭 내지 유가적인 언어철학을 바탕으로 본질적 언어를 회복하려는 은유에의 의지를 지니고 있었으며, 이 은유적 세계관으로 순수서정주의에 매진하였다. 그것은 회복된 언어, 본질적 언어를 매개로 하여 자아와 세계가 동일성을 확보하는 것이다. 즉 기표와 기의가 일치하는, 다시 말하면 본질과 현상이 일치하는 유토피아적인 삶을 꿈꾸고 지향하고 있었다. 파시즘의 폭력 앞에 모든 것이 파괴되고 혼돈되어 가던 시절, 정지용은 언어를 바로잡음으로써 세계의 질서를 바로 세우겠다는 은유에의 의지를 지녔던 것이다.

그리고 그에게 있어서 순수서정주의란 파시즘의 검은 손과 맞잡지 않으려는 태도로 나타난다. 그만큼 그에게 있어서 순수서정시론으로서의 전통시학이란 파시즘에 대항하는 방식이기도 했다. 따라서 자연 반근대성을 취할 수밖에 없었고, 그의 반근대적 태도가 오히려 당대에서는 현대적 가치를 확보하는 방법이기도 했다.

1950년대 **戰後** 전통서정시론으로는 조지훈과 서정주를 대표로 해서 알아보았다. 먼저 조지훈의 경우 그의 시론은 『시의 원리』에 잘 요약되어 있다. 그의 시론은 전후 혼돈된 상황에서 자아와 세계에 새로운 질서를 복구하는 데 하나의 모델로 작용하였다. 그의 전통서정시론은 서정성 회복과 그것의 현대화로 귀결된다. 먼저 서정성 회복은 인간과 자연에 대한 전통적인 '믿음'의 회복에서 출발한다. 이 전통적인 믿음의 회복 위에서 전후의 혼란된 사회적 질서를 바로 세우고 주체의 인식적 단절을 극복하고자 한다.

자연에 대한 그의 믿음은 곧 그것이 절대적으로 선하고 완미하다는 것이다. 이것은 유교적 전통, 특히 영남 퇴계학파의 맥에서 나온 것이다. 자연이 그 자체적으로 절대적으로 선하며 동시에 모든 생명의 모태가 되고 있다는 생명사상은 전후 상황에서 분명히 하나의 대안적인 정치학을 함유하고 있었다. 그만큼 그에게 있어서 전통서정시학은 방법론적이고 자각적인 것이다.

한편 조지훈은 유교적인 언어철학에 기반하여 본질적인 언어, 시적인 언어를 회복하려 애쓴다. 이 본질적인 언어로써 세상의 질서를 바로 세우겠다는 래디컬한 正名思想, 즉 隱喩에의 意志를 지니고 있음을 볼 수 있다. 이러한 正名思想에서 유토피아를 지향하는 강한 의지가 나오는 것이다. 그리고 서정성에 대한 종교적 믿음으로까지 나아가는 이 유토피아 지향성으로 인해 그의 전통서정시론이 현대적인 의미를 확보하는 것이다.

서정주는 본격적인 시론을 쓰지 않았으나, 여기저기 남겨놓은 단편적인 언급을 통해 중요한 시학적 태도를 보여주고 있다. 6·25 전쟁을 겪으면서 서정주의 시론은 변화한다. 초기 육체성 탐구의 탈근대적인 시론에서 동양적 정신주의에로의 전환이 그것이다. 그는 초기에 보였던 고대 그리이스적 육체성, 사탄적 악마성을 자신 속에서 몰아내면서 소위 동양적 정신성으로 귀환하였던 것이다.

그가 도달한 동양적 정신성의 세계는 곧 불교와 신라의 風流道이다. 이

양자로 대표되는 정신주의는 영원성을 지향한다는 점에서 전후적인 의미가 있다. 전후의 상황은 모든 것이 파괴되고 파편화되고 인식의 단절이 극단적으로 치달은 시기이다. 즉 근대적인 기획과 꿈이 무너지고 그 믿음이 붕괴된 시기이다. 이 혼돈된 시대에 인식적 단절과 파편성을 서정주는 불교나 신라정신으로 나타난 영원주의, 정신주의로 초극하고자 한 것이다. 즉 새로운 통합의 가능성을 동양적 정신주의에서 찾은 것이다.

그리고 그는 자신의 전통적인 서정주의시학, 즉 반근대적 미학을 어디까지나 현대적인 것의 하나로 인식하고 있었다. 즉 파탄에 이른 서구적 근대의 대안물로서 동양적 영원주의를 내세웠고, 그것으로써 서정성을 회복하고 인간성을 되살리고자 하였던 것이다.

참고문헌

구모룡, 『제유의 시학』, 좋은날, 2000.

권영민 편, 『한국현대문학비평사Ⅱ』, 단국대출판부, 1981.

김경복, 『서정의 귀환』, 좋은날, 2000.

김종길 外, 『조지훈 연구』, 고려대출판부, 1978.

김윤식, 『한국근대문예비평사연구』, 일지사, 1976.

김윤식, 『한국근대문학사상연구 1』, 일지사, 1984.

김윤식, 『한국근대문학사상연구 2』, 아세아문화사, 1994.

김윤식, 『한국근대작가론고』, 일지사, 1984.

김용직, 『한국근대시사 下』, 학연사, 1986.

김용직, 『정명의 미학』, 지학사, 1986.

김학동 편, 『정지용 연구』, 새문사, 1988.

박지원, 『연암집 2』, 부성문화사, 1966.

方東美(정인재 역), 『중국인의 인생철학』, 탐구당, 1992.

배종호, 『한국유학사』, 연세대출판부, 1990.

백 철, 『조선신문학사조사 현대편』, 백양당, 1944.

서림, 『말의 혀』, 새미, 2000.

서정주, 『서정주 전집 2』, 일지사, 1972.

서정주, 『서정주 전집 5』, 일지사, 1972.

송기한, 『한국 전후시와 시간의식』, 태학사, 1996.

오세영 外, 『한국현대시론사』, 모음사, 1992.

이병기, 『가람문선』, 신구문화사, 1966.

이병기, 『가람시조집』, 문장사, 1939.

임선묵, 『근대시조집의 양상』, 단국대출판부, 1983.

임선묵, 『시조시학서설』, 단국대출판부, 1981.

임종찬, 『현대시조론』, 국학자료원, 1992.

정지용, 『정지용전집 2』, 민음사, 1988.

정종진, 『한국현대시론사』, 태학사, 1988.

정한모, 『한국현대시의 정수』, 서울대출판부, 1979.

정효구, 『시와 젊음』, 문학과비평사, 1988.

조지훈, 『조지훈전집 3』, 일지사, 1973.

최동호, 『현대시의 정신사』, 민음사, 1992.

최승호 편, 『서정의 본질과 근대성 비판』, 다운샘, 1999.

최승호 편, 『21세기 문학의 유기론적 대안』, 새미, 2000.

최승호, 『한국적 서정의 본질 탐구』, 다운샘, 1998.

최승호, 『한국 현대시와 동양적 생명사상』, 다운샘, 1995.

박호영, 「조지훈 문학 연구」, 서울대 대학원 박사논문, 1988.

정지용 자연서정시의 은유적 상상력

1. 머리말

본고에서는 정지용의 후기 자연시, 즉 시집 『백록담』에 실려있는 산수시와 시론 에세이를 연구대상으로 한다.1) 이 후기 자연시와 시론 에세이에 나타난 서정미학을 연구하는 것을 일차 목적으로 한다.2) 그의 후기 자연시에 나타난 서정성을 연구하기 위해 그의 시학 사상에 들어 있는 언어철학과 수사학적 입장을 동시에 살펴보기로 한다. 언어철학과 수사학적 입장을 통해서 그의 진리관과 시학이 밝혀질 것이기 때문이다. 미리 말하자면 정지용의 서정시학은 하나의 본질시학에 근거하고 있는 것인데, 그에게 있어서 진리나 본질, 즉 형이상에 대한 철학은 어떠한가를 살펴 볼 것이다. 그리고 그것이 수사학으로 나타날 때 은유에 대한 믿음과 의지로 연결됨을 살펴 볼 것이다.

그런데 정지용의 후기 자연시와 관련해서 우선 밝혀 둘 것이 있다. 그의 후기시를 모더니즘의 연장선상에서 분석하는 논자들이 가끔씩 있다.

---

1) 최승호, 『한국 현대시와 동양적 생명사상』(다운샘, 1995)에서 자연시와 산수시의 개념 규정과 그 범주에 대한 논의 참조.

2) 최승호, 「정지용 자연시의 情·景에 대한 고찰」, 『한국의 현대문학』 제4집(모음사, 1995)에서 정지용 시의 서정성에 대해 정경론의 입장에서 연구한 바 있다.

예컨대 폴 드 만式의 해체주의적 관점에서 그의 후기 산수시를 분석하고 있는 것 등을 볼 수 있다. 이러한 견해는 논의의 출발에서부터 두 가지 문제점을 내포하고 있다. 첫째 정지용의 전통적 서정시인 후기 산수시를 모더니즘이라고 보는 점이다. 둘째 한국문학사에 있어서 그 외연과 내포가 애매한 '모더니즘'이라는 용어를 혼란스럽게 그대로 사용하고 있는 점이다. 미리 밝혀두지만, 정지용의 후기 산수시는 모더니즘도 그 연장선상에 있는 것도 아니다. 그것은 하나의 세련된 서정시이다. 즉 서정성, 그것도 조선적 서정성을 추구한 자연시이다.[3] 물론 정지용의 초기시는 이미지즘 계열에 속한다. 이 이미지즘계열의 초기시도 물론 서정성을 추구한 것들이다. 즉 도시적 서정성을 추구한 것들이다. 그런데 이미지즘 계열의 그의 초기시는 다다이즘이나 쉬르리얼리즘을 지향한 李箱의 해체시와 근본적으로 다른 것이다. 이상의 해체시가 서정성, 서정적 주체의 해체를 시도한 것임에 비해 정지용의 이미지즘시는 하나의 새로운 서정시, 즉 도시적 서정시를 지향한 것이다. 하여튼 정지용은 초기에는 도시적 서정시를 추구하다가 후기에는 전통적 서정시로 선회하였던 것이다.

그리고 한국문학사에 있어서 '모더니즘'이란 애매한 용어를 엄밀히 점검해 볼 필요가 있다. 현재까지 '모더니즘'이란 용어 아래 영미 이미지즘 계열과 대륙 아방가르드 계열을 혼동해서 쓰고 있다 보니 개념상 혼란이 나타나곤 했다. 그런데, 알고 보면 영미 이미지즘은 앞에서도 말했듯이 일반적으로 도시적 서정성을 추구한 미학 조류이다. 신고전주의라는 미학으로 설명되는, 이른바 미메시스의 입장에서 주·객관 동일성을 추구하는 문학이다.[4] 미메시스란 결국 자아의 주관정서가 객관적인 사물들의 질서

---

3) 정지용의 후기 산수시를 서정성에 대한 탐구로 본 것으로는 다음과 같은 글이 있다.
　　김용직, 『한국현대시 해석·비판』, 시와시학사, 1993.
　　최동호, 「산수시와 은일의 정신」, 『1930년대 민족문학의 인식』, 한길사, 1990.
　　최승호, 『한국 현대시와 동양적 생명사상』, 다운샘, 1995.
　　최동호, 『하나의 道에 이르는 시학』, 고려대출판부, 1997.

나 본질과 융합해버리는 미학이다.[5] 즉 자아의 정서가 객관적인 사물의 본질 속에 투영되어 버리는 방식으로 동일성을 이루어내는 미학이다. 그에 비해 대륙 아방가르드 계열은 미메시스를 부정하는 시학일 뿐 아니라, 주·객 분리, 또는 더 나아가서 주·객간 적대적 관계를 바탕으로 하고 있다. 그리고 그것은 서정적 질서가 아닌 카오스를 지향하고 있다. 이 카오스에서 해체철학이 나오는 것이다. 서정적 주체를 해체시키는 이런 아방가르드 계열은 근본적으로 영미 이미지즘 계열과 하나의 범주에 놓고 볼 수 없는 것이다.[6]

이처럼 '모더니즘'이란 애매한 용어로 인해, 서정성을 지향하는 이미지즘시와 반서정성을 지향하는 해체시를 하나의 미학적 범주 안에 집어넣고 혼란을 야기시키는 일이 많이 있어왔다. 즉 모더니즘이란 용어를 정지용의 시에 적용하다 보니, 게다가 폴 드 만式의 해체주의적 미학 개념으로 분석하다 보니 곤란한 일이 벌어지는 것이다. 더군다나 정지용의 후기 산수시에까지 그런 해체주의 미학개념을 잣대로 갖다대는 것은 무리가 따르지 않을 수 없다. 이제부터는 영미 이미지즘 계열과 대륙 아방가르드 계열을 확실히 구분할 필요가 있다. 적어도 한국시문학사에 있어서 애매한 '모더니즘'이란 용어 사용을 진지하게 점검해 볼 필요가 있다. 앞서와 같은 혼란을 없애기 위해 그 용어 사용을 유보하고 차라리 보다 구체적으로 영미 이미지즘, 대륙 아방가르드 등으로 세분화시키는 것이 옳을 것이다.

이러한 전제 아래 정지용의 후기 산수시에 나타난 서정성을 하나의 이

---

4) 김유동, 『아도르노 사상』, 문예출판사, 1993.

5) 최승호, 『한국현대시와 동양적 생명사상』.

6) 김용직 교수와 오세영 교수도 이와 비슷한 견해를 피력한 바 있다.
    김용직, 「1930년대 모더니즘시의 형성과 전개」, 『현대시사상』, 고려원, 1995, 가을.
    오세영, 「모더니즘, 포스트모더니즘, 아방가르드」, 『한국근대문학론과 근대시』, 민음사, 1996.

데올로기적 측면에서 연구하고자 한다. 즉 앞에서 말한대로 정지용의 시학에서 은유의 수사학을 읽어내기로 했다면, 그에 이어 그 은유가 지니는 정치학이 밝혀질 필요가 있다. 은유의 정치학이라는 하나의 이데올로기가 일제시대 말기에 전통적 서정성과 결합함으로써 어떤 사회시학적 의미를 띠게 되는가를 살펴 볼 것이다.

그리고 그의 서정성을 좀 더 세밀히 살펴보기 위해 같은 문장파인 이병기나 조지훈과 비교해 볼 것이다. 다같이 자연과의 합일을 꾀하면서도 이병기나 조지훈과 다른 독특한 측면에서 정지용만의 특유한 시학이 밝혀질 것이기 때문이다. 그리고 정지용의 후기 자연시를 김소월류의 낭만적 자연시와도 비교 고찰할 것이다. 그것은 흔히 기존 연구사에서 자연시나 전원시 등의 이름으로 논의되는 작품이나 시인들이 개념상 매우 혼란되어 있기 때문이다. 즉 낭만적 자연시와 전통적 자연시 간에 개념 구분 없이 미학적으로 착종되게 연구되어 온 것을 불식하기 위해서이다.

2. 본질에 대한 믿음과 은유에의 의지

앞에서도 말했듯이 서정시학이란 달리 이름 붙이자면 본질시학이다. 즉 사물의 본질을 탐구하고 그것을 언어로 표현하고자 하는 시학이다. 정지용 시학이 본질시학에 뿌리를 내리고 있다는 것은 이미 여러 논자들에 의해 밝혀진 바 있다. 그것은 주로 정신주의적인 측면에서 논의되어 왔다. 대표적으로 최동호와 이숭원의 글이 있다.[7] 이때 그들이 말하는 정신주의란 동양사상에 닿아있고, 그 동양사상에 기반한 미학이란 결국 문학을 통한 도의 추구에 다름 아니다. 필자는 이것을 형이상학론이란 이름으로 연구한 바 있다.[8] 여기서는 정지용의 본질시학을 은유적 수사학과 관련지어

---

7) 최동호, 앞의 논문.

　이숭원, 「정지용 시론」, 김용직 교수 회갑기념논문집 『한국현대시론사』, 모음사, 1992.

보다 깊이 천착해 보고자 한다.

정지용은 그의 산문 곳곳에서 본질시학에 대한 믿음을 강한 어조로 토로하고 있음을 볼 수 있다. 예컨대, 「시의 옹호」(『문장』 5호, 1939. 6), 「시와 발표」(『문장』 9호, 1939. 10), 「시와 언어」(『문장』 11호, 1939. 12), 「가람 시조집 跋」 등에서 일관되게 그의 서정시학을 본질시학의 관점에서 피력하고 있다. 우선 「시의 옹호」라는 문학 에세이에서 한 부분을 인용해 보자.

> 사물에 대한 타당한 견해라는 것이 의외에 고립하지 않았던 것을 알았을 때 우리는 비로소 안도와 희열까지 느끼는 것이다. 한가지 사물에 대하여 해석이 일치하지 않을 때 우리는 서로 쟁론하고 좌단할 수는 있으나 정확한 견해는 논설 이전에 이미 타당과 和協하고 있었던 것이요, 진리의 보루에 의거되었던 것이요, 편만한 양식의 동지에게 暗合으로 확보되었던 것이니, 결국 알 만한 것은 말하지 않기 전에 서로 알고 있었던 것이다. 타당한 것이란 天成의 위의를 갖추었기 때문에 요설을 삼간다. 싸우지 않고 항시 이긴다.[9]

이 글에서 보듯 정지용은 사물에 대한 보편적 진리에 대해 확고한 믿음을 지니고 있음을 볼 수 있다. 그것은 바로 그가 '사물에 대한 타당한 견해'라는 것을 믿고 있기 때문이다. 더군다나 '사물에 대한 타당한 견해'라는 것이 "의외에 고립하지 않았던 것을 알았을 때" 비로소 안도와 희열을 느낀다는 것을 봐서도 알 수 있다. 이것은 사물의 보편적인 진리에 대한 믿음이 일반화될 수 있다는 것을 나타낼 뿐 아니라, 그 보편적 진리와 그에 대한 믿음에서 미(안도와 희열)가 탄생한다는 사상을 내비치고 있는 것이다. 보편적 진리에 대한 그의 믿음은 '정확한 견해'라는 말에서도 확인할 수가 있다. 이 '정확한 견해'라는 말은 앞의 '타당한 견해'와 함께

---

8) 최승호, 『한국현대시와 동양적 생명사상』.

9) 정지용, 「시의 옹호」, 『문장』 5호, 1939. 6.

'왜곡된 견해'라는 것을 전제하고 있다. 진리의 있고 없음, 옳고 그름을 분명히 하는 것은 바로 그가 '보편적 진리'에 대한 믿음을 가지고 있다는 것을 반증해 준다. 그것은 '진리의 보루'라는 말에 의해서 한번 더 증명이 된다. 이 '진리의 보루'에 대한 믿음 때문에 그가 말하는 '타당한 견해'는 "논설 이전에 이미 타당과 和協하고 있었던 것"이라고 단정적으로 선언할 수 있는 것이다. 이로써 그가 이 보편적 진리를 상대적이지 않은 절대적인 것으로 내세우고 있음을 알 수 있다. 그렇기에 그것은 '天成의 위의'를 갖추었고, 싸우지 않고 항시 이길 수 있다고 생각하는 것이다. 그것은 그가 '왜곡된 견해'는 고독할 수밖에 없다[10]고 다시 한번 강조하는 데서도 확인이 된다. 그리고 그에 비해 '타당한 견해'는 '곤곤한 長江大流'를 이루어 낸다는 신념을 넌지시 말하고 있다.[11]

이것은 정지용의 진리관을 나타내고 있다. 즉 그는 한마디로 말해서 절대적이고 보편적인 진리관을 지니고 있는 것이다. 이것은 1930년대 후반 상황에서 유의 깊게 살펴보아야 할 사상이다. 당시에는 이미 李箱 등에 의해 해체론적인 미학사상이 문단에서 상당한 세력으로 등장하고 있었던 때이다. 그 전에 발흥하던, 마르크시즘에 의한 절대적인 과학주의에 입각한 미학사상이 KAPF의 해체로 말미암아 퇴조함과 동시에 각종 해체적인 사상이 상대주의적 진리관과 더불어 꽤나 유행하고 있었던 것이다. 예컨대 李箱류의 쉬르리얼리즘이 그러했고, 서정주나 김동리 등 생명파에 의한 생명미학이 그러했던 것이다. 이렇게 미학 자체가 상대주의화됨에 따라 문단에서나 일상적인 삶에 있어서 혼돈철학이 유행하고 있었던 것이 사실이다. 이런 혼돈미학이 발흥할 무렵, 그에 대한 비판적 대안으로서 정지용류의 절대주의 미학, 본질시학이 의미있게 등장한 것이다. 이것은 하나의 세계관의 싸움이요, 이데올로기적 투쟁인 것이다. 그래서 앞에서도

---

10) 정지용, 위의 글.

11) 정지용, 위의 글.

살펴보았듯이, '왜곡된 견해'는 고독할 수밖에 없다고 단언하게 된 것이다. 그의 서정성에 대한 집념은 하나의 전략적인 방법론을 바탕으로 하고 있는 것이다.

그의 전략성은 「시의 옹호」라는 제목에서도 나타난다. 여기서 그가 옹호하는 '시'라는 것은 확고하다. 즉 서정성에 대한 믿음을 옹호하는 것이다. 그것은 바로 '시적인 것'이 분명히 존재한다는 믿음인 것이다. 이 '시적인 것'은 다름아닌 '안도와 희열'을 주는 보편적인 진리인 것이다. 이것을 다른 말로 하면 시정신, 곧 포에지일 것이다. 포에지에 대한 믿음을 강조하는 것은 바로 본질시학에 대한 믿음을 토로한 것이고, 그것은 그 시대 李箱류의 해체시학에 대한 비판을 암암리에 깔고 있는 것이다. 그렇기에 필자는 그의 시학이 전략적이라는 것이다. 그의 시학이 그런 전략성을 깔고 있기 때문에 그는 산문 곳곳에서 詩的 본질에 대한 믿음을 강조하고 있다.

> 그보다도 더 좋은 것을 얻을 수 있는 것은 바다와 구름의 동태를 살핀다던지 절정에 올라 고산식물이 어떠한 몸짓과 호흡을 가지는 것을 본다던지 들에 나려가 一草一葉이, 벌레 울음과 물소리가, 진실히도 시적 운율에서 떠는 것을 나도 따라 같이 떨 수 있는 시간을 가질 수 있음이다. 시인이 더욱이 이 시간에서 인간에 집착하지 않을 수 없다. 사람이 어떻게 괴롭게 삶을 보며 무엇을 위하여 살며 어떻게 살 것이라는 것에 주력하며, 신과 인간과 영혼과 신앙과 愛에 대한 항시 투철하고 열렬한 정신과 심리를 고수한다. 이리하여 살음과 죽음에 대하여 점점 段이 승진되는 일개 표일한 생명의 劍土로서 영원에 서게 된다.[12]

이 글에서 살펴보면 정지용은 시를 쓰기 전에 먼저 시적인 것, 즉 시정신을 파악할 것을 강조하고 있다. 그가 말하는 시적인 것, 또는 시정신이

---

12) 정지용, 「시와 발표」, 『문장』 9호, 1939. 10.

란 "바다와 구름의 동태를 살핀다든지 절정에 올라 고산식물이 어떠한 몸짓과 호흡을 가지는 것을 본다든지" 하여 자연을 자세히 완상함에서 나온다는 것이다. 즉 시정신이란 단순히 주관적인 것이 아니라 시인의 의식이 우주 내에 보편적으로 존재하는 진리와 하나가 되는 것을 전제로 하고 있다. 즉 시정신에는 객관적인 진리의 측면이 들어있다는 것을 분명히 하고 있다. 그것을 그는 사물들이 지닌 '시적 운율'이란 말로 나타내고 있다. 즉, "一草一葉이, 벌레 울음과 물소리가, 진실히도 시적 운율에서 떠는 것"을 파악해야 한다는 것이다. 그 시적 인식을 그는 "나도 따라 같이 떨 수 있는 시간을 가질 수 있음"으로 말하고 있다. 즉 객관적이고 보편적인 진리와 시인의 내적 의식과의 합일에서 시가 탄생된다는 것을 말하고 있다. 이로 보아 그가 얼마나 집요하게, 객관적이고 보편적인 진리가 미의 토대로 된다는 것을 역설하고 있는지 알 수가 있다.

그가 본질시학에 주력하고 있다는 것, 즉 보편적이고 절대적인 진리에 집착하고 있다는 것을 보여주는 것으로 흔히 말하는 정신주의가 있다. 이 정신주의라는 용어는 그가 「영랑과 그의 시」에서 직접 사용하면서 옹호한 바 있다.13) 그는 「시의 옹호」에서도 정신주의를 다음과 같이 적극 옹호한 바 있다.

> 시인은 구극에서 언어문자가 그다지 대수롭지 않다. 시는 언어의 구성이기보다 더 정신적인 것의 열렬한 정황 혹은 왕일한 상태 혹은 황홀한 사기임으로 시인은 항상 정신적인 것에서 정신적인 것을 조준한다. 언어와 宗匠은 정신적인 것까지의 일보 뒤에서 세심할 뿐이다. 표현의 기술적인 것은 차라리 시인의 타고난 재간 혹은 평생 숙련한 腕法의 부지중의 소득이다. 시인은 정신적인 것에 신적 광인처럼 일생을 두고 가엾이도 열렬하였다. 그들은 대개 하등의 프로페쇼날에 속하지 않고 말았다. 시도 시인의 전문이 아니고 말았다.

---

13) 정지용, 「영랑과 그의 시」, 『정지용 전집』 2, 민음사, 1988, P.261.

정신적인 것은 만만하지 않게 풍부하다. 자연, 人事, 사랑, 죽음 내지 전쟁, 개혁 더욱이 도의적인 것에 멍이 든 육체를 시인은 차라리 평생 지녀야 하는 것이, 정신적인 것의 가장 우위에는 학문, 교양, 취미 그러한 것보다도 <愛>와 <기도>와 <감사>가 據한다. 그러므로 신앙이야말로 시인의 일용할 신적 糧道가 아닐 수 없다.
   정취의 시는 한시에서 황무지가 완전히 없어지고 말았으리라. 진정한 <愛>의 시인은 기독교문화의 개화지 구라파에서 족출하였다. 영맹한 이교도일지라도, 그가 지식인일 것이면 기독교문화를 다소 반추하는 것임에 틀림없다.[14]

이 글에서 우리는 그의 정신주의미학의 근저에 무엇이 놓여있는가를 정확히 인식할 수 있다. 그것은 바로 카톨릭 사상이다. 정지용은 일본 유학 시절에 카톨릭에 귀의하였고, 납북될 때까지 여전히 카톨릭 신자였다.[15] 기존의 연구자들에 따르면 정지용의 정신주의는 주로 유교나 도교 등으로 설명되는 것이 일쑤였다. 그러나 그는 분명히 카톨릭을 바탕으로 하고 있으며, 그 기초 위에 유가적인 사상을 접목시키고 있음을 알 수 있다.[16] 이는 그의 자연시에도 그대로 적용된다. 그의 카톨릭적 미학사상은 정신적인 것의 가장 우위에 기독교 문화를 두는 것으로 확인된다. 즉 인문적인 교양이나 학문, 취미보다도 '愛'와 '기도'와 '감사'가 더 기본적인 것임을 강조하는 데서 그 사실을 읽어낼 수 있다. 더군다나 시적 영감이 '은혜'(Grace)로 부여받는 것임을 강조하는 데서 더욱 그러한 면이 보인다.[17]

---

14) 정지용, 「시의 옹호」.

15) 납북될 때까지 여전히 카톨릭신자였다는 것은 필자와의 인터뷰에서 그의 장남 정구관에 의해 증거된 바 있다. 그리고 해방기 때도 그가 카톨릭 신자였다는 것은 다음 글에서도 보인다.
   정지용, 「조선시의 반성」, 『문장』 27호, 1948. 10.

16) 도가적인 해석은 무리이다. 그는 언어에 대한 강한 믿음을 보이고 있을 뿐 아니라, '문화에 대한 치열한 의무감'까지 지니고 있었던 것이다. 정지용, 「시의 옹호」.

17) 정지용, 「시의 옹호」.

이와 같이 그가 카톨릭 신앙에서 미학의 근본을 구하고 있다는 것을 알 수 있다. 이 카톨릭 신앙에서 바로 그가 절대적이고 보편적인 진리관을 가져왔음을 알 수 있다. 이 보편적이고 절대적인 진리에 대한 믿음이 그의 본질시학, 서정시학, 곧 정신주의로 나타난 것이다. 그런데 앞에서도 말했듯이 그는 유학사상도 다분히 접목시키고 있는 것이 사실이다. 그가 언어를 기본적으로 불구의 것으로 보면서도 그 언어로써 시정신을 표현해야 한다는 것, 언어에 의한 인간의 문화를 중요시한다는 것, 시를 쓰기 위해 동양화론, 書論에서 시의 향방을 찾아야 한다는 것, 경서 성전류를 탐독해야 한다는 것 등을 강조한 것은 유가적인 미학사상으로 볼 수 있을 것이다.18) 다음과 같은 인용문에서도 그의 정신주의가 동양사상에 연관됨을 알 수 있다.

> 시인은 정정한 巨松이어도 좋다.
> 그 위에 한 마리 맹금이어도 좋다.
> 굽어보고 高慢하라.19)

이렇게 카톨릭적인 절대적인 미학사상과 유가적인 보편적인 미학사상이 그의 서정시학으로 하여금 본질미학의 성격을 띠도록 만든 것으로 볼 수 있다. 그런데 그는 자신이 전제하는 보편적이면서도 절대적인 진리를 언어로써 나타낼 수 있다고 확고하게 믿고 있다. 다시 말하면, 그는 진리는 결국 언어로 나타낼 수 있고 나타내어야 한다는 태도를 표명하고 있는 것이다. 단순히 나타낼 수 있는 것에 그쳐서는 안 되고 나타내어야 한다는 것, 여기에 정지용 특유의 언어철학이 들어가 있다. 앞에서도 말했듯이, 그는 '문화에 대한 치열한 의무감'마저 가지고 있다. 그리고 그 문화가 인간의 언어와 밀접함을 역설하고 있다. 그는 심지어 시인은 '문자와

---

18) 정지용, 「시의 옹호」.
19) 정지용, 「시의 옹호」.

언어에 대한 혈육적인 사랑'20)을 나누어야 할 것을 논하고 있다. 이것은 곧 시에 대한 사랑이 언어에 대한 사랑으로 나타난 것이다. 시 곧 시정신(본질)에 대한 믿음이 언어에 대한 믿음으로까지 나아간 것이다.

물론 그도 일상적으로 쓰는 우리의 언어에 한계가 있음을 고백하고 있다. 즉 '언어의 불구'에 대해 말하고 있다.

> 언어의 불구가 도리어 시의 청빈의 덕을 높이는 까닭이다. 언어의 불구에 입명하여 시의 청빈에 귀의치 못한 이를 시인으로 우대할 수 없게 되는 것이니, 제약을 통하지 못한 비약이라는 것은 그것이 정신적인 것이 될 수 없음이다. 가장 정신적인 것의 하나인 시가 언어의 제약을 받는다는 것은 차라리 시의 부자유의 열락이요, 시의 전면적인 것이요, 결정적으로 되고 만다.…… 그러므로 언어는 시인을 만나서 비로소 血行과 호흡과 체온을 얻어서 생활한다.21)

언어를 하나의 불구로 보는 것, 즉 우리의 일상언어가 의식의 감옥이라는 것을 전제로 하고 있다. 그러나 그것의 시적 표현, 즉 비유적 표현에 의한 비약으로 그 언어의 감옥에서 벗어날 수 있다는 것을 말하고 있다. 즉 道, 본질, 시정신을 일상적 언어로써는 나타낼 수 없지만, 그 언어의 시적 사용에 의해 담아낼 수 있다는 것이다. 이것은 일종의 유가적인 언어관으로 보인다. 일상언어 그 자체는 한계가 있어 도(본질)를 담을 수 없지만, 그 언어를 바르게 사용함으로써 사물의 본질을 드러낼 수 있고 드러내어야 한다는 것은 유가들의 기본적인 언어관이다. 즉 공자의 정명론이 그런 사상 위에 서 있는 것이다. 기표가 기의와 점점 분리되어 가던 당시에, 노자나 장자가 언어를 하나의 추상적이고 논리적인 기호로 치부해 버릴 때, 공자는 적극적으로 기표와 기의를 일치시키려고 노력한 시론가

---

20) 정지용, 「시의 옹호」.

21) 정지용, 「시와 언어」, 『문장』 11호, 1939. 12.

인 셈이다. 언어로써 사물의 본질인 도를 담으려는 그의 적극적인 노력은 하나의 첨예한 이데올로기인 것이다. 노자나 장자의 혼돈미학에 대해 정면으로 도전한 서정시학인 셈이다. 바로 이러한 언어철학을 정지용이 받아들이고 있는 것으로 보인다.

그런데 언어가 사물의 본질을 드러낼 수 있고 드러내어야 한다는 정지용의 이러한 믿음은 오히려 유학사상보다는 카톨릭 사상에 더 깊이 연결되어 있는 것으로 보인다. 기독교에서는 진리를 언어화시키는 것을 매우 중요시하고 있다. 신앙고백이라던가 기도가 그러하고, 성경이 언어문자로 기록되었다는 것이 그러하다. 기독교에서도 일반적으로 세상 언어가 타락되어 있다고 본다. 즉 세상 언어로써는 진리를 드러낼 수 없다고 본다. 그런데 그 세상의 언어가 그리스도의 피로 인해 깨끗케 될 때 온전하게 회복된다는 것을 믿고 있는 것이다. 이러한 언어철학은 "고귀한 발화에서 다시 긴밀한 화합에까지 효력적인 것이 시가 마치 감람 聖油의 성질을 갖추고 있다"22)고 말하는 데서 나타난다. 바로 이 '고귀한 발화'라는 것에서 기독교적인 언어관이 보이는 것이다. 타락한 언어가 신앙에 의해, 그리스도의 피에 의해 깨끗케 되었다는 것을 일컫는 것이다. 이런 '고귀한 발화'에 의해 시가 쓰여질 때, 그 시는 감람(甘藍) 성유(聖油)에 의해 거룩하게 구별되는 성질을 지닌다는 것이다.

기독교에서는 원래 인간의 언어가 완벽했던 것으로 전제된다. 즉 아담의 범죄로 타락되기 이전 인간의 언어는 완전했다는 믿음을 가지고 있다. <창세기> 제2장 19절에 따르면, 에덴 동산에서 최초의 인간 아담은 다른 피조물인 동물들에게 이름을 붙인다.23) 그가 붙이는 이름이 곧 모든 동물의 명칭이 되는데, 이때 동물의 이름은 그 동물의 속성이나 본질을 다 드러내는 것이었다. 본질을 드러내는 이름을 붙이는 행위로 아담은 그

---

22) 정지용, 「시의 옹호」.
23) <창세기> 2장 19절.

동물들을 다스리고 지배할 수 있었다는 것이다. 그리고 다른 동물들은 행복하게 아담의 명명행위를 받아들였다. 이때의 아담은 대단한 지적·정서적 능력을 지니고 있었는데, 그의 타락 후 그런 정신적 능력이 훼손되었다는 것이다. 그후 인간의 언어 행위는 기표와 기의가 점점 더 갈수록 분리되는 것으로 나타난 것이다. 기독교인이 그리스도의 피로 언어를 회복한다는 것은 바로 언어의 본질적 능력을 회복한다는 것을 내포하고 있다. 바로 이렇게 회복된 '고귀한 발화'로써 인간이 사물의 본질을 드러낼 수 있고 또 드러내어야 한다는 그의 믿음에서, 그리고 그러한 고귀한 발화로써 사물들 사이에 '긴밀한 화합'이 이루어진다는 믿음에서 정지용의 서정시학이 기독교적 본질시학에 뿌리내리고 있음을 확인할 수 있다. 그리고 그렇게 긴밀한 화합이 이루어진 시는 감람 성유(聖油)로 거룩하게 구별된 성질을 갖는다고 말하는 데서 한번 더 기독교적인 본질시학을 읽어낼 수 있다.

언어기호로써 사물의 본질을 드러내고 또 드러낼 수 있다는 믿음, 이것은 기독교인 정지용에게는 인격적인 의지로 나타난다. 사물에 대한 지식을 얻고자 하는 의지, 이것은 곧 은유에의 의지라 할 것이다. 은유란 모름지기 기표와 기의의 일치를 지향하는 수사학이다. 따라서 해체시학이 발흥하던 1930년대 후반에, 그가 은유의 수사학에 집착하는 것은 하나의 이데올로기였고, 또 그만큼 전략성을 동반하는 것이었다. 은유에의 의지는 곧 환유에 대한 이데올로기적 투쟁인 것이다. 기표와 기의의 분리를 지향하는 당대의 혼돈철학에 대한 전략적인 저항인 셈이다.

3. 근대에 대한 서정적 대응전략

기표와 기의를 일치시키려는 의지, 곧 은유에의 의지는 언어에 대한 믿음에 토대를 두고 있다. 즉 언어로써 사물의 본질을 드러낼 수 있고 드러내어야 한다는 사상은 곧 서정성에 대한 믿음으로 연결된다. 서정성이란 일반적으로 서정적 주체와 객체간의 동일화로 요약된다. 그런데 인간의 시적 인식은 언어에 의해 이루어진다. 결국 서정적 동일성이란 언어를 통한 인간과 사물간의 합일에 지나지 않는다. 즉 인간의식과 사물의 본질간의 합일에 다름 아니다. 이때 인간의식과 사물의 본질간의 합일은 앞에서도 말했듯이 언어로 이루어지는데, 이때 인간의 언어가 바로 사물의 본질을 담을 수 있다는 믿음에서 시작되는 것이다. 이 본질적 언어, 곧 은유적 언어에 대한 믿음이 깨어지는 순간, 인간의식과 사물간에 괴리가 생기고 만다. 이 틈새에서 해체시학이 발생하는 것이다.

여기서는 정지용의 서정성에 대한 확고한 신념을 좀 더 살펴보고, 나아가 그 서정미학이 어떠한 사회시학적 의미를 지니는지 살펴보기로 하자. 먼저 서정성에 대한 정지용의 믿음을 알아보기 위해서는 그의 유기체시론을 들추어 보아야 할 것이다.

> 신은 愛로 자연을 창조하시었다. 애에 협동하는 시의 영위는 신의 제2의 창조가 아닐 수 없다.
> 이상스럽게도 시는 사람의 두뇌를 통하여 창조된 것을 시인의 영예로 아니할 수가 없다.[24]

시를 창조된 것으로 보는 것, 즉 시인에 의한 창조를 신에 의한 '제2의 창조'로 보는 것, 이것은 시를 하나의 생명체로 보는 관점이다. 정지용이 고전주의적인 측면도 가지고 있지만,[25] 이렇게 시를 인간 두뇌에 의한 창조로 보는 관점에서 낭만주의적 유기체시관을 지니고 있음을 볼 수 있다. 그가 시적 영감을 '은혜'로 보는 것 역시 그러하다.

이러한 그의 유기체시론은 그의 언어철학에서도 확인된다. 앞에서도 인용했듯이, 그는 언어가 시인을 만나서 비로소 '血行과 호흡과 체온'을 얻

---

24) 정지용, 「시의 옹호」.
25) 최승호, 「정지용 자연시의 정·경에 대한 고찰」.

어서 생활한다고 보고 있다. 즉 언어의 시적 용법에 의해, 즉 은유에 의해, 언어가 생명을 얻는다는 것이다. 물론 생명이란 이때 사물의 본질, 곧 道를 일컫는 말이다. 언어가 생명을 얻는다는 것을 그는 다음과 같이 비유적으로 설명하고 있다.

> 시의 신비는 언어의 신비다. 시는 언어와 Incarnation적 일치다. 그러므로 시의 정신적 심도는 언어의 정령을 잡지 않고서는 표현 제작에 오를 수 없다. …… 시인이 거하는 궁전이 언어요, 이를 다시 방출하는 것도 언어다.26)

시, 곧 시정신 즉 본질(도)이 언어와 육화적으로 일치되어야 한다는 사상이 나타난 것이다. 이것은 시정신을 언어로 담아 낼 수 있고 또 담아 내어야 한다는 사상이다. 그가 시의 '정신적 심도'를 '언어의 정령'을 통해서 나타낼 수 있다고 말하는 것은 바로 언어의 그러한 본질적 능력에 대한 믿음을 표시하는 것이다. 이렇게 언어가 생명을 지니고 있다는 사상, 여기에서 바로 유기제론적인 시관이 나오는 것이다.

서론에서도 비판했듯이, 최근 폴 드 만式의 해체시론을 가지고 정지용의 자연시를 분석한 작업이 있다. 그 연구자는 정지용 후기시에 나타난 典據修辭를 가지고 그렇게 분석했다.27) 전거수사란 고전에서 따온 典故를 수사학적으로 사용하는 방법이다.28) 이런 전거수사는 조선조 때까지 '用事'라는 수사학으로 이미 일반화되어 있던 것이다. 정지용에게서는 확실히 이러한 用事에 의한 전거수사가 나타나는 것이 사실이다. 그러나, 정지용에 의한 용사적 방법은 결코 해체론적인 수사학이 아니다. 즉 혼성모방의 방법론으로 용사를 한 것이 아니다. 혼성모방이란 원래 고유한 작

---

26) 정지용, 「시와 언어」.

27) 이미순, 「정지용 시의 수사학적 일 고찰」, 『한국의 현대문학』 제3집, 한양출판사, 1994.

28) 최미정, 「한시의 전거수사에 대한 고찰」, 『국문학연구』 제47집, 1979.

가, 즉 서정적 주체를 부인하고 그것을 해체시키기 위한 전략에서 나온
것이다. 그에 비해 용사는 고전의 권위를 소중히 하는 수사적 방법이다.
그리고 서정적 주체를 해체시키지도 않는다. 정지용의 시에서는 유기적
질서나 그에 바탕을 둔 서정적 질서가 확연히 보인다. 뿐만 아니라, 그의
시론에서도 그런 反해체시론적인 언급이 많이 나타난다. 앞에서도 말했듯
이, 시를 하나의 창조물로 보는 것이 그러하다. 창조설에 따르게 되면 시
적 창조 주체로서 서정적 주체가 확고하다. 이 서정적 주체는, 정지용에
따르면, 지·정·의가 잘 통합된 전인격적 정신능력을 지닌 사람이다. 이
런 정신능력은 선험적으로 주어지는 것이다. 다음과 같이 설명되는 선험
적인 정신능력은 이질적인 발화들을 하나의 창조적인 유기체로 재문맥화
시켜 내는 힘을 지니는 것이다. 정지용에게 있어서 전거수사인 용사는 해
체가 아닌 재통합의 한 방식으로 수용되고 있다.

> 감성으로 지성으로 意力으로 체질로 교양으로 지식으로 나
> 중에는 그러한 것들 중의 어느 한가지에도 기울리지 않는
> 통히 하나로 시에 대진하는 시인은 우수하다. 조화는 부분의
> 비협동적 단독행위를 징계한다. 부분의 것을 주체하지 못하
> 여 미봉한 자취를 감추지 못하는 시는 남루하다.[29]

이러한 전인격적 정신능력에 의해 인식되고 구성된 서정시는 유기체적
일 수밖에 없고, 또한 그만큼 생명적 질서를 갖출 수밖에 없다. 그가 '고
귀한 발화'로써 '긴밀한 화합'에 이른 시야말로 거룩하게 구별되는 성질
을 갖추게 된다고 말했을 때, '긴밀한 화합'이란 바로 서정적 질서가 잘
드러난 것을 의미한다. 그런데 그 서정적 질서란 곧 시에서 정신적인 것,
본질, 즉 형이상이 잘 드러난 것을 의미한다. 그가 언어에 집착한다는 것,
다시 말해 언어적 질서에 집착한다는 것은 곧 언어적 질서를 통해 사물들
의 질서, 본질, 형이상을 드러내겠다는 의지를 보이는 것이다. 곧 기표와

---

29) 정지용, 「시의 옹호」.

기의의 일치를 지향함으로써, 즉 은유에의 집착을 보임으로써, 서정적 질
서에 대한 믿음을 간접적으로 드러내는 것이다. 그가 서정적 질서에 대해
강한 열망을 가지고 있다는 것은 「가람 시조집 跋」에서 잘 보인다. 이 발
문에서 정지용은 이병기 시조에서 그가 꿈꾸는 '조선적 리리시즘'의 정수
가 드러났다고 상찬하고 있다. 그것도 근대적 시정신의 구현물로서의 조
선적 리리시즘을! 30) 바로 이러한 것들을 통해서 정지용이 지향하는 바가
조선적 리리시즘임이 드러나는 것이다.

　그런데 정지용이 그렇게 조선적 리리시즘에 집착했다면, 그것은 왜일
까. 조선적 리리시즘이 지향하는 바 그것의 정치학은, 곧 그 이데올로기는
무엇일까. 여기서 그의 산수시가 지니는 바 사회시학적 의미가 드러날 것
이다. 먼저 그의 시 한편을 인용 분석하면서 그 의미를 논의해 보자.

해ㅅ살 피어
이윽한 후,

머흘 머흘
골을 옮기는 구름.

桔梗 꽃봉오리
흔들려 씻기우고.

차돌 부리
촉촉 竹筍돋듯.

물 소리에
이가 시리다.

앉음새 갈히여
양지 쪽에 쪼그리고,

---

30) 정지용, 「가람시조집 跋」, 『가람시조집』, 문장사, 1939.

서러운 새 되어
흰 밥알을 쫏다.

—「朝 餐」 전문

이 시도 정지용의 다른 후기시처럼 형태적으로 질서가 잘 잡혀있다. 형식적 질서는 곧 사상적 질서에서 파생된다. 종래에 정지용의 2행 1연의 연속으로 된 단정한 시를 주로 한시하고만 관련시켰다.[31] 이때 한시와 관련시키는 것은 한시가 가지고 있는 질서정연함을 추구하는 주자학적 세계관을 전제로 하는 것이었다. 그런데 필자는 여기서 정지용 시의 이런 질서정연함, 곧 그의 시가 지니는 바 서정적 질서가 기본적으로 카톨릭사상에 서 있음을 말하고자 한다. 앞에서도 말했듯이 그는 카톨릭사상을 근간으로 하면서 유학사상을 접목시키고 있다. 그런데 이 두 사상 사이에는 언어철학적으로 유사한 점이 있다. 이성적 언어에 대한 믿음, 그 언어로써, 그 언어적 질서로써 세계의 질서를 드러내겠다는 믿음이 유사한 것이다. 그가 언어에 의한 인카네이션적 일치를 강조하는 것으로 봐서 유학사상보다 카톨릭에 더 깊이 뿌리박고 있음을 알 수 있다. 유학사상이 아무리 언어화를 강조하더라도, 언어의 한계는 인정하고 들어가는 것임에 비해, 카톨릭은 그 언어에 대한 믿음이 성경적이다. 그가 말하는, '고귀한 발화'로 회복된 언어는 그 한계를 뛰어넘는 것이다. 정지용의 언어철학은 언어가 단순한 감옥이 아니라, 잘만 사용하면, 사물의 본질을 담아낼 수 있는, 적절하고도 필수불가결한 도구가 될 수 있다는 믿음 위에 서 있는 것이다.

이런 언어적 질서를 통한 사물의 질서의 반영은 곧바로 은유에 대한 믿음과 그것을 향한 의지에서 나오는 것인데, 그는 언어로써 사물에다 바른 이름을 붙임으로써 흐트러져 보이는 세계에다 질서를 부여하고자 한 것

---

31) 최동호, 「지용의 '비'에 대한 해석」, 김학동 편, 『정지용연구』, 새문사, 1988.
   최승호, 『한국현대시와 동양적 생명사상』.

으로 보인다. 당대 李箱과 같은 해체론자들이 혼돈철학을 바탕으로 언어에 대한 불신을 보이고, 나아가서 극심한 언어유희를 보임에 대해서 이데올로기적 전략적 대응을 한 셈이다. 그는 결코 기표놀이를 용납하지 않는다. '고귀한 발화'를 지향하는 그는 어디까지나 기표와 기의의 일치를 소망하고 있는 것이다. 이 기표와 기의의 일치를 통해서 서정적 질서에 이르고자 하는 의지가 표출되고 있는 것이다.

그가 은유에 대한 의지를 확고히 했다는 것은 한편 다른 전략적 의미도 지닌다. 그것이 反자본의 논리로 기능했다는 것이다. 자본은 인간의 이기심이나 죄악과 더불어 세계내의 모든 것을 분열시키는 힘을 지니고 있다. 그것은 인간과 인간간의 관계뿐만 아니라 인간과 자연간의 관계도 분열시키고 적대적 관계로 만드는 속성과 힘을 지니고 있다. 그것은 상품논리로 기표와 기의를 분리시키기도 한다. 정지용의 후기 산수시는 바로 이러한 자본의 논리와 인간의 이기심 및 죄성과 싸우는 데 뿌리를 내리고 있다. 그가 일제말기에 자연으로 들어가 자연과 하나가 되려는 소망을 보이는 것은, 바로 인간과 자연을 분리시키고 적대적인 관계로 타락시키는 자본과의 싸움을 전제로 하는 것이다.

그가 후기에 자연시를 쓸 당시는 일본 제국주의에 의한 파시즘화가 극성을 부리던 때이다. 따라서 그가 자연시를 쓴다는 것은 반제국주의 논리요, 반파시즘의 논리요, 나아가서는 반자본주의의 논리의 의미를 띤다. 당시로서 근대화란 곧 서구화요, 그것도 일본 자본에 의한 근대화를 전제로 하는 것이었다. 따라서 그가 말하는 인텔리 소시민층이 일본 자본에 의한 근대화의 논리에 맞선다는 것은 산으로 들로 도망가는 것 뿐이었다. 그가 일본놈이 무서워 산으로 들로 숨어 다니며 시를 썼다고 말하는 것은 바로 이러한 맥락에서이다. 그의 산수시가 반파시즘의 의미를 띤다는 것이 바로 이러한 이유 때문이다.

위축된 정신이나마 정신이 조선의 자연풍토와 조선인적

정서 감정과 최후로 언어문자를 고수하였던 것이요, 정치감
각과 투쟁의욕을 시에 집중시키기에는 일경의 총검을 대항
하여야 하였고 또 예술인 그 자신도 무력한 인테리 소시민
층이었던 까닭이다.[32]

이 글에서는 그의 자연시가 정치투쟁시처럼 적극적인 저항은 아니 보
인다 할지라도 간접적으로나마 그런 저항의식을 지니고 있음을 시사하는
부분이다. 그런데 깊이 고찰해보면 순수서정시야말로 강한 저항정신을 지
니고 있다고 볼 수 있다. 내면화된 저항이 서정시 속에 들어있는 것이다.
원래 서정적 동일성을 추구한다는 것 자체가 모든 것을 해체시키는 자본
의 논리에 저항한다는 의미를 내포하고 있기 때문이다. 이렇게 정지용이
언어적 질서를 통해서 서정적 질서를 회복하고, 나아가 그것으로써 반자
본의 논리를 기도하고 있었다는 것은 다음과 같은 중요한 국면과 맞물려
있다. 즉 그의 후기 자연시에는 카톨릭적인 미의식이 깊이 숨어 있다는
것이다.

카톨릭사상은 원래가 인간과 자연의 화합과 화해를 지향한다. 성경에
따르면 인간과 다른 자연 피조물들은 선하고 아름답게 창조되었다. 앞에
서도 말했듯이, 에덴에서 아담은 언어를 통해 다른 피조물들과 선한 관계
를 맺고 있었다. 그런데 인간의 죄악과 타락으로 말미암아 자연도 따라
저주를 받고 고통을 받고 있다는 메시지를 성경은 자주 보여주고 있다.
＜로마서＞ 제8장에 따르면, 인간의 죄로 인해 다른 모든 피조물들도 같
이 고통을 받고 있는데, 이 모든 다른 피조물들도 역시 그리스도 안에서
인간과 함께 회복되기를 갈망하고 있다.[33] 정지용은 만물이 인간과 함께
회복되는 상태를 이상적으로 표현하기 위해서 "고귀한 발화에서 다시 긴
밀한 화합에까지" 이르는 시를 상정하였을 것이다.

---

32) 정지용, 「조선시의 반성」.

33) ＜로마서＞ 제8장 18-25절.

하여튼 정지용은 친일도 배일도 못한 상태에서[34] 산수를 여행하면서
또는 은거하면서 시를 쓴 것이다. 그런데 그가 마주하는 산수는 생명력이
매우 위축되어 있거나 고통스러워하고 있다. 앞의 「조찬」이라는 작품에
서도 자연이나 서정적 자아(서러운 새)는 그 생명력이 매우 위축되어 있
거나 쓸쓸하고 고독하다. 그것은 그의 후기 자연시에 거의 일관되게 나타
난다. 이 후기 자연시에서 자연 대상은 생명력이 위축되어 있고 자아 역
시 그렇게 되어 있어서 매우 시름겨운 모습으로 나타난다.[35]

돌에
그늘이 차고

따로 몰리는
소소리 바람.

앞 섰거니 하야
꼬리 치날리여 세우고,

종종 다리 깟칠한
山새 걸음거리.

여울 지어
수척한 흰 물살,

갈갈히
손가락 펴고.

멎을 듯
새삼 돋는 비ㅅ낯

<hr>

34) 정지용, 「조선시의 반성」.
35) 최승호, 『한국현대시와 동양적 생명사상』.

붉은 닢 닢
소란히 밟고 간다.

—「비」 전문

　정지용의 자연시는 같은 문장파이면서도 이병기나 조지훈의 자연시와
사뭇 다르다. 이병기나 조지훈이 순수 유가의 후예로서 유학사상에 투철
한데 비해, 정지용은 유학을 그렇게 정통으로 깊이 받아들이고 있지 않는
것 같다. 당대 그에게는 이미 유가의 정통 후예다운 근거가 없다. 아버지
는 오히려 중인 출신이었고, 정지용은 가난한 소시민 인텔리였다. 그는 쿄
오토오 유학시절에 이미 카톨릭에 귀의하였다. 이로 인해 정통 유가의 후
예인 이병기나 조지훈의 시와는 매우 다른 분위기가 검출된다.

　이병기의 자연시에서는 모든 만물이 거의 다 생명력이 충일하여, 생명
력의 면에서 자아와 세계가 상호 확산적 교감을 보여주고 있다. 자연물들
은 흥겨운 분위기를 보이고 자아는 '법열'의 상태에 있다. 조지훈은 이병
기만큼 흥겹지는 않지만 대체로 온유돈후하면서도 유유자적하고 있다. 이
병기만큼 생명력이 충일하지는 않고 현상유지적으로 자연과 자아가 상호
교감하고 있다. 이때 자연은 한적하고 자아는 자적의 상태에 있다. 일제말
기 월정사에 은거하면서 쓴, 결코 유유자적할 수 없는 객관적으로 불우한
상황에서 쓴 시편들에서 그러하다. 이에 비해 정지용의 자연시에서는 자
연도 자아도 생명력이 심히 위축되어 상호 축소적 교감을 보이고 있다.
이렇게 생명력이 위축되고 고독하고 고통스럽게 나타나는 것은 무슨 이
유 때문인가. 필자는 정지용이 당대 자아와 자연물을 성경적으로 본 데
기인한다고 생각한다.

　당시는 일본 파시즘의 창궐 아래 온갖 자본주의적인 죄악이 창일하던
때이다. 인간 세상에 죄악이 창성하면 자연환경도 꼭같이 황무해지고 고
통을 받는 것으로 <에스겔>에서는 예언하고 있다.36) 일제 식민지 상태

---

36) <에스겔> 12장 17～20절.

에서 자본주의적인 죄악의 창일은 결국 인간과 자연을 적대적인 관계로 만들 뿐만 아니라, 인간들 상호간의 관계도 그렇게 만들고 만다. 위의 시 「비」에서는 만물이 다같이 신음하고 있는 것으로 묘사되고 있다. 깊은 산속에 비가 오랫동안 와서 만물이 생기를 잃어버린 모습을 무대로 하고 있다. 그 속에서 자아의 변형인 산새 역시 그렇게 위축되고 고독하고 고통받는 모습으로 나와 있다. 그런데 정지용의 자연시에서는 자연과 자아가 대립적으로 적대적으로 관계를 맺고 있지는 않다. 자연과는 만나되 매우 불행한 일치 체험을 보이고 있다. 인간의 원죄와 자본주의적인 죄악에 의해 꼭같이 고통받는 자연과 자아가 상호 불행하게 만나고 있는 모습이다. 여기서는 당대 모더니스트 李箱의 시에서와 같이 자연과 인간의 적대적인 관계가 보이지 않는다. 정지용은 근본적으로 인간과 자연에 대해 믿음을 지니고 있다. 그래서 서정성에 대한 믿음을 지니게 되고, 서정적 질서를 꿈꾸는 것이다. 정지용은 서정적 질서가 잘 잡힌 시적 유토피아를 꿈꾸고 있는 것이다. 현재의 고통은 곧바로 미래의 유토피아에 대한 꿈으로 이어지기 때문이다. 이런 유토피아에의 꿈이 바로 은유에의 의지로 나타나는 것이다. 서정적 유토피아란 결국 자아와 세계가 언어로써 행복하게 만나는 것을 꿈꾸는 것이다. 즉 언어로써 사물의 본질을 드러낼 수 있는 것을 꿈꾸는 것이다. 이것은 곧 기표와 기의를 일치시키려는 노력으로 이어지는데, 그것이 곧 '고귀한 발화'에의 의지인 것이다.

한편 정지용의 후기 산수시는 김소월류의 낭만적 자연시와도 근본적으로 다른 미학 위에 구축되어 있음을 볼 수 있다. 김소월의 낭만적 자연시가 시적 자아와 청산과의 극복할 수 없는 '존재론적 거리'를 전제로 하고 있음에 비해, 정지용의 자연시는 그렇지 않다.[37] 이 '거리'가 없는 만큼 낭만적 아이러니도 없고 또 비극적인 좌절도 없다. 정지용에게는 자연과

<에스겔> 15장 8절.

37) 최승호, 「1930년대 후반기 시의 전통지향적 미의식 연구」, 서울대학교 대학원 박사 논문, 1994. 2, p.170.

인간을 가로막는 '신비적 베일'도 없다. 다만 그 둘이 현실 공간에서 공히 고통스러워하면서 불행하게 만나고 있을 뿐이다. 김소월의 시가 초월적 상징미학에 근거하고 있다면, 그에 비해 정지용의 시는 은유미학에 뿌리를 내리고 있다. 이때 은유는 언어적 질서를 통해 사물들간의 행복한 질서 구축을 꿈꾸는 것이다. 따라서 은유의 정치학은 사물과 인간간의 행복한 만남, 즉 유토피아적인 꿈을 이데올로기로 하고 있는 것이다.

4. 꼬리말

본고에서는 정지용의 후기 자연시 및 그와 관련된 시학사상을 살펴보았다. 그리고 그 속에 들어있는 서정미학을 은유적 상상력과 관련지어 논의해 보았다. 즉 그의 서정미학을 언어철학과 수사학의 입장에서, 은유에의 의지라는 측면에서 일관되게 살펴보았다. 그것은 정지용의 서정시학을 하나의 본질시학으로 파악했기 때문인데, 시를 통한 본질의 파악이 은유에 대한 믿음과 의지로 나타남을 살펴본 것이다.

확실히 정지용은 그의 서정시학을 하나의 본질시학으로 인식하고 있었다. 정지용의 본질시학은 종래까지 주로 동양사상과 연결지어 연구되어 온 게 사실이다. 주로 정신주의 내지 형이상학론이란 이름 아래 주로 유가적인 도의 개념과 관련지어 논의되어 온 것이었다. 그런데 그가 말하는 바의 본질이라는 개념은 주로 카톨릭사상을 기반으로 해서 도출된 것인데, 그는 절대적이고 보편적인 진리에 대한 믿음을 피력하고 있으며 거기에다 유학사상을 조금 곁들이고 있음을 알 수 있다.

여하튼 그는 보편적이고 절대적인 진리에 대한 믿음을 확고하게 지니고 있었는데, 그는 이 진리를 언어로 나타낼 수 있고 또 나타내어야 한다는 입장을 지니고 있었다. 이 보편적 진리에 대한 믿음과 그것을 언어화해야 된다는 사상은 1930년대 후반에 하나의 중요한 이데올로기로 작용

하였다. 그것은 李箱 등에 의해 제기된 문단의 혼돈미학에 대해 적극적이
고도 전략적으로 대응하는 방식이었기 때문이었다. 마르크스주의에 기초
한 보편적인 진리 개념이 퇴조하고 그 공백을 메우기 위해 각종 해체적인
미학사상이 발흥하기 시작할 무렵, 정지용에 의해 제기된 본질시학으로서
의 서정미학은 서정적 주체의 회복과 서정적 질서의 재건이라는 시대적
의미를 담당하고 있었기 때문이다. 정지용의 이같은 본질시학에 기반한
서정미학은 단순하고 소박한 것으로 머무르지 않고, 1930년대 이후 지속
되는 각종 해체론적 미학에 대응하여 우리 문학사에서 하나의 서정미학
의 계보를 형성한 것이다. 그 속에는 서정적 주체의 해체와 재건 논쟁, 환
유와 은유의 싸움, 혼돈미학과 서정미학 사이의 철저한 싸움이 가로놓여
있는 것이다.

그의 본질시학은 언어에 대한 철저한 믿음으로 나아가는데, 그것은 그
의 언어철학의 근저에 성경적 언어관이 들어 있기 때문이다. 성경의 기록
에 의하면, 에덴에서의 아담의 언어는 완전한 언어였다. 그것은 인간의 최
초의 언어로서 사물의 본질을 그대로 드러내는 능력을 지니고 있었다. 그
러나 인간의 타락으로 언어도 따라 타락하여버렸다. 아담의 최초의 언어
행위는 기표와 기의가 완전히 일치되는 것이었는데, 그의 타락 이후 언어
는 점점 추상적 기호로 전락하기 시작했다. 그리고 정지용에 의하면, 그
타락한 인간의 언어는 '고귀한 발화'로 회복되어야 한다는 것이다. 즉 그
리스도의 피에 씻겨져 완전한 언어로 회복되어야 한다는 것이다. 그럴 때
완전한 서정적 합일이 일어난다는 것이다. 완전한 서정적 동일성이란 언
어를 매개로 주체와 객체가 합일되는 것인데, 이때 언어는 완전히 사물의
본질을 드러내는 능력을 회복하는 것이다. 이때의 언어는 단순한 추상적
기호가 아니라, 기표와 기의가 완전히 일치하는 것으로 회복되는 것이다.
즉 완벽하게 은유적 언어로 거듭나는 것이다. 정지용은 이러한 의미에서
은유에의 확고한 의지를 지니고 있었던 것이다.

물론 그는 공자가 말하는 정명론적인 사상도 함께 지니고 있었다고 볼

수도 있다. 일상 언어를 하나의 불구로 보고, 그 언어적 감옥을 넘어서서, 그것의 시적인 사용에 의해 그 불구를 넘어서고자 하는 의지가 정지용에게서도 보이기 때문이다. 이렇게 언어에 대한 확고한 믿음과 은유에의 의지가 그로 하여금 노·장으로부터는 멀어지게 하는 것이었다. 이렇게 그가 은유에 대한 믿음을 가지고 있기 때문에 해방기에는 리얼리즘을 어느 정도 수용할 수도 있었던 것으로 보인다. 리얼리즘 역시 기표와 기의의 합일을 지향하는 미메시스의 선상에 서 있기 때문이다.

정지용은 또한 기독교적인 창조설의 입장의 연장선상에서 시인의 창조설을 믿고 있다. 즉 시가 시인의 두뇌에 의한 하나의 창조물이란 것이다. 바로 여기에서 서정시의 유기체설이 나타난다. 그는 지·정·의가 잘 통합된 전인격적인 정신능력, 곧 선험적인 정신능력에 대한 믿음을 지니고 있다. 이 선험적인 정신능력이 바로 언어적 조합을 하나의 창조적인 유기체로 재문맥화해 내는 것이다. 이러한 유기체시론 역시 1930년대 후반 당대의 해체미학에 전략적으로 대응하는 기능을 수행한 것이었다.

이런 유기체시론은 결국 언어적 질서를 통한 서정적 질서를 도모하는 것이다. 언어로써 사물의 질서를 바로잡겠다는 적극적이고도 전략적인 의지로 나타나는 것이다. 그리하여 그는 ‘조선적 리리시즘’에 집착하게 되는 것이다. 그런데 ‘조선적 리리시즘’에 대한 그의 집념은 또 하나의 새로운 사회시학적 의미를 지닌다. 그것은 파시즘화한 일본제국주의와의 미학적 싸움의 의미를 띠고 있다. 파괴적인 자본의 힘에 맞서서 직접적인 정치투쟁은 못하였지만, 그의 ‘조선적 리리시즘’ 속에는 간접적으로 그리고 미학적으로 그런 저항적인 정치학이 들어 있는 것이다. 서정적 동일성을 추구한다는 것, 즉 인간과 인간, 인간과 자연 사이의 화해로운 만남을 지향한다는 것은 그것을 방해하는 자본의 논리나 인간의 죄성과 힘들게 싸운다는 적극적인 의미를 내포하고 있는 것이다. 특히 그의 자연시에는 자본주의적인 죄악과 싸우고자 하는 의지가 강하게 들어가 있다고 보여진다. 그런데 그 자본주의적인 죄악과 싸우고자 할 때, 그의 전략적인 미학의 근본에 바로 성경적 세계관이 들어가 있다는 것이다.

성경에 따르면, 인간과 자연은 원래가 선하게 창조되었다. 즉 서로서로 화해로운 관계였다. 그런데 인간의 범죄와 타락으로 자연도 더불어 고통을 받는 것으로 나타난다. 심지어 적대적인 관계로 나타나기도 한다. 이 적대적인 것을 그대로 받아들일 때 해체시학이 나오지만, 그 적대적인 것을 그리스도 안에서 극복하고자 할 때 서정시학으로 나타나는 것이다. 정지용의 후기 산수시에는 바로 이렇게 고통을 통한 새로운 화해의 모색이라는 의미가 들어가 있다. 실제 그의 후기 자연시에 나오는 인간과 자연은 다 고통스럽게 나타난다. 그러나 적대적이지는 않다. 그는 그 고통을 묘사하면서도 그 고통 너머의 새로운 유토피아를 꿈꾸고 있는 것이다. 여기에 그의 서정시의 참뜻이 있다. 그는 언어적 질서가 사물의 본질과 합일되는 세계, 인간과 자연이 다시 화해롭게 만나는 세계를 고통스럽게 꿈꾸고 있는 것이다. 여기에 그의 은유미학이 지니는 철학적, 이데올로기적 의미가 있는 것이다.

그가 주로 카톨릭적인 미학에 기반하고 있기 때문에, 노장사상에니 주된 뿌리를 내리고 있는 이병기나 조지훈과는 또 다른 미학적 변별성을 보여주었다. 이병기나 조지훈은 주로 동양적 생명사상에 근거하여, 일제 파시즘 하에서도, 시에 있어서는 주로 인간과 자연이 서정적으로 행복하게 일치하는 모습을 보여주고 있었다. 그에 비해 정지용에게서는 그러한 행복이 밖으로 검출되지 않는다. 오히려 자아와 자연은 고통스럽고 불행하게 만나고 있다. 그것은 당대 일본 파시즘하에서 자본주의적인 죄악으로 인해 인간과 자연이 다같이 고통받고 있기 때문으로 보고 있는 듯하다. 그러나 그는 그 고통 너머의 유토피아에 대한 갈망을 내면적으로 지니고 있다. 그리고 김소월류의 낭만적 자연시와는 또다른 미학적 변별성을 보이고 있다. 정지용의 자연시에는 김소월류의 낭만적 자연시에 보이는 신비적 베일도 없으며, 그 베일에 의해 초래되는 '저만치'의 존재론적 거리도 없다. 따라서 그 거리에 의해 야기되는 낭만적 아이러니나 비극적 정조가 없다. 초월적 상징시학 때문에 김소월이 비극적 세계관을 지녔다면, 정지용은 은유시학으로써 나름대로 행복한 꿈꾸기를 할 수 있었던 것이다. 은유란 결국 언어적 질서를 통해 사물의 꿈을 드러내는 것, 곧 언어를 통해 자아와 세계가 행복하게 만나는 것을 꿈꾸기 때문이다. 기본적으로 정지용이 지니고 있는 은유의 정치학은 유토피아에 대한 꿈을 먹고 있는 것이다.

참고문헌

1. 단행본

김용직, 『한국 현대시 해석·비판』, 시와시학사, 1993.

김유동, 『아도르노 사상』, 문예출판사, 1993.

김학동 편, 『정지용 연구』, 새문사, 1988.

이병기, 『가람시조집』, 문장사, 1939.

최동호, 『하나의 도에 이르는 시학』, 고려대출판부, 1997.

최승호, 『한국 현대시와 동양적 생명사상』, 다운샘, 1995.

2. 논문 및 기타

이미순, 「정지용 시의 수사학적 일 고찰」, 『한국의 현대문학』 제3집, 한
　　　양출판사, 1994.

이승원, 「정지용 시론」, 『한국현대시론사』, 모음사, 1992.

정지용, 「시의 옹호」, 『문장』 제5호, 1939. 6.

정지용, 「시와 발표」, 『문장』 제9호, 1939. 10.

정지용, 「영랑과 그의 시」, 『정지용 전집 2』, 민음사, 1988.

정지용, 「조선시의 반성」, 『문장』 제27호, 1948. 10.

정지용, 「시와 언어」, 『문장』 제11호, 1939. 12.

최동호, 「산수시와 은일의 정신」, 『1930년대 민족문학의 인식』, 한길사, 1990.

최미정, 「한시의 전거수사에 대한 고찰」, 『국문학연구』 제47집, 1979.

최승호, 「정지용 자연시의 情·景에 대한 고찰」, 『한국의 현대문학』 제4집, 모음사, 1995.

최승호, 「1930년대 후반기 시의 전통지향적 미의식 연구」, 서울대학교 대학원 박사논문, 1994.

박목월론 : 근원에의 향수와 반근대의식

1. 머리말

근대사회 이후에 들어와서 서정시는 하나의 '위대한 거부'의 기능을 하고 있다. 그것은 근대사회의 어두운 힘과 손잡지 않으려는 경향을 보여주고 있다. 따라서 위대한 거부, 그것은 곧 현대 서정시의 운명이자 위의의 조건이다.

서정시가 근대에 들어와서 하나의 위대한 거부의 성격을 운명적으로 짊어지게 된 것은 그것이 근원에 대해서 강한 집착을 갖기 때문으로 볼 수 있다.[1] 이때 말하는 근원이란 역사의 시원을 두고 일컫는 개념이다. 인류사의 근원으로서의 태초는 자아와 세계가 분리되지 않은 유토피아적 공간으로 나타난다. 그곳은 본질과 현상이 분리되지 않고, 기표와 기의가 일치되는 그런 이상적인 상태이다.

인류의 집단무의식 속에 그러한 근원은 낙원으로 나타난다. 이 완벽한 근원으로서의 낙원에 대한 무의식적인 기억 때문에 시인들은 소위 동일성의 시학에 대해 줄기차게 매달리고 있을 것이다. 동일성의 시학이란, 특히 근대에 이르러 서정시학이란 하나의 꿈꾸기이자 욕망이다. 즉 본질과

---

1) 에른스트 피셔(김성기 역), 『예술이란 무엇인가』, 돌베개, 1984, p.176.

현상이 자꾸 어긋나며 미끄러지는 상황에서 그 간극을 없애보려는 의지이다. 이것을 우리는 은유에의 의지라 부를 수 있을 것이다.

인간들이 서정적 동일성에 이르고자 그렇게 고심 노력하는 것은 바로 그 집단무의식 속에 있는 낙원에 대한 체험 때문일 것이다. 그러한 근원체험은 무의식 속에서 물리치기 어려운 힘으로 그리고 매혹적으로 우리를 사로잡아 온다. 인류사의 초기 어떤 지점에 그러한 완벽한 동일성의 체험이 있었기 때문에, 그러한 체험이 있었으리라는 확신 때문에 다시 한번 그 황홀경의 체험을 위해 시인들은 그 순간을 향하여 매진하는 것이다.

근원에의 향수는 단지 복고적이고 보수적인 것만은 아니다. 특히 근대 사회 이후 근원은 단지 도피의 대상이 아니라 현실비판의 준거요, 미래적 희망이 투사된 목표로 나타난다.[2] 특히 서정시는 자아와 세계가 황홀하게 일치하던 과거의 위대한 근원에의 향수를 근간으로 하기 때문에 강한 현실비판적 성격을 내면화시키고 있다. 이때 근원은 미래적 목표이자 규범으로, 희망의 원리로 나타난다.[3]

박목월에게서는 향수가 주된 정조로 나타난다.[4] 초기시에서는 자연과 고향이 향수의 대상으로, 즉 시적 근원으로 나타난다. 중기시에서는 가족이나 혈연이 서정적 근원으로 나타난다. 그리고 후기시에서는 절대자로서의 신이 존재론적 근원으로 나타난다.

박목월 시를 근원에 대한 향수와 관련시켜 연구한 업적들은 너무나 많다. 먼저 김동리의 「三家詩와 자연의 발견」이 있다. 대가급 평론가인 김동리는 박목월의 초기 자연서정시에 '자연의 재발견'이 있다고 말하면서, 박목월이 자연을 형이상학적 근원으로 인식하고 있음을 지적하였다.[5] 이

---

2) 발터 벤야민(반성완 역), 『발터 벤야민의 문예이론』, 민음사, 1983, p.348.

3) 김경복, 「서정시와 유토피아 사상」, 최승호 편, 『서정시의 본질과 근대성 비판』, 다운샘, 1999, pp.19~22.

4) 김종길, 「향수의 미학—— 목월시의 전개」, 『문학과지성』, 1971, pp.580~581.

5) 김동리, 「三家詩와 자연의 발견」, 『예술조선』, 1948.4~1948.9.

는 박목월의 초기 자연시에 대해 정곡을 찌르는 말이면서 그 이후의 연구
자들에게 하나의 거멀못을 제공하는 것이 되었다. 또 하나의 대표적인 연
구로는 김종길의 「향수의 미학」을 들 수 있다.[6] 그는 여기서 박목월에게
나타나는 근원을 자연, 가족 두 개 항목으로 나누어 고찰하였다. 이 계보
의 연구로서는 선구적이면서도 체계화된 작업으로 평가받을 만하다. 그리
고 김용직의 「동정성과 향토정조——박목월론」 역시 그의 시를 자연 내
지 향토세계와 관련시켜 연구한 점에서 이 계보의 중요한 선행 업적이
다.[7] 그 외에 많은 연구들이 이와 유사한 방법으로 그의 시들을 자연, 가
족, 신, 향토 등의 근원적 개념과 연결시켜 왔는데 일일이 거론할 수 없을
정도다.[8]

　본고에서는 박목월 시에 나타난 시적 근원을 그의 주된 정조인 향수의
미학과 연결시켜 볼 것이다. 그리고 그 근원으로서의 대상이 변화해 감에
따라 그의 향수의 미학이 어떻게 구체적으로 나타나는지 살펴볼 것이다.
그런데 선행연구와 다르고 한 걸음 더 나아간 점은 서정시를 통한 그의
시적 거부, 즉 근대사회에 대한 위대한 거부의 미학을 집중 고찰해 보는
것이다. 이러한 작업을 함으로써 근대사회에서 순수서정시가 갖는 정치적
의미를 추출하여 보고 또한 순수서정시학에 있어서 사회시학적 태도가
어떻게 구조적으로 자리잡는지 알아보고자 한다. 그렇게 하여 근원을 탐
구하는 순수서정시학이 오늘날에 있어서 하나의 희망의 원리로 제시되는
모습을 늘추이내어 보고자 한다.

---

6) 김종길, 「향수의 미학—— 목월시의 전개」, 『문학과지성』, 1971, 여름호.

7) 김용직, 「동정성과 향토정조」, 『한국현대시사 2』, 한국문연, 1996.

8) 그 중 대표적인 것으로 다음과 같은 것들이 있다.

　김재홍, 「목월시의 성격과 시사적 의미」, 『현대문학』, 1988.5.

　박철석, 「한국현대시에 나타난 자연관」, 『현대시학』, 1976.2.

　오세영, 「형식적 기교미와 자연의 인식」, 『문학사상』, 1984.8.

　이숭원, 「박목월과 자연」, 『한국현대시사연구』, 일지사, 1983.

Ⅱ. 서정의 근원으로서의 자연

에른스트 피셔가 서정시의 본질을 '근원에로 돌아가고자 하는 욕망'으로 풀이했다. 이는 모든 순수서정시가 근원에의 향수를 근간으로 하고 있다는 말이다. 사실 모든 순수서정시는 자아와 세계가 원초적으로 합일하는 그런 이상적인 과거로서의 근원을 목표로 하고 있다. 이런 근원적 목표는, 앞에서도 말했듯이, 단지 퇴영적인 것이 아니라 미래에의 비젼이고 현실에 대응해 나가는 방식이기에 중요하다.

대부분의 한국 서정시인들이 향수의 미학을 시적 여정의 출발점으로 삼고 있듯이 박목월의 경우도 그러하다. 그런데 그의 경우는 이 향수의 미학이 평생 동안 지속되었다는 데 특색이 있고 그 중요성이 있다.9) 무엇이 그로 하여금 평생 향수의 미학에 머물러 있게 하였는가. 근원에의 향수는 곧 갈증, 목마름의 시학인데, 그에 있어서 목마름은 어디서 연유하는가.

박목월의 초기시는 자연을 그 향수의 대상으로 삼고 있다. 즉 자연을 그 근원으로 삼고 있다. 자연이 근원으로 된다 함은 자연 속에서 모든 문제를 해결한다는 의미가 내포되어 있다. 그는 젊었을 당시 영혼의 목마름을 자연의 생수로 채우고자 하였다.

그런데 그의 자연은 동양적인 전통적인 자연과는 사뭇 다르다. 비록 민요조 리듬 내지 전통적인 리듬을 띠고 있다 하여도 그의 자연시는 새로운 것이다.10) 단지 유기론적인 생명사상으로 설명할 수 없는 초월적인 면이 그의 자연관에 들어 있기 때문이다. 일찍이 김동리는 박목월이 탐구해 들어간 자연을 다음과 같이 설명했다.

> 그들의 心眼은 어느덧 「자연」으로 기울어 오늘날 정치청년
> 들이 「花鳥風月」 운운하고, 애써 무시하려는 자연의 발견도

---

9) 김종길, 앞의 글, p.581.

10) 김동리, 「자연의 발견」, 『문학과 인간』, 민음사, 1997, p.49.

남이 몸으로 지키는 세기적 심연에 직면하여 절대절명의 경
지에서 불려진 신의 이름이었던 것이다.[11]

이는 박목월이 추구한 자연이 조선조 사대부들의 자연과는 사뭇 다르
다는 것, 그 속에는 파시즘의 광기에 저항하는 순수한 영혼이 종교적인
열망의 형식으로 내재해 있다는 것을 지적하고 있는 탁견이다. 박목월 자
신도 『보라빛 소묘』에서 그 자연의 힘이 초월적인 것임을 고백하고 있다.
즉 자연 속에 초월적인 어떤 종교적인 힘이 들어있다는 믿음에서 초기 순
수서정시를 쓰고 있다는 것이다.[12]

냇사 애달픈 꿈꾸는 사람
냇사 어리석은 꿈꾸는 사람

밤마다 홀로
눈물로 가는 바위가 있기로

기인 한 밤을
눈물로 가는 바위가 있기로

어느날에사
어둡고 아득한 바위에
절로 임과 하늘이 비치리요.

—「임」 전문

이 시는 일반에게는 잘 알려져 있지 않지만, 그의 초기시의 비밀을 밝
히는 데 있어서 중요한 작품이다. 이 시는 시적 자아가 근원으로부터 멀
리 떨어져 있음을 전제로 하고 있다. 그것은 시적 자아가 '냇사 애달픈 꿈
꾸는 사람/ 냇사 어리석은 꿈꾸는 사람'이라고 모두부터 시작하고 있는

---

11) 김동리, 앞의 글, p.49.
12) 박목월, 『보라빛 소묘』, 신흥출판사, 1958. p73.

데서 알 수 있다. 이때 근원은 임과 하늘이 자아와 함께 만날 수 있는 공간이다. 그 근원에로의 돌아감을 위해, 그곳에서의 서정적 일치를 위해 시적 자아는 밤마다 눈물로 바위를 갈고 있다. 이때 거울로 바뀔 바위는 임과 하늘과 자아가 행복하게 만날 수 있는 매개물이 된다. 그런데 어느 날에사 어둡고 아득한 바위에 절로 임과 하늘이 비치리요 함으로써 자탄적인 반문을 하고 있다. 즉 그날이 쉽게 오지 않는다는 것이다. 그러나 '절로'라는 부사 하나 때문에 이 시는 위기에서 벗어나고 있다. '절로'라는 낱말 속에는 인간의 능력을 초월한 자연의 힘이 숨어 있다. 자연이 그 초월적인 힘으로 언젠가는 그날을 이루어줄 것이라는 믿음이 들어가 있는 것이다.13) 이처럼 박목월의 초기시에 나타난 자연은 예사로운 물리적인 자연도 아니고, 화조월석의 자연도 도피의 공간도 아니다. 그것은 파시즘의 어두운 계절을 이겨내게 만드는 초월적인 힘이 깃들어 있는 자연이다.

　박목월 시의 자연 속에 초월적인 면이 나타나는 것은 그의 종교 때문으로 보인다. 그는 유년시절에 어머니를 따라 교회에 가서 세례를 받은 적이 있었다. 그 후로 계속 그는 신앙생활을 하고 있었는데, 이 기독교적인 초월성이 그의 자연관에 비치고 있는 것으로 보인다. 따라서 그의 시에 나타나는 자연은 매우 묵시적인 면을 보이고 있다.

　김동리 역시 박목월의 자연이 비밀과 신비의 소리를 속삭이고 있다고 지적했듯이,14) 박목월의 초기시에 나오는 자연은 신비적이고 묵시적인 소리를 지즐대고 있는 살아있는 존재이다.

　　　　송홧가루 날리는
　　　　외딴 봉우리

　　　　윤사월 해 길다
　　　　꾀꼬리 울면

---

13) 박목월, 앞의 책, p.73.
14) 김동리, 앞의 글, pp.49～51.

　　산지기 외딴 집
　　눈 먼 처녀사

　　문설주에 귀 대이고
　　엿듣고 있다.

—「윤사월」 전문

　이 작품의 공간은 매우 순결한 곳으로 나타난다. 송홧가루 날리는 외딴 봉우리는 순결하면서도 초속적이고 또한 영원성을 함유하고 있다. 이 작품 속의 배경으로 있는 자연은 그야말로 근원적인 삶을 표상하기에 알맞다. 박목월이 일제말기 파시즘 시절에 꿈꾸던 근원적 삶의 모습이 여기에 나타난다고 볼 수 있다. 그 곳은 산지기 외딴집 눈 먼 처녀가 사는 공간이다. '눈 먼 처녀'는 순결성의 상징이면서 반파시즘적 삶의 표상이다. 점점 더 파시즘화 되어가는 식민지 현실을 '쳐다보지 않겠다'는 거부의 상징이다. 박목월 초기 자연시가 갖는 위대한 거부는 바로 눈 먼 처녀를 통해 상징적으로 나타난다.

　이 눈 먼 처녀는 문설주에 귀를 대고 뭔가를 엿듣고 있는 것이다. 신비한 자연의 소리, 묵시적인 소리를 엿듣고 있는 것이다. 이 소리는 눈 먼 처녀에게나 들릴 법한 것이다. 그리고 이 소리는 윤사월 긴긴 해, 꾀꼬리 울음 속에 들리는 것이다. 근대도시의 번잡함으로부터 벗어난 공간, 세속적으로 물리적으로 앞으로만 향해 흐르는 시간의 강박관념, 파시스트적 속도로부터 벗어난 곳에서만 들리는 소리다.

　이 근원의 소리는 곧 침묵의 소리이다. 근대적인 소음으로부터 멀리 떨어진 자연의 소리는 침묵이다. 그 침묵의 공간에서 눈 먼 처녀는 자연과 합일하고 있는 것이다. 그런데도 불구하고 그 속에는 '이상한 흐느낌'[15] 이 맴돌고 있다. 그 이상한 흐느낌은 그의 초기시 전반에 나오는 '푸른빛' 과 연관되어 있다. 우수와 애조의 표상으로서의 푸른빛에 대한 막연한 동

---

15) 박목월, 『보라빛 소묘』, p.76.

경, 그것은 곧 근원으로서의 자연에 집착하는 시인이 떨쳐버릴 수 없는
운명의 굴레이다.

> 머언 산 靑雲寺
> 낡은 기와집
>
> 山은 紫霞山
> 봄눈 녹으면
>
> 느릅나무
> 속ㅅ잎 피어가는 열두 구비를
>
> 靑노루
> 맑은 눈에
>
> 도는
> 구름

—「靑노루」 전문

　　발터 벤야민이 말한 대로,16) 근대이후 현대사는 가차없이 앞으로 미래
로 부는 폭풍과 같다. 자본의 폭력 앞에 그 누구도 자유롭지 못하다. 비록
근원에로의 몰입이라고 하지만, 눈 먼 처녀가 고집하는 외딴 봉우리에서
의 삶으로서는 근대의 폭력적인 힘 앞에 너무도 무력하다. 그리하여 박목
월은 나름대로 '환상적인 공간'을 창조한다. 청노루가 살고 있는 자하산
은 反파시즘을 꿈꾸는 박목월이 마음으로 상상해낸 공간이다.17) 그런데
그 자하산에 이르는 길은 고통과 번뇌의 공간이다.

　　그리고, 이 작품의 '느릅나무 속잎 피어나는 열두 구비'라

---

16) 발터 벤야민(반성완 역), 『발터 벤야민의 문예이론』, 민음사, 1983, p.348.
17) 박목월, 앞의 책, p.83.

는 구절에 특별한 뜻을 두려고 했었다. '느름나무'는 결코 태
산 준령에 자라는 나무가 아니다. 오히려 속취가 분분한 야
산 수목이다. 그러므로 '먼 산 청운사' '산은 자하산' 등 그
고고하고 우아한 세계로 통하는 속세적인 길에 '느름나무
속잎이 피어가는 열두구비'가 있고, 그 길 위에서 '청노루 맑
은 눈에 도는 구름'을 보았던 것이다. 이 미급한 해탈, 이것
은 나의 몸부림이기도 했으리라. 그런 심뇌의 한 표현이 '느
름나무 속잎 피는 열두 구비'였다.[18]

자하산으로 가는 길은 비록 봄눈 녹으면 느릅나무 속잎 피는 생명의 공
간이면서도 고독하고 심뇌로 가득 찬 곳으로 나타나 있다. 그 길은 '열두
구비' 길로 되어 있는 만큼 어렵고도 고통스런 길이다. 그 고통스런 길 위
에 느릅나무가 서 있다. 박목월의 말대로, 느릅나무는 심산 준령에 사는
나무가 아니라 야산수목으로 속취가 분분한 것이다. 시적 자아로서의 청
노루는 바로 그 열두 구비, 낙원과 세속의 가운데서 번뇌에 시달리고 있
으며 '몸부림'치고 있다.

이상에서 살펴 본 바와 같이, 이 작품의 깊은 곳에는 현실적 고뇌가 강
하게 서려 있다. 표면적으로는 환상적인 이상향을 노래하는 것 같지만, 행
간에는 고통스런 현실과의 긴장관계가 여실히 드러나고 있는 것이다. '마
음의 고향'[19]으로서의 이상향, 낙원 또는 근원에의 향수가 가장 아름답게
시화된 것이 바로 「나그네」이다. 그런데 「나그네」에서도 우리는 행간에
서 소위 '미급한 해탈' 또는 '몸부림'을 읽을 수 있다. 즉 유토피아에 대한
갈망 속에서 타락한 현실과의 강한 긴장력을 읽을 수 있다. 「나그네」가
서정적 긴장미를 지니게 되는 것은 바로 그 이면에 숨어있는 현실과의 긴
장감 때문이다.

---

18) 박목월, 앞의 책, p.84.
19) 박목월, 앞의 책, p.83.

        江나루 건너서
        밀밭 길을

        구름에 달 가듯이
        가는 나그네

        길은 외줄기
        南道 三百里

        술 익는 마을마다
        타는 저녁 놀

        구름에 달 가듯이
        가는 나그네

                            —「나그네」 전문

　이 시는 일제시대의 수탈 받는, 있는 그대로의 농촌이 투영되어 있지
않다. 오히려 그러한 현실적 질곡 속에서도 이상적으로 도래해야 할 '당
위적 현실'이 투사되어 있다.[20] 이런 의미에 있어서 이 시는 플라톤적인
모방론으로 해석할 수 있는 작품이다.[21] '술 익는 마을마다 타는 저녁 놀'
이라는 것 자체가 바로 Idea로서의 농촌의 모습이다. Idea로서의 농촌의
모습은 바로 박목월이 꿈꾸는 근원으로서의 기원과 동화된 삶의 성정이
다. 거기서는 본질과 현상이 분리되지 않고 주체와 대상이 융화되어 있다.
　이러한 Idea로서의 당위적 삶의 제시는 당대 현실에 대한 비판으로 작
용한다. 식민지 현실은, 李箱에 의해 선언되었듯이, 기표와 기의가 분리된
삶, 주체와 대상이 적대적인 관계로 형성된 삶이었다. 바로 이런 삶을 비
판하기 위해 이상적인 농촌이 제시되었던 것이다. 영혼의 목마름을 치유
하기 위해 이상적 공간을 설정하게 된 것이다.

---

20) 김준오, 『시론』, 삼지원, 1997. p.21.
21) 서림, 『말의 혀』, 새미, 2000, pp.30~31.

그런데 '술 익는 마을마다 타는 저녁 놀' 또한 나그네에겐 삶의 바깥에 있다. 그것은 어디까지나 하나의 '풍경'에 지나지 않는다. 즉 국외자로서의 나그네는 이상적인 농촌의 풍경에 완전히 동화하지 못하고 있다. 그는 외줄기 남도 3백리 길을 외롭게 걸어가고 있는 것이다. 그 모습은 구름에 달 가듯이 허허롭게 가고 있는 형국으로 나타난다. 바로 여기에서 '미급한 해탈' 또는 '몸부림'이 나타나고 있다. 이상적인 자연과 농촌을 설정하고도 그 속에 완전히 동화되지 못하는 나그네의 삶이 바로 그것이다.

이 미급한 해탈과 몸부림이 이 시에서는 암묵적인 저항으로 나타난다. 그것은 바로 '구름에 달 가듯이 가는 나그네'를 두 번 반복함에 나타난다. 구름에 달 가듯이 가는 나그네는 바로 이상적인 자연에 동화하지 못하게 하는 파시즘적인 삶에 대한 거부를 표상한다. 똑같은 구문을 반복한다는 것은 거부에의 의지가 결연하다는 것을 의미한다.

Ⅲ. 사랑의 근원으로서의 가족

일제시대 미급한 해탈로서의 자연과의 불철저한 동화, 즉 순수자연에 완전히 동화되지 못한 박목월의 삶, 푸른빛의 우울한 아우라가 서려 있는 몸부림의 삶은 그 이후 중기시에 이르러 인간세계로 방향을 바꾸게 되면서 모습을 달리한다. 박목월의 관심이 순수자연에로의 갈망에서 인간세계로 기울여지면서 오히려 그의 시는 안정된 형태를 취한다. 김종길의 말내로, 생활과 현실이 발견된 것이다.22) 그의 시에 나오는 생활은 대부분 도시 소시민으로서의 애환과 사랑이다. 특히 가족간의 사랑이 그 중심을 이루고 있다. 40대 생활인으로서의 가장이 자기 가족에 대한 사랑을 인식하고 드러내는 데서 그의 중기 서정시가 시작되는 것이다. 그의 중기 서정시의 근원은 확실히 혈연, 피붙이의식이다.

---

22) 김종길, 앞의 글, pp.583～584.

한국 현대 서정시사에 있어서 박목월만큼 일관되게 피붙이의식을 다룬 시인도 드물다. 많은 해체시 계열의 모더니스트 시인들이 가족문제를 다루었을 때, 그들에게 나타난 가족은 자본과 인간의 죄악에 의해 해체되고 거덜난 것이었다.[23] 그에 비해 박목월의 순수서정시는 가족간의 사랑을 토대로 하고 있다. 이로 봐서도 순수서정시가 사랑의 시학 위에 기반하고 있다는 것은 명백하다. 이것은 1980년대 해체시를 선도한 이성복이 '아버지'를 부정했다가, 90년대에 서정시로 돌아오면서 가장으로서 아버지의 존재와 사랑을 긍정적으로 확인한 것과 상관이 있다고 할 것이다. 이것으로 보아 박목월의 중기시에 나타난 가족애는 한국 순수서정시의 한 근원을 밝혀내는 데 중요한 지표로 작용할 것이다.

> 아랫목에 모인
> 아홉 마리의 강아지야
> 강아지 같은 것들아.
> 굴욕과 굶주림과 추운 길을 걸어
> 내가 왔다.
> 아버지가 왔다.
> 아니 十九文半의 신발이 왔다.
> 아니 지상에는
> 아버지라는 어설픈 것이
> 존재한다.
> 미소하는
> 내 얼굴을 보아라.
>
> —「가정」 마지막 연

1964년 발간된 시집 『晴曇』의 서두에 실려 있는 작품이다. 여기서 나타나는 아버지는 가장으로서 생활의 중심을 이루고 있는 존재이다. 그리고 가정의 중심에 서서 사랑으로써 가족들을 부양하며 돌보고 있다. 소시민

---

23) 이상, 박인환, 김수영, 이성복 등의 경우가 그러하다.

으로서의 아버지가 가족을 보호하기 위해 나가서 생활하는 도시공간은 '눈과 얼음으로 벽을 짜 올린' 세계이다. 그곳에서의 삶은 연민의 감정을 불러일으키고 있다. 그렇게 힘들고 연민을 불러일으키는 삶의 길을 소위 '十九文半의 신발'이 걸어가고 있다. 가족 구성원들의 삶과 생활의 모습을 신발의 크기와 모습으로 환유하는 것으로 성공을 거두고 있는 이 작품은 박목월의 중기시의 대표작이다.

이때 가족은 험난한 사회생활에서 지치면 돌아가 생의 활력을 얻는 곳이고 사랑의 원천지이다. 이후 한동안 박목월은 가족간의 사랑을 토대로 한 서정시편들을 줄기차게 생산해 낸다. '十九文半의 신발', 즉 아버지의 지난한 삶과 사랑에 의해 가족간의 유대가 이루어지고 있다. 이것은 가족 관계를 해체시켜버리는 근대사회의 어두운 면에 대한 저항의 한 방식이다. 가족간의 사랑을 토대로 자본의 논리와 인간의 이기심, 죄성과 싸우고 있다는 의미에서 가족은 서정성의 한 근원이 되는 것이다.

그리고 「회귀심」에서도 보이듯, 박목월에게 있어서 가정은 생활의 중심을 이루고 있었다. 초기시에 보이던, 관념적으로 지향하던 시연 대신에 가정으로 돌아옴으로써 삶이 발견되고 그만큼 그의 시는 깊이와 안정을 더해가게 되는 것이다. 그 가족은 '서로 등을 붙이고 하룻밤을 지내는 측은한 화목들'로 나타난다. 그런데 이 측은한 화목을, 그들간의 눈물나는 사랑을 가능케 해주는 것은 신의 도움 때문이다. '이렇게 떨어지는 모든 것을 소중하게 받아주시는/ 끊없는 부드러운 그 손을'24) 시적 화자가 느끼고 있기 때문이다.

이와 같이 박목월 시에 나타난 근원으로서의 가족은 절대자의 사랑과 섭리 위에서 가능한 것으로 나온다. 절대자의 사랑과 섭리를 느끼면서 가정의 화목을 유지한다는 것은 그의 중기 이후 일관되게 나타나는데 그것은 매우 중요하다. 그의 가정이 산업화 이후에도 파괴되지 않고 여전히

---

24) 박목월, 「회귀심」, 『박목월전집』, 서문당, 1993, p.160.

유지될 수 있게 된 그 궁극에 신의 사랑이 있기 때문이라는 것이다. 신의 사랑 안에서 유지되는 이와 같은 혈연에의 끈끈한 유대는 1960년대 상황에서는 중요하다. 왜냐하면, 1960년대 이후 한국사회는 본격적인 산업화를 겪고 가족관계가 해체되기 시작했기 때문이다. 이런 사회적 정황 속에서 가족간의 유대를 끈끈하게 다진다는 것은 중요한 의미가 있는 것이다.

박목월이 가족에 그처럼 집착하고 피붙이 정서로써 근대의 폐허를 가로지를 수 있게 된 것은 가족을 지켜주는 절대자 때문이라고 말했다. 그 외에 또 중요한 존재는 그의 어머니이다. 어머니는 박목월에게 또 하나의 근원이 된다. 박목월은 유년시절 고향에서 어머니를 중심으로 매우 행복한 삶을 체험한 적이 있다. 어머니를 중심으로 한 유년시절의 황홀한 체험이 그로 하여금 동시를 쓰게 하였고, 나중에 『청록집』및 『산도화』의 자연서정시를 쓰게 만들었다고 해도 될 것이다.

결국 박목월이 자연과 동화하고자 하는 시편들을 쓰게 된 것은 그가 어릴 적 어머니를 중심으로 자연과 행복하게 일치된 삶을 산 경험이 있기 때문이다. 어쨌든 유년시절 어머니를 중심으로 한 자연과 하나된 삶은 그에게 중요한 원체험이 되었던 것이다. 그러나 『청록집』의 시편들을 쓴 청년시절에는 그런 자연과의 동화된 삶을 방해하는 파시즘 현실이 있었던 것이다. 그런 현실적인 방해 세력과 미학적으로 싸우면서 자연과의 동화된 삶을 복원코자 열망한 것이 『청록집』의 세계인 것이다. 그러나 그의 유년시절의 체험에는 그런 어두운 현실이 보이지 않는다. 어머니와 함께하는 고향 경주는 그에게 하나의 낙원이었고 그 자체 근원이었다.[25]

밤차를 타면
아침에 내린다.
아아 경주역

25) 금동철, 「박목월 시의 텍스트 생산 연구」, 서울대 석사논문, 1994, pp.25~26.

이처럼
막막한 지역에서
하룻밤을 가면
그 안존하고 잔잔한
영혼의 나라에 이르는 것을.

—「사향가」 제1, 2연

그런데 박목월에게 있어서 고향이 근원으로 될 수 있는 것은 앞에서도 말했듯이 순전히 어머니 때문이다. 유달리 다정다감한 그는 어머니의 사랑 안에서 고향에서의 행복한 원체험을 하고 있는 것이다. 박목월은 어린 시절 어머니를 통해서 거의 모든 것을 체험했던 것이다. 자연과의 동화된 삶 역시 어머니의 사랑 안에서 가능했던 것이다. 어머니를 매개로 하여 자연과 완전히 동화된 삶을 살았던 고향의 모습은 아래와 같이 하나의 근원적인 유토피아로 나타난다.

바다로 기울어진 사래 긴 밭이랑
아들은
줄을 타고
어머니는 씨앗을 넣는다.

어느 시대이기로니
근심 없는
태평성대만이 있으리요 마는
밭머리에
환한 無名 꽃나무.

진실로
어느 시대이기로니
젖과 꿀이 흐르는 고을이 있으리요 마는
밭머리에 나란히 벗어 둔
두 켤레 신발에
나비 한 마리.

해는 한낮으로 달아오르고
음력 삼월 초순의
눈부신 眺望
사래 긴 밭이랑 끝에 남빛 바다의 잔잔한 고임.

—「바다로 기울어진」 전문

　어머니와 밭농사를 지으면서 누렸던 고향에서의 유토피아적 삶의 체험은 그의 평생 서정의 뿌리를 형성한다. 기실『청록집』의 시편들의 비밀이 이 시편 속에 다 들어 있다 해도 과언이 아니다. 이 시기에 체험한 유토피아적 삶이 나이 들어『청록집』의 시편들로 변용되어 나타난 것이다.

　이러한 근원적인 체험, 유토피아적 삶의 체험이 그로 하여금 평생 근원에의 향수에 빠지게 만들었고, 서정시인이 되게 했던 것이다. 유토피아적 근원 체험은 그로 하여금 반근대적 의식을 갖도록 만들었던 것이다. 왜냐하면 자연과 동화된 유토피아적 삶은 근대적 삶과 상반될 수밖에 없기 때문이다. 이때 형성된 반근대적 삶의 체험이 나중에 「산이 날 에워싸고」에 오면 하나의 시대적 의미로 성숙하게 나타난다. 「산이 날 에워 싸고」에 나오는 근대에의 위대한 거부는 그의 평생에 반근대적 태도로 자리잡고 있다고 할 수 있다.

어린 날,
잠결에 들은
당신의 속삭임이
봄날에 돋아나는 연한 물뿌리의
파릇한 생기로
살아나고,
그리고 폭풍우가 몰아치는 이 밤에는
어둠을 노려보는
아들의 눈동자에
곧게 촛불로 타오릅니다.

—「어머니에의 기도 8」 전문

어머니의 사랑은 봄날에 돋아나는 연한 물뿌리의 생기로 살아난다. 즉 모성애는 만물에 생기를 부여하는 것으로 나타난다. 이처럼 어머니는 그에게 또 하나의 근원이었다. 그리고 폭풍우가 몰아치는 이 암담한 시대 불의의 세력인 어둠을 노려보는 아들의 눈동자 속에서 어머니의 사랑의 힘은 곧게 촛불로 나타난다. 이처럼 모성애는 불의의 시대 어둠을 물리치는 빛으로 나타나고, 그것에 저항하는 힘의 원천이 된다.

결국 모성애는 反근대적인 포용으로 나타난다. 만물을 분열시키는 근대의 어두운 힘, 남성, 부성으로 표상되는 근대의 어두운 세력에의 끈질긴 저항이 바로 모성애, 어머니의 사랑에서 나온다는 것이다. 모성적인 사랑의 힘으로 타락한 파시즘 사회에 저항하는 시편으로 다음과 같은 중요한 작품이 있다.

어머니는
머리를 빗는다.
이처럼 암담한 시대,
거울 앞에서
백발을 다스리는
어머니 손길,
밤물결처럼 설레이는
어지러운 시대,
우리들 頭上의 소용돌이치는
돌개바람.
어머니는
미소조차 머금고
머리를 빗는다.

— 「어머니는 머리를 빗는다」 일부

이처럼 점점 더 파시즘화 되어가는 한국 현실의 어두운 힘에 대항하는 원천적인 힘이 어머니의 사랑으로부터 나온다는 사상, 이것은 전통서정시에 나타난 페미니즘의 한 양상이다. 이때 모성은 反근대, 反파시즘의 표상이 된다.

이로써 우리는 박목월 중기시에 나타난 또 하나의 근원으로서 가족과 어머니를 분석해 보았다. 가족이나 어머니는 사랑의 근원으로서 각박한 자본주의 현실에 미학적으로 저항해 나가는 원천, 서정시의 뿌리가 됨을 살펴 본 셈이다.

Ⅳ. 존재의 근원으로서의 절대자

박목월에게 있어서 또 하나의 시적 근원은 절대자이다. 이 절대자는 앞의 두 근원인 자연이나 가족을 감싸안으며 그것을 받쳐주고 또한 초월하는 존재이다. 이 절대자는 존재의 근원이 된다.

박목월은 시편 곳곳에서 '목마름'이란 용어를 자주 사용한다. 목마름, 곧 갈증은 근원에의 향수를 나타내는데, 그에게 있어서 가장 궁극적인 근원은 바로 '하나님'이다.

> 저는 목마른 사슴.
> 六,七月 해으름에
> 산길을 헤매는
> 은은한
> 물소리 찾아
> 당신을
> 渴求하며 길을 헤매는 목마른 사슴.
> 귀를 기울이면
> 저편 산기슭에서 골짜기에서
> 저를 부르는
> 당신의 안타까운 목소리
> 저는
> 길을 분별 못하는
> 六,七月 해으름에

산길을 해매는
목마른
어린 사슴.

—「목마른 사슴」 전문

　자기 자신을 길 잃은 어린 사슴, 목마른 사슴으로 비유하고 있듯이, 이 시편에서 시적 자아는 절대자의 사랑 곧 생수를 찾아 헤매고 있다. 그리고 이 시편에 나오는 당신은 절대자이기도 하고 어머니이기도 하다. 그 둘이 겹쳐져 있다. 박목월에게 있어서 어머니는 절대자에 이르는 매개체이다. 어머니를 통해서 하나님을 알고 세상에 눈을 뜨게 된 것이다. 이처럼 박목월에게 있어서 어머니는 존재의 근원인 하나님에게 이르는 길인 것이다.

　그리고 「갈릴리 바다의 물빛을」이란 작품에서도 보듯이,26) 그는 영혼의 갈증을 어머니를 통해서 해갈하고 있었다. 이러한 갈증의 시학은 그의 시 전체를 관통하고 있는데, 특히 후반기 『사력질』, 『무순』등의 시집에 오면 그것이 더욱 두드러진다. 그리고 후기에 이르러 박목월은 타락한 현실 속에서 심한 좌절의 모습을 보여주곤 한다. 타락한 현실과 그 속에서 겪는 갈등과 고통은 시인으로 하여금 내면으로 침잠하게 하고 존재의 근원에 몰두하게 만들기도 한다.

낙원동 골목의
벽돌담이 젖고 있다.
겨울 빗발에
기결수의 벽돌빛깔이 젖는다
사랑이여.
우리들의 언어는
처음부터 사물 그것에 붙인

---

26) 박목월, 「갈릴리 바다의 물빛을」, 『박목월전집』, p.309.

이름이 아니다.
허구와 추상의 틈서리에서는
태초의 혼돈이 서려있고
낙원동은 낙원동이 아닌
종로 뒷골목에 불과했다.
제마다 에고의 담을 쌓고
겨울 빗발은 처음부터
우리의 내면을 적신다.

—「틈서리」 일부

박목월은 이 시편에서 현실 속 사물과 언어의 실제 모습을 보여주고 있다. 그가 추구하는 이상적인 삶은 낙원적인 것이다. 그러나 현실 속 '낙원동'의 모습은 그 반대이다. 낙원동은 타락한 종로의 뒷골목에 불과했다. 그 속에서 인간들은 저마다의 에고의 담을 쌓고 있다. 거기는 태초의 혼돈이 서려있고 언어는 사물과 따로 놀고 있다. 순수서정시인으로서의 박목월은 언어와 사물이 일치되는 삶, 곧 낙원적인 삶을 꿈꾸고 있는데, 현실에서의 삶은 늘 그것을 배반한다.

이와 같이 언어가 사물과 분리된 삶, 즉 본질로부터 유리된 삶은 곧 죽음이다. 이러한 현실 속의 죽음을 절감하면서 박목월은 심히 흔들리는 내면을 들여다보고 있다. 『현대시학』을 통해 발표한 일련의 연작 「사력질」은 박목월이 죽음 문제에 심각하게 봉착하고 있음을 보여주고 있다. 말기에 이르러 박목월은 죽음과 그것을 통한 존재의 문제에 직면하게 된다. 바로 이때 그는 어렸을 적 어머니를 통해 만났던 절대자로서의 하나님을 직접 만나게 된다. 그가 하나님을 자기의 하나님으로 만나기 시작한 것이 언제인지 무슨 계기인지 정확히 알 수는 없다. 그런데 그때부터 그의 삶은 또 한번 크게 전환이 된다.

그
중심부에서

쩔렁쩔렁 울리는
지팡이 소리가 들렸다.
순은의 고리를 단,
세례요한의, 사도 바울의.
성에가 녹아 내리는
유리창 밖으로 세상은
고기비늘처럼 찬란했다.
눈에 덮인 기왓골에서
만세를 부르는
묵시록의 아침 햇빛.

—「중심부에서」 부분

　하나님을 만난 후 박목월의 삶은 완전히 탈바꿈되었다. 하나님의 사랑과 은총 안에서 모든 것이 풍요하고 충만하게 보이기 시작한다. 오전 어느 호텔에서 하나님의 은총과 영광을 발견하고서 유리창 밖으로 보이는 세상이 살아있는 고기비늘처럼 찬란하다고 경탄해 하고 있다. 지금부터 그가 발견하고 만난 절대자로서의 하나님, 곧 근원인 하나님은 그의 존재의 근거이고 그의 삶의 전부가 된다. 초기에는 자연을 통해서 절대자를 인식했고, 중기에는 어머니를 통해서 하나님을 알았다면, 이제는 자신이 직접 하나님과 만나고 있는 것이다. 자신의 하나님을 만난다는 것은 그 이전과는 아주 다른 체험이다. 따라서 그는 다음과 같이 자신의 삶이 전적으로 하나님의 손끝에 달려있음을 고백하게 된다.

일만 피이트 상공에서
나는
신의 손가락 끝에 맺히는
한 방울의 물이 된다.
기체는 흔들리고
날개 밑으로
지상에는
작은 그림자 하나.

눈으로 얼룩진 산줄기를
재빠르게 타고 넘는다.
그 안에
내가 있었다.

—「雲上에서」 전문

　　절대자로서의 신의 품안에 있기에 죽음조차 두렵지 않다. 지금까지는
그 자신이 우주의 중심부에 매달리려 안간힘을 썼지만, 이제는 역전되었
다. 자신이 스스로의 힘으로 우주의 중심부에 간신히 매달려 있는 것이
아니라 중심의 팔이 자기를 잡아주고 있다는 것을 확신하고 있다. 그리고
「크고 부드러운 손」에서 보이듯[27], 우주의 중심부에서 뻗쳐와서 잡아주
는 절대자의 손은 죽음의 위협을 넘어서게 하고 부활에의 확신을 가져다
준다. 그리하여 인간의 종말조차 충만한 것이 된다. 그리고 허무의 저편에
서 살아나는 팔은 모든 사물의 '내적 연관성'의 근원이 된다. 절대자의 손
안에서 만물은 하나가 되는 것이다. 신의 완전한 사랑이 믿음 안에서 확
인되는 순간이다.

참으로 남을 돕는 일이
저를 위하는
그 너르고도 후끈한
「우리」들의 생활 속에
찬란하게 빛나는 태양
사람과 사람 사이에서
「人間」이 빚어지고
남과 더불어 짜는
그 오묘한 생활의
그물코에
오늘의 보람찬 삶
세상에는

---

27) 박목월, 『박목월전집』, p.534.

완전 타인이란 있을 수 없다.
눈에 보이는 혹은
눈에 보이지 않는
든든한 밧줄로 서로 맺어져
우리는 서로 돕게 된다

—「이 후끈한 세상에」 일부

이처럼 절대자의 사랑의 손길 안에서 모든 피조물은 하나가 된다. 즉 그 누구도 외딴섬으로 버려진 존재가 아니다. 이처럼 하나님의 사랑의 팔 안에서 이룩되는 '공동선', 이것이 그의 말기시의 미학적 이념이 된다. 즉 진정한 사랑과 내적 유대의 근원, 해체화 시대 진정한 재통합의 근원으로서의 하나님이 발견된 것이다. 그런 내적 유대성과 공동선을 발견했기 때문에 그것을 토대로 한 박목월의 삶은 맹목적인 에고의 경쟁적인 근대적 삶으로부터 일정한 거리를 유지하고 그것을 비판하게 된다.

또한 「新春吟」에서 보이는 느림의 미학,[28] 즉 소란한 근대사회일수록 여유 있게 느리게 살겠다는 미적 태도, 인간의 삶이 빵만이 아니라 하나님의 말씀으로 이루어진다는 사상, 이것은 분명히 반근대적 의식의 하나이다. "자연스러운 삶은 무심히 퉁겨진 주판알이 저절로 일정한 가치를 지니듯", 그렇게 신의 섭리 하에 이루어진다는 것을 말하고 있다. 자본의 논리에 따라 정신없이 살 것이 아니라 느림의 미학으로 살아보자고 권유한다. 이러한 삶의 여유는 모든 생명의 근원이 하나님에게 있고 그 손에 달려 있다는 것을 믿는 데서 나온다. 기독교적인 생명시학이 근대적 분요한 삶에 대해 반성적인 성찰을 하게 하고, 표피적인 현상적 삶보다 본질적인 근원적 삶으로 기울게 만드는 것이다.

---

28) 박목월, 『박목월 전집』, p.490~492.

V. 꼬리말

　지금까지 박목월의 순수서정시에 나타난 근원에의 향수를 살펴보았다. 근원에의 향수, 곧 갈증의 시학은 타락한 현실 속에서 영원히 목마르지 않게 해줄 생수를 찾는 행위였다.

　박목월의 초기시에 있어서 근원은 바로 유토피아로서의 자연으로 나타난다. 이때 자연은 파시즘의 광기에 물든 현실로부터 벗어나 인간이 찾아갈 수 있는 생명의 고향이다. 박목월의 초기시에 있어서 자연은 전통적인 동양 자연시에 보이는 그것과는 사뭇 다르다. 전통적인 자연시에 있어서 자연은 인간과 더불어 쉽게 하나가 되는 유기적 존재이다. 그런데 박목월의 경우 초기시에 나타나는 자연은 인간으로 하여금 완전하게 동화되기를 쉽게 허용하지 않는다. 시적 자아는 관념적이고 이상적인 자연을 설정해 놓고 거기에 도달하고자 애쓰나 언제나 미급한 해탈에 머무르고 있으며 그 도중에서 고통스러워하고 있다.

　박목월 초기시에 있어서 자연은 순결하면서도 초속적인 영원한 공간으로 나타난다. 그런 근원으로서의 자연공간은 파시즘적인 근대사회에 대한 위대한 거부를 표상하고 있다는 의미에서 중요하다. '위대한 거부'를 위한, 자연에 대한 관념적인 착색은 플라톤적인 의미의 모방론을 전제로 하고 있다는 의미에서 현실비판의 준거가 된다.

　자연에 완전히 동화하지 못하고 미급한 해탈인 채로 고통받는 나그네로서의 시적 자아는 산수 앞에 드리워진 우울한 색채인 푸른빛에서 벗어나와 현실로 생활로 귀환한다. 이른바 가족을 중심으로 한 혈연적인 유대를 강조하는 중기 시편으로 넘어온 것이다. 중기 시편에 있어서 가장 중요한 모티브는 피붙이 정서이다. 이 피붙이 정서가 곧 그의 중기 서정시의 근원인 것이다. 그가 가족애에 남달리 집착했다는 것은 근대 서정시의 비밀을 밝히는 데 유효하다. 모더니스트들이 대체로 가족의 해체를 드러내었다면, 서정시인으로서의 박목월은 가족간 끈끈한 유대를 중시했다.

그리고 그의 중기시에 나타나는 가족애는 그가 유년시절에 체험했던 어머니와의 행복했던 삶을 토대로 하고 있다. 고향에서 어머니와의 행복했던 삶은 그의 생애 전반을 관통하고 있다. 특히 어머니를 매개로 자연과 하나된 삶은 그의 초기시에도 원체험으로 작용하고 있다. 그리고 어머니를 통해서 만난 절대자는 그의 후기시의 근원이 되고 있다. 어머니는 이처럼 그에게 중요한 서정의 원천이 되고 있다.

그리고 가족에 대한 끈끈한 믿음, 피붙이정서는 오늘날 그 가족을 해체시키려는 근대의 어두운 힘에 대해 완강한 저항의 기능을 하고 있다. 이로 보아서 그의 중기 서정시도 반근대의식의 소산임을 알 수 있다.

끝으로 말기에 이르러 그는 존재의 근원으로서의 하나님을 향한 사랑과 그리움의 시편들을 보여주고 있다. 이때 하나님을 통해 거듭난 삶, 부활에의 꿈은 그의 존재와 삶을 새롭게 전환시켜주고 있다. 『사력질』 속에 나오는 죽음에의 인식과 존재의 근원에 대한 물음이 『크고 부드러운 손』에 와서 해결되는 것이다. 이 시기에 오면 그는 어머니를 통한 만남이 아니라, 자신이 직접 자기의 하나님과 만나고 있음을 볼 수 있다.

그 하나님은 우주 만물의 내적 연관성, 곧 공동선의 근원이고, 생명의 원천이다. 이러한 기독교적인 생명시학을 바탕으로 그는 근대의 분요한 삶으로부터 일정한 거리를 유지하게 되고 어두운 세력에 대해 미학적으로 대응해 나가고 있다.

이와 같이 그는 한결같이, 자연, 가족, 절대자를 근원으로 설정하면서 평생을 향수의 시학으로 시를 썼다. 그리고 그 향수의 시학은 부박하고 덧없는 자본주의적 삶에 대한 반성과 비판으로 일관하고 있음을 알 수 있다.

참고문헌

1. 단행본

김동리, 『문학과 인간』, 민음사, 1997.
김용직, 『한국현대시사 2』, 한국문연, 1996.
김준오, 『시론』, 삼지원, 1997.
박목월, 『박목월 전집』, 서문당, 1993.
박목월, 『보랏빛 소묘』, 신흥출판사, 1958.
이숭원, 『한국현대시사연구』, 일지사, 1983.
최승호 편, 『서정시의 본질과 근대성 비판』, 다운샘, 1999.
한광구, 『목월 시의 시간과 공간』, 시와시학사, 1993.
발터 벤야민(반성완 역), 『발터 벤야민의 문예이론』, 민음사, 1983.
에른스트 피셔(김성기 역), 『예술이란 무엇인가』, 돌베개, 1984.

2. 논문 및 기타

금동철, 「박목월 시의 텍스트 생산 연구」, 서울대 석사논문, 1994.
김동리, 「三家詩와 자연의 발견」, 『예술조선』 1948년 4월호.
김재홍, 「목월 시의 성격과 시사적 의미」, 『현대문학』, 1988. 5.
김종길, 「향수의 미학 — 목월 시의 전개」, 『문학과지성』, 1971년 여름호.
박철석, 「한국현대시에 나타난 자연관」, 『현대시학』, 1976. 2.
오세영, 「형식적 기교미와 자연의 인식」, 『문학사상』, 1984. 8.

조지훈론 : 서정적 유토피아와 은유에의 의지

I. 머리말

조지훈은 흔히 한국문학사에서 보수주의를 표방한 대표적인 시인 및 시론가로 평가되고 있다. 해방기와 6·25 전쟁기에 그는 보수주의를 지향하는 논객으로 큰 활약을 했을 뿐만 아니라 보수주의 미학을 이론화시키는 데 결정적인 역할을 해왔던 것이다.[1] 그리고 1960년대로 접어들면서 그 보수주의 미학을 보다 심화시키고 현실화시켜서 한국문학사에서 정통의 자리를 굳히는 데 가장 큰 공헌을 해온 셈이다.[2]

그런데 조지훈이 취해온 보수주의 미학은 그것이 지니는 '보수성' 때문에 오랫동안 충분히 연구되어 오지 못했다. 한국사회에서 보수주의는 너무나 쉽게 '반동주의'와 결부되어 매도되어버리는 경향이 있어 왔다. 엄밀히 구별하지도 않고 이 양자를 혼동시켜 폄하하는 편견은 오랫동안 한국사회의 지적 풍토를 지배해 왔는데, 이제는 이런 잘못된 혼동과 편견은 불식되어야 하겠다.

---

1) 권영민, 「조지훈과 민족시로서의 순수시론」, 『한국민족문학론연구』, 민음사, 1988.
   김홍규, 「민족문학과 순수문학」, 백낙청·염무웅 편, 『한국문학의 현단계』 4 , 창작과비평사, 1985.
2) 김윤식, 『한국근대문학사상연구 I 』, 일지사, 1984.

보수주의, 그것에 대한 정당한 평가가 있어야겠다. 보수주의는 진보주의와 더불어 역사발전에 대한 논리를 고유하게 가지고 있다. 즉 역사발전에 대한 방법론의 차이로 보수주의와 진보주의는 구별되고 있다. 따라서 역사를 퇴보시키는 반동주의와 보수주의를 혼동해서는 안된다. 왜냐하면 반동주의는 진보주의 안에도 언제든지 나타날 수 있기 때문이다. 즉 좌파 진보주의도 극단으로 치우칠 땐 역사의 발전을 거스를 수 있기 때문이다.[3]

조지훈의 온건 보수주의는 어떠한 정치학을 내포하고 있는가? 즉 어떤 이데올로기로 역사발전의 논리를 내세우고 있는가. 필자는 그것을 '共同善'의 관점에서 살펴보고자 한다. 공동선의 실현과 확장에 대한 방법에서 그 논리를 설명하고자 한다. 오늘날 가장 큰 話頭 중의 하나로 떠오르고 있는 공동선이란 관점에서, 그의 자유주의와 민족주의 이데올로기를 재해석 하고자 한다. 그리고 그런 자유주의 및 민족주의 이데올로기와 관련된 공동선의 개념이 크게는 생태학적 공동선 위에 구축되어 있음을 살펴 볼 것이다. 왜냐하면, 자연과 인간간의 관계 모색 위에 자유주의도 민족주의도 논의되고 있기 때문이다.

이러한 '공동선'은 보편적 진리에 대한 믿음을 근거로 가진다. 이때 객관적이고도 보편적인 진리는 모든 공동선의 철학적 근거로 작용한다. 여기서는 바로 공동선의 철학적 근거인 그의 진리 개념을 깊이 있게 살펴보고자 한다. 그리고 그러한 진리 개념을 기초로 해서 그의 시와 시론에 나타난 수사학을 살펴보고자 한다. 여기에서는 그가 어떠한 언어철학을 가지고 있는지 구체적으로 논의될 것이다. 현대의 수사학은 언어철학적이면서도 이데올로기적인 성격을 동시에 지닌다.[4] 즉, 하나의 진리체계는 그에 걸맞는 언어철학을 수반하고 동시에 그에 어울리는 수사학을 동반하게 된다.

---

3) 서림, 「서정적 유토피아와 은유에의 의지」, 『시와시학』, 1998. 여름호.

4) Paul De Man, Blindness and Insight, University of Minnesota, 1983.

그리고 마지막으로 그가 서정시를 통해 도달하고자 하는 목표를 검토
해 보고자 한다. 그는 언어질서로써 사물의 질서를 드러내고 또 그것을
회복하고자 한다. 즉 은유에의 의지를 지니고 있다. 그가 이 은유에의 의
지로 무엇을 꿈꾸는가 밝혀질 것이다. 흔히 서정시는 개인적 정서의 표출
이므로 현실변혁과는 직접 상관없는 것이라고 오인되고 있다. 그러나, 그
서정시가 은유에의 의지와 연결될 때에는 근본적인 변혁을 이루어낼 수
있다.[5] 여기서는 그가 온건 보수주의 미학을 취함으로써, 즉 서정성에 대
한 믿음의 입장을 취함으로써 어떻게 보다 근본적인 현실변혁에의 꿈을
지니게 되는지 살펴 볼 것이다. 필자는 그의 서정시론이 취하고 있는 바
미메시스적인 관점에서 그것을 설명할 것이다.

Ⅱ. 온건 보수주의 미학과 공동선의 추구

해방기에 조지훈은 '순수시 = 민족시'의 관점에서 그의 온건 보수주의
문학론을 펴왔다. 그 자신의 밀내로 해방기에는 민족시 수립이란 기치 아
래, 민족과 시에 대한 신념이 다른 두 산맥이 있어 왔다.[6] 김흥규는 그것
을 우파의 '순수문학 —— 민족문학론'과 좌파의 '계급문학 —— 민족문
학론'으로 나누어 부르고 있다.[7] 여기서 말하는 '순수문학 —— 민족문학
론'과 관련하여 조지훈의 온건 보수주의 미학을 좀 더 구체적으로 살펴보
기로 하자.

조지훈은 해방기 당시에 문단에도 호열자가 유행하고 있음을 혹독하게
비난하고 있다.[8] 이는 당시 좌파 진보주의자들이 시의 본질에 대해 망각

---

5) 서림, 앞의 글.

6) 조지훈, 「순수시의 지향」, 『조지훈 전집 3』, 일지사, 1973.

7) 김흥규, 앞의 글.

8) 조지훈, 「해방시단의 일별」, 『조지훈 전집 3』, p.206.

한 채 혈액화되지 못한 사상이나 관념을 남발하고 있음에 대한 질타이다. 그러면 그가 말하는 바, 진정한 순수시란 무엇인가? 민족시 수립의 토대가 되는 순수시의 참뜻은 무엇인가? 그는 순수의 개념을 다음과 같이 말하고 있다.

> 모든 불순한 야심과 음모를 버리고 진정한 시정신을 옹호하는 것이 언제나 다름없는 시의 순수성이지만, 이때까지 우리가 가져온 순수의 개념은 자칫하면 무사상성, 무정치성이란 이름에로 떨어질 위험성이 다분히 내포되어 있었던 것입니다.…(중략)…
> 예술에 나타난 사상이란 대개가 어떤 주의를 표방함을 가리킨 적이 많았으나, 시에 있어서 사상이란 이런 좁은 곳에 국한시킬 것이 아니라, 인간성의 기미를 건드리는 것이라면 우리는 작은 서정시에서도 능히 사상성을 파악할 수 있을 줄 압니다. 그러므로 시의 사상성은 어떤 주의의 편당성에보다도 전인간적 공감성에 그 뿌리를 두어야 할 것입니다. 결국 어떠한 사상이라도 시 속에 포섭될 때 시가 되는 것이므로 주체는 시에 있는 것이요, 사상은 시를 구성하는 요소에 지나지 않을 것이기 때문입니다. 시가 가진 사상이란 그 예술성을 무시하고는 사상으로서의 가치를 상실하는 것이므로 氣運生動이라는 동양의 미학은 바로 이 사상성의 예술화를 가리킨 것이라고 믿습니다.9)

그는 자신이 말하는 바 순수시가 사상이 전혀 들어가 있지 않는 것, 사상의 진공상태의 것이 아님을 분명히 말하고 있다. 이때의 순수시란 사상과 관념이 혈액화된 것을 두고 말한다. 그리고 사상이란 것도 좁은 의미의 이데올로기 같은 것이 아니라, 인간성의 기미를 다루는 것이라면, 그 어떤 것도 시의 사상이 될 수 있다고 보고 있다. 그런데 그는 인간성의 기미를 다루는 그 어떤 것, 즉 전인간적 공감성을 가져오는 그 어떤 것을 동

---

9) 조지훈, 「해방시단의 과제」, 『조지훈 전집 3』, p.206.

양사상과 결부시키고 있다. 즉 사상이 예술화된 것의 전형으로 기운생동이라는 동양미학을 들고 있다. 주지하다시피, 문협정통파의 핵심 사상가로서 조지훈이 꿈꾸는 시적 세계관은 동양미학과 관련되어 있다.10) 좀 더 구체적으로 말하면 동양적 생명사상, 즉 유가적 형이상학적 생명사상과 연결되어 있다. 이런 유가적인 생명미학에 바탕을 둔 채, 소위 '생의 구경' 탐구를 하고 있다. 그가 말하는 바, 인간성의 기미를 건드리는 것, 전인간적 공감성에 호소하는 것이란 바로 이런 '생의 구경'과 관련되는 것이다.

그가 말하는 바 생의 구경이란 무엇인가? 그것은 우주적 생명의 근원을 탐구하는 것이다. 변화하는 가운데 변화하지 않는 우주적 생명의 근원, 즉 시정신의 뿌리를 캐는 것이다. 그는 이렇게 변하는 가운데 변하지 않는 것, 영원히 새로운 것에서 시 본래의 정신을 찾는데, 여기서 그의 순수시론이 태동하는 것이다. 다시 말하면, 그의 순수시론의 이론적 거점은 유가적 생명미학에 닿아있는 것이다.11) 이런 관점에서 그의 순수시론은 고전주의에 맥이 닿아 있다. 유교적인 의미에서 동양의 고전주의 정신은 '變易' 가운데서 '不易'을 추구하고 있는 것이다.12) 즉 영원불변의 생의 원리를 탐구하는 것이다.

이러한 고전주의 정신이 조지훈에게는 민족시 수립의 근거가 된다.13) 고전주의란, 결국 그의 말대로, 이상주의적 현실주의의 다른 이름이다.14) 즉 고전주의란 현실주의인데, 그 현실주의는 이상주의를 내포하고 있다는 뜻이 된다. 그에 따르면, 민족적 현실에 뿌리를 두면서도 그 민족적 현실이 자각적으로 나아갈 길이 되는 게 민족적 이상이다. 여기서 민족적 이상은 그의 말대로 민족정신에서 파생된다. 그에게 있어서 민족정신이란,

---

10) 최승호, 「조지훈 서정시학 연구」, 『한국적 서정의 본질 탐구』, 다운샘, 1998.

11) 최승호, 「조지훈 순수시론의 몇 가지 이론적 근거」, 위의 책.

12) 조지훈, 「고전주의의 현대적 의의」, 『조지훈 전집 3』.

13) 조지훈, 「고전주의의 현대적 의의」, 『조지훈 전집 3』.

14) 조지훈, 「고전주의의 현대적 의의」.

바로 앞에서 말했듯이, 변하는 가운데 변하지 않는 영원히 새로운 것15)의 의미를 지닌다.

이러한 민족정신이 온건 보수주의자 조지훈에게는 공동선의 미학적 원리로 작용한다. 공동선이란 원래가 현실성을 담보로 하는 개념이다. 왜냐하면, 그 속에는 발전개념이 들어가 있기 때문이다. 이러한 공동선의 개념이 그의 순수시론, 서정시론의 토대가 되고 있다.

> 본질적으로 순수한 시인만이 개성의 자유를 옹호하고 인간성의 해방을 전취하는 혁명시인이며, 진실한 민족시인만이 운명과 역사의 공동체로서의 민족을 자각하고 정치적 해방을 절규하는 애국시인일 수가 있는 것이다.16)

순수한 서정시를 쓰는 시인이야말로, 온건 보수주의 시인이야말로 진정으로 개성의 자유를 옹호하고 인간성의 해방을 전취하는 혁명시인이 될 수 있다고 그는 강변하고 있다. 여기서 우리는 온건 보수주의기 참으로 진보적인 성격을 띨 수 있음을 목격하게 된다. 개성의 자유를 옹호하고 인간성의 해방을 전취한다는 점에서, 순수서정시는 개인과 사회 및 역사발전의 개념을 내포하고 있다.

원래 모든 서정시는 그 자체가 역사성을 띤다. 그리고 모든 역사발전 단계마다 서정시는 그 시대의 정신을 반영하고 있는 것이다. 그런데 앞에서도 말했듯이 그의 역사발전 개념은 고전주의적이다. 규범적인 보편적 진리를, 즉 不易하는 진리를 토대로 하고 있다. 이것이 당시의 변증법적 유물사관을 지닌 마르크스주의자들의 역사발전 개념과는 다른 것이다. 우리는 마르크스주의적인 관점에서 조지훈식의 고전주의적인 역사발전 개념을 일방적으로 매도할 수는 없는 것이다. 조지훈 식의 고전주의적인 역

---

15) 조지훈, 「순수시의 지향」.

16) 조지훈, 「해방시단의 과제」, 『조지훈 전집 3』.

사발전 개념은 다분히 동양적인 역사관과 연결되어 있다. 그는 그것을 고전의 不易性이라 부르고 있다. 즉, 만물이 끊임없이 변화하는 가운데 그 속에 불변하는 원리가 들어 있다는 것을 믿고 있다.

고전의 불역성을 믿고 있기에 그의 보수주의 미학은 복고성을 지닌다. 그러나 유교적인 의미에서의 복고성은 단지 퇴행적인 것만은 아니다. 주역의 원리대로 말하면, 만물은 끊임없이 앞으로 나아가며 움직이고 변화한다. 조지훈 식으로 말하자면, 그것은 확실히 문화전진의 한 방법이다.[17] 그는 역사를 돌발적인 것이 아니라 질서 있는 계기로 본다. 이 속에는 「주역」의 진보사관이 들어 있는 것이다.

> 어느 민족의 새로운 창조도 전통에의 환원의 노력 없이는 불가능하였다. 이런 의미에서 전통은 창조의 재료요, 창조는 전통의 방법이라 할 수 있다. 전통의 연구에는 복고주의 의식이 수반하고 있지만 그것은 반드시 보수주의를 의미하는 것은 아니다.[18]

이처럼 그는 전통탐구로써 새로운 진보를 야기할 수 있다고 믿고 있다. 이러한 고전주의적인 발전사관에다 그의 민족정신의 개념이 뿌리를 두고 있는 것이다. 그리고 이런 그의 민족정신이란 개념은 또한 역사발전이란 개념을 내포하고 있는 공동선의 토대가 된다.

그리고 그의 공동선은 정치적, 경제적, 윤리적인 범주에 머무르지 않는다. 그의 문학적 공동선은 그러한 정치적, 경제적, 윤리적 공동선을 아우르는 생태학적 공동선 위에 구축되어 있는 것이다. 그의 생태학적 공동선의 입장은 당연히 자연에 대한 관심에서 빚어진다. 그의 문학적 관심의 출발은 '살아 움직이는 자연'[19]에 대한 믿음과 사랑에서 시작된다. 이 살

17) 조지훈, 「전통에의 회귀」, 『조지훈 전집 3』.
18) 조지훈, 「전통에의 회귀」, 『조지훈 전집 3』.
19) 조지훈, 「자연과 문학」, 『조지훈 전집 3』, p.313.

아 움직이는 자연 속에서 인간이 정치적, 경제적, 문화적 공동선을 추구하는 것이 그의 문학적 목표이다. 그의 서정시학의 궁극적인 목표는 인간과 자연의 화해 가운데 생태학적, 정치적, 경제적, 문화적 공동선을 추구하는 것이기 때문이다.

이러한 공동선의 개념 위에서 해방기 그의 온건 보수주의 미학이 바로 이해될 수 있는 것이다. 개인의 자유를 옹호하고, 그 개인의 자유의 발달이 민족 발달의 근본이 될 수 있다는 믿음이 전제되어 있는 것이다. 역사 발전에 대한 온건 보수주의적인 믿음, 곧 고전주의적인 믿음은 바로 변역 가운데 불역하는 동양정신에 뿌리를 두고 있는 것이다. 그러면 그러한 동양정신의 실체는 무엇인가? 즉 온건 보수주의 미학과 공동선의 근거가 되는 그의 진리관, 동양적 진리관은 무엇인가?

Ⅲ. 보편적 진리에 대한 믿음과 은유에의 의지

고전주의, 동양적 고전주의를 바탕으로 하고 있는 그의 진리관은 유교적 세계관과 연결된다. 유교적인 의미에서 진리는 객관적인 것, 본질, 곧 도에 연결된다. 객관적인 진리란, 유가들에 따르면, 우주 자연 속에 자존 상태로 있는 객관적인 도이다.[20] 이것은 우주 내 만물을 구성하고 움직여 가는 원리가 된다. 方東美식으로 말하면, 보편적으로 존재하는 우주적 생명의 운동방식이 된다.[21]

고전주의에 경사하고, 고전주의로 민족문학 수립의 토대를 삼으려 했던 것으로 봐서, 그는 규범적인 미를 존중하고 있음을 볼 수 있다. 이러한 규범적인 미의식은 바로 공동선의 관념에서 나온 것인데, 그것은 한 사회구성원이나 민족구성원이 나아갈 방향감각으로 작용한다.

---

20) 牟宗三, 『중국철학의 특징』, 송항룡 역, 동화출판공사, 1983.
21) 方東美, 『중국인의 인생철학』, 정인재 역, 탐구당, 1992.

이렇게 한 개인이나 민족이 나아가야 할 규범으로 작용하는 진리, 공동선의 철학적 토대는 무엇인가? 그는 그것을 우주적 생명의 조화와 질서로 보고 있다. 이 우주적 생명의 조화와 질서의 원리가 바로 진리이고, 나아가 공동선의 근거이고, 서정시의 토대가 되는 것이다. 그는 아래와 같이 우주적 생명을 조화로운 것으로 보고 있다.

> 「往古來今 謂之宙 四方上下 謂之宇」라는 회남자의 해석을 빌면 宇宙는 시공의 통칭개념이다. 시의 우주는 실로 한 편의 시를 통하여 영원한 시간과 무변한 공간을 통일한다. 질서 없는 혼돈(chaos)이 질서와 통일과 조화를 이룬 것이 우주(cosmos)듯이 시정신은 하나의 광대한 道로서 카오스가 코스모스로 나아가는 길이 된다.[22]

이 질서 있는 우주를 그는 생명으로 가득 차 있는 것으로 보고 있다. 그는 시정신이란 생명적 진실의 표현이라 보고 있다. 즉 포에지란 우주적 생명의 진실, 생명의 구경 탐구라는 것이다.[23] 유가들에 따르면, 우주는 보편생명으로 가득 차 있다. 이 보편생명이 흘러가고 운동해 가는 방식, 그 원리가 바로 道이다. 그들에 따르면, 시란 바로 이러한 보편생명의 흐름에서 나온다는 것이다. 즉 유가적인 의미에서 미란 우주적 생명의 파악과 구현에 있다. 방동미는 이러한 우주적 생명의 보편적 원리를 다음과 같이 설명하고 있다.

> 중국철학에 의하면, 우주 도처에는 어디에나 스며 있는 생명의 흐름이 있다. 어디에서 생명이 왔으며, 또 어디로 흘러가는 것인가는 인간의식에서 영원히 숨겨진 일종의 신비한 영역이다. 생명 그 자체는 어떤 의미에 있어서 무한한 연속이다. 그래서 무한의 저편으로부터 무한한 생명이 오고, 또

---

22) 조지훈, 「시의 원리」, 『조지훈 전집3』, p.16~17.
23) 조지훈, 「시의 원리」, p.15.

무한으로 유한한 생명이 연속되어 나간다. 모든 생명은 커다
란 변화의 흐름 중에서 變遷하고 발전하며, 쉬지 않고 낳고
또 낳으며 끊임없이 운전하고 있다. 그것은 길(道)이요 행로
로서, 착(善)한 발걸음으로 따라간 훌륭(善)한 발자취이다. 이
끊임없는 진행의 과정이 바로 道이다. 그것(道)은 善의 본질
인 비롯된(始原의) 自然의 모습 속(原其始)에서 용솟음치고 流
出되어 나온다. 이와 같이 源頭에서 흘러나온 모든 생명의 원
동력은 모든 가치를 뛰어넘기 때문에 그것은 超越的
(transcendental)이지 결코 超絶的(transcendent)인 것이 아니다. 善의
완성인 끝마친(歸終) 자연의 모습 속(要其終)에서 道는 무한으
로, 그 자체가 끝없이 연속되는 無限이다. 이와 같은 무한한
과정 가운데서 道는 모든 것(萬物)이 잘 이루어지도록 모든
창조력을 마음껏 발휘하므로 반드시 內在的(immanent)일 수밖
에 없다. 즉 만물 속에서 창조주는 그의 창조성을 드러내고
있다. 그러므로 비롯된(始原) 자연과 끝마친(歸終) 자연(原始要
終) 사이에는 쉬지 않고 낳고 또 낳는(生生不息) 창조적 전진
의 과정과 우주적인 큰 조화의 질서가 있다.[24]

이를 요약하여 풀어보면 다음과 같다. 보편생명의 흐름, 즉 끊임없는 창
조적 진보의 과정이 도이다. 도는 따지고 보면 선의 본질인데, 모든 원초
적 자연과 생명이란 여기에서 유출되어 나온다. 이와 같이 원초에서 흘러
나온 모든 생명의 원동력은 모든 가치를 뛰어 넘기 때문에 선험적이다.
아니 초월적이요, 나아가 선의 완성된 모습이다. 道의 최종 산물인 자연
이라는 형상 속에서 도는 무한으로 끝없이 뻗어 가는 것이다. 도가 무한
히 뻗어가는 길은 본래 선한 자취이므로 그 길가에 널려 있는 온갖 창조
적인 힘을 끌어들인다. 곧 만물 중에 조물자의 창조성을 나타내고 있다는
뜻에서 도는 만물 내재적이라 할 수 있다. 그러므로, 원초적 자연과 완성
된 자연 사이는 분명 하나의 고리로 연결되어 있다. 곧 도는 창조의 연쇄
라는 우주적 질서를 말한다. 우주 자체는 生生不息하면서 그 운전에 있어

---

24) 方東美, 앞의 책, pp.24~25.

서 어긋남이 없다는 것, 그 흐름의 방식 그 자체가 도라는 것이다. 그리고 그 도라는 것 자체가 따지고 보면 선 그 자체라는 것이다. 이러한 객관적이면서도 보편적인 진리, 스스로 완미하면서 절대적으로 선한 진리는 서정적 유토피아의 철학적 근거가 된다. 이러한 객관적인 진리관, 유가적인 진리관이 조지훈에게도 그대로 드러난다.

> 그러므로, 모든 예술은 플라톤이 말한 것처럼 단지 모방(mimesis)의 기술이 아니라, 기술을 토대로 한 기술 이상의 것, 다시 말하면 「이데아」 또는 생명의 원상(Urbild)이 직접으로 표현되는 것이라 하지 않을 수 없다. 차라리 아리스토텔레스가 예술을 「보편적 형상」의 리얼라이즈라고 본 것은 타당하다 하겠다. 감각을 통하여 초감각의 세계에 사무친다는 것은 특수적인 것이 보편화하는 길이 아니겠는가.[25]

우주적 생명의 원리로서의 도가 객관적으로 보편적으로 존재한다는 이러한 믿음은 고전주의적인 태도로 나타난다. 고전주의란 보편적인 진리를 토대로 하기 때문이다. 고전주의란 언바나도 모방론적인 관점 위에 서 있는 것이다. 여기서 말하는 모방론이란 언어적 질서를 통해서 사물의 질서, 우주적 질서를 반영한다는 것에 다름 아니다. 모방(mimesis)이란 결국 언어적 질서(작품)로 세계적 질서(원리)를 나타내는 것을 목표로 하고 있기 때문이다.

앞에서 보았듯이, 조지훈은 아리스토텔레스의 이론을 받아서 보편적 형상의 리얼라이즈란 말을 했다. 문학에 있어서 보편적 형상의 리얼라이즈란 언어로 이루어지는 것이다. 결국 고전주의적 모방론이란 우주적 본질이 그 자신의 운동을 언어로 나타내는 것에 다름 아니다. 여기서 조지훈의 서정시론이 mimesis에 토대하고 있음을 읽을 수 있다. 그리고 이 mimesis에서 소위 은유개념이 도출되는 것이다. 은유란 곧 mimesis의 핵심

---

25) 조지훈, 「시의 원리」, p.16.

적인 수사학이다. 왜냐하면, 은유란 모름지기 언어적 질서를 통해서 우주
적 질서를 반영하는 것이기 때문이다. 조지훈이 시의 세계를 조화와 질서
가 잘 잡힌 우주,[26] 유기체로 파악하고 있는 것이 여기에서 설명된다.

　시가 하나의 유기체로서 우주적 질서를 갖추는 것은 언어 때문이다. 그
는 언어를 살아 있는 것으로 파악하고 있다.[27] 이 살아 있는 언어로 구성
된 시 작품은 유기체라는 생각을 그는 가지고 있다.

> 　시 창생의 유일한 질료는 언어이다. 시의 뼈와 살, 빛과 소
> 리, 혼과 향기는 모두 언어 속에 깃들어 있다는 말이다. 그러
> 므로, 언어 속에는 우주의 생명이 깃들어 있다고 하지 않을
> 수 없다. 그러나 언어는 도리어 인간의 속에 있고 인생은 자
> 연의 안에 있다. 사람이 창조하는 언어가 자연의 혈통을 받
> 아 생명체로서 독립 환원하는 곳에 시의 생탄하는 보람이
> 있는 것이다.[28]

　시적 언어가 살아 있다는 것, 그것은 곧 시적 언어가 우주의 생명, 본질
을 드러낸다는 의미이다. 언어가 우주의 본질을 드러낸다는 뜻에서 그 언
어는 본질적 언어가 된다. 시어는 무릇 이 본질적 언어로 이루어진다. 그
리고 이 본질적 언어에 의해 비로소 자아와 세계가 하나로 만나는, 즉 행
복하게 만나는 서정적 동일성이 획득된다. 그리고 이 서정적 동일성에서
소위 서정적 유토피아가 파생된다. 서정적 유토피아란 결국 자아와 세계
가 질서 있게 화해하는 것이다. 자아와 세계가 내밀한 연관관계를 맺으며
만나기 위해서는 그러한 살아있는 언어가 필요하다. 이 살아있는 언어로
써 자아와 세계는 서로 만나서 행복하게 대화할 수 있기 때문이다. 문학
적 공동선이란 결국 살아있는 언어로써 자아와 세계가 내적 연관성을 회

---

26) 조지훈, 「시의 원리」, p.15.
27) 조지훈, 「시의 원리」, p.25.
28) 조지훈, 「시의 원리」, p.25.

복하는 것이다.

  살아있는 언어, 이를 서정시학에 국한시켜 달리 부르면, 본질적 언어가 된다. 즉 시적 언어란 본질을 드러내는 언어이다. 언어가 살아있다는 것은 그것이 사물의 본질을 담고 드러낸다는 의미를 함축하고 있다. 언어로써 사물의 본질을 드러낼 때에야 비로소 자아는 사물과 진정으로 소통할 수 있는 것이다. 이런 의미에서 시적 언어로서의 본질적 언어는 대화적 언어이다.

  진정한 대화적 언어는 결국 나와 너 사이의 본질적 관계, 진리적 관계를 토대로 한다. 이 진리적 관계, 본질적 관계를 언어적 질서로 드러낼 수 있고 드러내야 한다는 사상이 조지훈의 서정시학에 들어가 있는 것이다. 결국 서정적 유토피아란 언어적 질서로써 자아와 세계간의 진리적 관계, 곧 이상적 질서를 나타내고자 하는 것이다. 바로 거기에는 언어적 질서로써 우주적 질서를 드러낸다는 믿음이 들어가 있다. 바로 여기에 문학적 공동선의 언어철학적 토대가 마련되는 것이다.

  앞에서도 말했듯이, 언어적 질서가 곧바로 사물들의 질서, 그 본질을 드러낸다는 믿음 때문에 조지훈의 서정시학에는 미메시스 개념이 들어가 있는 것이다. 미메시스로서의 시성성! 이것은 분명히 하나의 이데올로기이다. 그것은 언어적 질서를 통해서 세계의 질서를 나타내고자 하기 때문이다. 그것은 기표와 기의를 일치시키려는 노력, 곧 본질적 언어를 회복하려는 노력으로 나타난다. 기표와 기의를 일치시키려는 노력, 이것은 단순히 1:1 대응의 의미를 넘어선다. 바로 본질적 언어를 회복함으로써, 그 언어로써 사물의 질서를 바로잡겠다는 래디칼한 사상으로 나아간다. 따라서 서정적 동일성을 지향하는 보수주의 문학관이 진보성을 아울러 띠게 되는 것이다.

  언어적 질서를 바로잡음으로써 사물의 질서를 바로잡겠다는 사상, 이것은 은유에의 의지라는 이데올로기로 나타난다. 은유란 모름지기 언어적 질서를 통해서 사물들의 질서를 드러낸다는 것에 다름 아니기 때문이다. 그런데 그런 본질적 언어를 회복함으로써 사물들 사이의 본질적 관계를 회복하겠다는 의지, 곧 은유에의 의지는 하나의 정치학을 지니고 있다. 곧 공동선을 위한 이데올로기를 내포하고 있는 것이다. 이때 공동선의 철학적 근거가 곧 진리, 형이상인 것이다. 조지훈의 문학적 행위의 최고 목표는 바로 이 형이상을 구현하는 것이다.29)

Ⅳ. 현실개혁의 원리로서의 서정성

온건 보수주의 미학, 곧 자아와 세계간의 동일성을 추구하는 서정미학이 보다 래디칼해질 수 있다는 앞의 논리에 따르면, 서정시는 현실을 변혁시키는 논리로 기능한다. 왜냐하면, 서정시는 진리를 반영하는 은유적 언어로 되어 있기 때문이다. 이런 진리를 토대로 하고 있기 때문에 서정시는 단순히 현실을 반영할 뿐만 아니라, 참된 현실을 구성하고 나아가서는 그것을 변혁시키기도 한다.

언어적 질서가 사물의 질서를 반영한다는 미메시스적인 시학에 따르면, 그때 미메시스는 단순한 현실의 소극적인 수동적 반영에 머무르지 않는다. 눈에 보이는 현실을 사진 찍는 대로 베끼는 것은 엄밀한 의미에서 미메시스가 아니다. 진정한 미메시스는 그 현실을 구성하고 움직이는 본질을 드러낸다는 뜻이 내포되어 있다. 즉 그 본질의 운동이 언어적 질서를 통해 드러난다는 믿음이 들어 있다. 앞에서도 인용했듯이, "이데아 또는 생명의 원상이 직접 표현되는 것이다"30) 라고 할 수 있다.

그리고 그렇게 사물의 본질이 구현되는 서정시는 다시 현실의 일부로 자리잡게 된다. 아니 현실의 일부로 되는 것에 그치지 않고, 현실 그 자체를 새롭게 구성하기도 한다. 그리고 나아가서는 현실 그 자체를 근본적으로 바꾸게 되는 것이다. 조지훈은 현실을 반영하고 있는 서정시를 '제2의 자연'으로, 또는 '자연의 연장'으로 부르고 있다.

---

29) 조지훈, 「유미주의 문예 소고」, 『조지훈 전집 3』, p.324.
30) 조지훈, 「시의 원리」, p.16.

　　대자연은 사물의 근본적인 원형으로서 여러 가지 의미를
실현하고 있다. 대자연의 일부인 사람은 그 자신 자연의 실
현물로서만 존재하는 것이 아니라, 창조적 자연을 저 안에
간직함으로써, 다시 자연을 만들 수 있는 기능을 가지는 것
이다. 대자연은 자연 전체의 위에 그 本原相 = Urphänomen을
실현하지만, 반드시 개개의 사물에 완전히 나타나는 것은 아
니기 때문에, 어느 의미에서 시인은 자연이 능히 나타내지
못하는 아름다움을 시에서 창조함으로써 한갓 자연의 모방
에만 멈추지 않고 『자연의 연장』으로서 자연의 뜻을 현현하
는 하나의 대자연일 수가 있다. 바꿔 말하면, 시는 시인이 자
연을 소재로 하여 그 연장으로서 다시 완미한 결정을 이룬
『제2의 자연』이라고도 할 수 있다.31)

　　진리, 본질을 담지하고 있는 서정시는 그 자체가 '제2의 자연', '제2의
현실'로서, 현실 그것을 새롭게 구성하고 그것을 변혁시킬 수도 있다는
논리이다. 유가의 후예로서 조지훈에게 현실은 곧 자연이다. 그는 현실을
"인간적 영위의 수다한 이념 속에서 자각적으로 도태하고 길항하고 지양
해 온 산 자연의 인종"으로 보고 있다.32) 이때 산 자연으로서의 현실에
대해 진리는 이상으로 존재하며 규범으로 작용한다.
　　이러한 이상적 규범으로 존재하는 진리는 현실변혁의 원리가 된다. 그
리고 이러한 진리는 언어를 다루는 시인에 의해 취급되고 실현된다. 그리
하여 그는 다음과 같이 시인정치를 꿈꾸는 시의 종교성에까지 나아간다.
이것은 분명히 서정적 유토피아에 대한 꿈이다. 즉 시인을 통해 창조된
'제2의 자연'은 그러한 서정적 유토피아를 이끌어낼 수 있다는 것이다.

　　나는 또 시를 시인을 통해 창조된 제2의 자연이라 하였다.
시인에게 소재 또는 생명으로 주어진 일체를 직접미라고 한
다면, 그것으로써 표현한 시는 간접미라고 부를 수 있겠다.

---

31) 조지훈, 「시의 원리」, p.12.
32) 조지훈, 「고전주의의 현대적 의의」, 『조지훈 전집 3』.

그러나, 간접미가 모사에 그치지 않는 것은 그것이 간접미이
면서 하나의 창조적 理想美이기 때문이다.
　생명의 충동과 이상의 규범이 자연히 일치되는 사람! 일거
수 일투족이 무비법에 맞는 사람! 그가 바로 천성의 시인이
다. 이런 사람이 사는 곳엔 도덕도 법률도 아랑곳이 없을 것
이다. 그러기에 조화와 질서와 통일의 미는 교화 이상이 될
수 있는 것이니, 우리는 철인정치의 뒤에 인류정치의 구경적
이상으로서 시인정치를 생각할 수가 있다. 언제 이루어질지
모르는 이 고귀한 사명 속에 시의 종교성이 있다.[33]

　조지훈의 논법에 따르면, 서정시가 '제2의 자연'이면서도 그 스스로 생
명을 지니는 것은 그것이 자연의 원리, 본질을 부여받았기 때문이다. 그리
고 그것은 현실을 모방한 '단순한 間接美'에 머무르지 않고 스스로 새로
운 현실을 구축하는 '창조적 理想美'가 된다는 것이다. 이러한 '창조적 理
想美'로서의 서정시에 의해 이 세계가 유토피아로 개혁될 수 있다는 것이
다. 이는 시의 종교성에까지 나아간 것이다. 즉 서정적 유토피아에 이르고
자 하는 강한 열망이 들어 있는 것이다. 이러한 강한 열망은 언어로써 사
물의 질서를 반영하고, 나아가 단순한 반영에 머무르지 않고 새로운 질서
를 세우겠다는 의지, 곧 은유에의 의지로 나아간다. 이 은유에의 의지 속
에는 문학적 공동선을 이루어내겠다는 신념, 곧 역사를 발전시키겠다는
의지와 이데올로기가 들어가 있다. 이것은 곧 온건 보수주의자가 꿈꾸는
서정적 열망인 것이다.

　그는 이러한 문학적 공동선의 추구와 그것에 이르는 길인 서정적 동일
성이 단순히 관념적인 차원에 머무르지 않기를 바랐다. 그는 순수서정시
가 현실을 반영해야 한다는 취지에서 "민족적 현실의 예술적 승화의 성취
여부"[34]를 중요시했다. 즉 그는 현실 문제에 대한 인식 위에서 서정시론
을 구축하고 있는 것이다. 그는 당시 우리 민족의 정치적인 상황을 아래

---

33) 조지훈, 「시의 원리」, p.16.
34) 조지훈, 「민족시의 밤 개최사」, 『조지훈 전집 3』.

와 같이 진단하고 그 해결 방안을 제시하고 있다.

> 　민족을 하나로 파악하지 않으면 안될 오늘의 우리들 민족
> 시인은 대다수의 근로대중을 망각한 것이 아니라, 약소 민족
> 으로서의 피압박의 굴레를 벗는 전민족적으로 무산계급인
> 우리의 혁명을 위하여서는 조급한 계급의식의 고조로 민족
> 통일전선을 교란하고 싶지는 않습니다. 더욱이 계급시로서
> 한 정당에 예속하여 양두구육의 민족시를 들고 시의 순수를
> 파괴하고 싶지는 않습니다. 압제에 대한 영원한 혁명가, 권
> 력에 대한 영원한 반역자인 시인이 결코 정치와 현실에 맹
> 목한 것이 아닙니다. 다만 오늘의 우리 시인의 지상 명제는
> 순수한 민족정신과 순수한 시정신의 합일에만 있다는 것을
> 알기 때문입니다.35)

즉, 참다운 민족시인은 순수시인인데, 이 민족시인은 당시를 계급적으로만
볼 것이 아니라 민족과 민족의 차원에서 봐야 한다는 것이다. 그리고 당대를
민족통일전선의 전략이 필요한 시대로 보고 있다. 이러한 민족주의에 바탕을
둔 그의 온건 보수주의는 현실을 노외시한 것이 아니라, 현실을 현실답게 파
악하고 있다는 주장이다. 즉 그는 온건 보수주의적인 입장에서 현실을 이해
하고 그것을 참되게 변혁시키고자 했던 것이다. 이러한 변혁의 논리에 서정
적 유토피아의 개념과 은유적 언어철학이 깊이 뿌리 내리고 있는 것이다. 서
정시인을 두고 압제에 대한 영원한 혁명가로 해석하는 점에서 특히 그러하
다. 이런 점에서 그는 서정시로서 현실을 근본적으로 변혁시키려는 강한 열
망과 의지를 지니고 있었던 것으로 보인다. 그리고 그 열망이 당대로서는 하
나의 현실적인 이데올로기로 작용했던 것이다. 사실 순수서정시야말로 타락
한 현실에 대해 가장 근본적인 저항을 이루어낼 수 있는 것이다. 조지훈은
바로 그 점을 애써 강조하고 있는 것이다.

---

35) 조지훈, 「민족시의 밤 개최사」.

V. 꼬리말

본고에서는 지금까지 조지훈의 서정시학에 나타난 서정적 유토피아 의식과 그것을 위한 은유에의 의지를 살펴보았다. 먼저 그의 서정적 유토피아 의식이 뿌리 내리고 있는 온건 보수주의 미학과 그것의 철학적 기초인 공동선에 대한 그의 관념을 알아보았다.

온건 보수주의 미학의 정치학은 결코 반동주의 노선이 아니었다고 볼 수 있다. 그의 온건 보수주의는 역사발전의 한 방법적 탐색이었다고 볼 수 있다. 그리고 그의 온건 보수주의 문학노선은 해방기에 순수시를 통한 민족시 수립운동으로 나타났다. 그런데 그가 말하는 바 진정한 순수시는 아무런 사상이 없는, 이른바 사상의 진공상태를 의미하지는 않는다. 이때의 순수시란 사상과 관념이 혈액화된 것을 두고 말한다. 그리고 사상이란 것도 좁은 의미의 이데올로기를 가리키는 것이 아니라, 인간성의 기미를 다루는 것이라면 그 어떤 것도 수용하는 자세이다.

그런데 그가 말하는 바, 인간성의 기미를 건드리는 것, 곧 전인간적 공감성을 가져오는 문학적 사상을 동양미학과 연결시키고 있다. 즉 동양적 생명사상과 연결시키고 있다. 곧 생의 구경탐구와 관련짓고 있다.

그리고 그가 말하는 바 생의 구경이란, 변하는 가운데 변하지 않는 우주적 생명, 곧 보편생명의 근원을 두고 일컫는 말이다. 여기에다 그의 순수시론이 뿌리를 내리고 있다. 또한 그는 그것이 진정한 민족시 수립의 근간이 된다고 믿고 있다. 그의 '순수시 = 민족시' 이론은 변역 가운데 불역을 찾는 고전주의 정신에 기반하고 있음을 알 수 있다. 그 고전주의적 정신 관념의 밑바탕에서 민족정신이 솟아나고 있는 것이다.

이 민족정신이 그에게는 공동선의 원리로 작용하는 것이다. 공동선이란 원래가 현실성을 토대로 하고 있다. 왜냐하면, 그 속에는 역사발전의 관념이 들어가 있기 때문이다. 이러한 공동선의 개념이 그의 순수시론의 한 요체인 서정적 유토피아 의식의 거점이 되고 있다.

　다음으로는 보편적 진리에 대한 그의 믿음과 그것을 문학적으로 성취하기 위한 은유에의 의지를 살펴 보았다. 동양적 고전주의를 바탕으로 하고 있는 그의 진리관은 유교적 세계관과 관련된다. 유교적인 의미에서 진리는 객관적인 것, 본질, 곧 도에 연결된다. 객관적인 진리란, 유가들에 따르면, 우주 속에 자존상태로 들어 있는 객관적인 도이다. 이것은 우주내 만물을 구성하고 움직여 가는 원리가 된다. 이 객관적인 진리가 곧 우주내 만물이, 한 개인이, 한 민족이 지향해 나아갈 방향이 되는 것이다. 이러한 보편적인 진리가 곧 공동선의 철학적 사상적 토대로 작용하고 있다는 것이다. 즉 우주적 조화와 질서의 원리가 바로 민족적 공동선의 사상적 토대가 되고 있다는 것이다.

　그런데, 이 객관적인 진리, 곧 서정적 유토피아의 철학적 근거는 언어로써 실현된다. 즉 우주적 본질의 운동이 언어로 나타나는 것이다. 즉 우주의 본질과 그것의 조화되고 질서화된 모습이 언어적 질서로 나타나는 것이다. 여기서 조지훈의 서정미학이 미메시스에다 뿌리 내리고 있음을 볼 수 있다. 미메시스란 결국 언어적 질서로써 우주적 질서를 드러내는 것에 다름 아니기 때문이다.

　그리고 이 미메시스 개념에서 소위 은유개념이 도출되고 있다. 은유란 모름지기 언어적 질서로써 사물들의 질서를 드러내고자 하는 수사학, 언어철학이기 때문이다. 이때 은유적 언어는 본질적 언어가 된다. 이 본질적 언어에 의해 자아와 세계는 서정적 동일성을 획득하는 것이다. 이 대화, 곧 소통관계에서 서정적 유토피아가 가능하기 때문이다. 결국 서정적 유토피아란 언어적 질서로써 자아와 세계간의 진리적 관계를 나타내고자 하는 의식과 의지에서 나오는 것이다. 이런 수사학은 은유에의 의지와 연결시킬 수 있다.

　마지막으로 조지훈에게 있어서 서정성이 현실변혁의 원리로 나타나는 것을 살펴보았다. 온건 보수주의 미학, 곧 자아와 세계간의 동일성을 추구하는 서정미학은 매우 래디칼해질 수 있다. 왜냐하면, 그것은 진리를 반영하는 은유적 언어로 되어 있기 때문이다. 이런 진리를 토대로 하고 있기 때문에 그가 꿈꾸는 바람직한 서정시는 단순히 현실을 반영할 뿐만 아니라, 참된 현실을 구성하고, 나아가서는 그것을 변혁시키기도 한다.

미메시스로서의 서정미학은 현실을 소극적으로 수동적으로 반영하는 데 머무는 것이 아니라, 현실을 구성하고 움직여가는 원리로서의 본질을 반영한다. 그리고 그렇게 만들어진 문학작품은, 조지훈의 말대로, '제2의 자연'으로 등장한다. 이때 '제2의 자연' 속에 들어 있는 '창조적인 理想美'는 현실을 새롭게 구성하고 그것을 변혁시키는 작용을 하게 된다.

이렇게 이상적인 규범으로 존재하는 진리는 현실변혁의 원리가 된다. 이러한 진리를 인식하고 실현하는 시인은 서정적 유토피아에 대한 꿈을 먹고 산다. 그리하여 그는 시인정치를 꿈꾸는 시의 종교성으로까지 나아가게 된 것이다. 이것은 결국 유가적인 의미에서의 보편적인 진리에 대한 믿음에서 출발한 것이다. 그리고 유가적인 언어철학에 기반하여, 언어로써 사물의 본질을 드러내겠다는 적극적인 사상, 곧 은유에의 의지로 나아간 것이다. 이것은 결국 언어를 바로잡음으로써 우주적 질서를 바로 세우겠다고 하는 래디칼한 이데올로기로 나아가는 것이다.

참고문헌

권영민, 『한국민족문학론연구』, 민음사, 1988.

김윤식, 『한국근대문학사상연구 Ⅰ』, 일지사, 1984.

김홍규, 「민족문학과 순수문학」, 백낙청·염무웅 편, 『한국문학의 현단계 4』, 창작과비평사, 1985.

서 림, 「서정적 유토피아와 은유에의 의지」, 『시와시학』, 1998. 여름호.

조지훈, 『조지훈 전집 3』, 일지사, 1973.

최승호, 「한국적 서정의 본질 탐구」, 다운샘, 1998.

牟宗三(송항룡 역), 『중국철학의 특징』, 동화출판공사, 1983.

方東美(정인재 역), 『중국인의 인생철학』, 탐구당, 1992.

Paul De Man, Blindness and Insight, University of Minnesota, 1983.

박용래론 : 근원의식과 제유의 수사학

Ⅰ. 들어가는 말

박용래는 통상 1950~60년대에 활동한 전형적인 전통서정시인으로 평가받아왔다. 이 말속엔 그의 시가 당시 전통서정시의 이념을 가장 순수하게, 완벽하게 그리고 현대적으로 구현하고 있다는 뜻이 포함되어 있다.[1] 따라서 그를 연구한다는 것은 그 시대 전통서정시의 이념을, 그 한 전형을 살펴보게 되는 셈이다.

전통서정시라 하면 시 속에 전통적 정서와 이념이 들어가 있다는 뜻이다. 즉 전통적인 방법으로 시적인 이념, 곧 서정적 이념을 이루어내려 한다는 것이다. 서정적 이념이란 곧 서정적 동일성을 위한 갈망 내지 이데올로기이다. 따라서 전통적 서정시란 전통적인 사상으로 서정적 동일성을

---

1) 최동호, 「한국적 서정의 좁힘과 넓힘」, 최동호 외 8명, 『서정시가 있는 문학 강의실』, 유니스타, 1998, p.27.
　최동호 교수는 박용래의 서정시가 김소월이나 김영랑, 박목월로 이어지는 시의 계보에서 한 걸음 더 나아가 <자신을 끝없이 소거시켰다는 점>에서, 그리고 정지용이나 김광균류의 모더니즘적 기법을 자기 나름의 독자적인 시법으로 수용했다는 점에서 <현대적>이라고 평가하고 있다.

이루어내려는 염원이 담겨진 시인 것이다.

근대 체험 이후에 들어와서 서정적 동일성이란 매우 자각적이고 전략적인 이데올로기로 부상하게 된다. 즉 방법적 자각을 동반한 미학적 이념이 된다는 것이다.[2] 서정적 동일성이란 이념에는 근대 이후 모든 존재를 파편화시키고 해체시키는 근대의 어두운 힘에 대해 맞서 싸우며 사물들 사이의 내적 연관성이나 통합을 지켜내고 이루어내려는 지난한 몸짓이 담겨 있다.

근대 이전에는 서정적 동일성, 특히 전통적인 서정적 동일성이란 자명하고 지극히 당연한 것이었다. 그때에는 자연과 인간이, 현상과 본질이 화해롭게 일치하고 있다는 <믿음>이 자연스럽게 전제되어 있었기 때문이다. 그러나 근대 이후에는 그러한 자명한 전제가 심각하게 흔들리고 위협을 받아오게 된다.[3] 전통적인 방법으로 서정적 동일성을 이루어내는 사상이 근대 이전에는 오히려 지배 이데올로기에 가까웠다면, 근대 이후에는 그것이 하나의 저항 이데올로기로 작용하게 된다. 즉 산업화 이데올로기, 근대의 도구화된 이성 중심주의 이데올로기에 대해 저항하고 있는 셈이다.[4]

따라서 이 서정적 동일성이란 이데올로기는 근대에 대해, 특히 서구적 근대에 대해 강한 불만을 갖는다. 다시 말해 자본주의화에 대해 강한 거부의식을 갖는다는 말이다. 자본의 운동 논리에 대한 거부는 결국 전통적인 것을 위한 자기보존적 성격을 띠게 된다. 그리고 단순히 자기보존적이라는 소극적 의미를 넘어서서 근대를 비판하고 그것을 새롭게 구성하려는 현실개혁의 원리로까지 나아간다. 그것이 바로 전통적 서정이 꿈꾸는 이른바 탈근대로의 방향전환이다.[5] 전통적 서정이란 전근대에서 탈근대

---

2) 최승호, 「조지훈 서정시학 연구」, 『한국적 서정의 본질 탐구』, 다운샘, 1998, p.10.

3) 최승호, 위의 글, pp.11~12.

4) 서림, 「다산성의 서정시학」, 『말의 혀』, 새미, 2000, pp.66~71.

5) 구모룡, 「서정시학·유기론·제유의 수사학」, 최승호 편, 『서정시의 본질과 근대성

적 방법과 그 가능성을 찾아내고 근대적인 삶을 새롭게 변화시키고자 하는 의지가 담겨있는 것이다.

전통적 서정성이 지향하는 바 탈근대로의 방향전환은 이른바 <근원>에로의 회귀와 관련된다.6) 오늘날 전통적 서정시란 역사의 始原에로 돌아감으로써 미래적 방향감각을 회복한다는 역사철학적 의미를 내장하고 있다. 우리는 지금부터 박용래의 전통적 서정시를 그러한 역사철학적 입장에서 연구해 보고자 한다. 1950~60년대 한국 전통서정시의 역사철학적 이데올로기를 분석함으로써 그것이 지니는 운명과 시대적 의미를 규명해 보고자 하는 것이다.

Ⅱ. 근원의 소리, 침묵의 소리

박용래가 시단에 등장하고 작품활동을 하던 때인 1950~60년대는 이 땅에 본격적인 근대화의 물결이 폭풍처럼 휘몰아치던 시대였다. 1950년대는 미국을 중심으로 이루어진 자본주의화가 냉전논리에 힘입어 전세계적으로 확산되던 때였고, 60년대는 이 땅에 이른바 본격적인 산업혁명이 일어나던 때였다. 1950년대 한국전쟁은 전통적인 질서와 가치를 여지없이 붕괴시켰다. 그렇게 전통적 질서가 철저하게 붕괴된 터전 위에 불어닥친 1960년대 산업혁명의 바람은 기본적인 인간관계의 파괴와 사물화 내지 소외화를 초래했다. 인간과 인간간의 관계뿐만 아니라 인간과 사연의 관계도 자본의 논리로 파악되고 추동되는 삶이 본격화되기 시작했다.

산업혁명 이후 지구상에는 미래로만 향해 거침없이 불어대는 폭풍이 휩쓸고 다닌다.7) 이 폭풍 속에서 모든 존재들이 해체되고 파괴될 위험에 노

비판』, 다운샘, 1999, p.240.

6) 최승호, 「박목월론 : 근원에의 향수와 반근대의식」, 『국어국문학』 126집, 2000.5.

7) Walter Benjamin, Gesammelte Schriften 1 · 2, Frankfurt/M, 1980, p.697.

출되어 있다. 이제 인간을 비롯한 사물들이 끝없이 미래로만 향해 해체되면서 쫓겨갈 것인가 아니면 근원과 연합하여 자기보존적인 삶을 살아갈 것인가 용단을 내리지 않을 수 없게 되었다. 근원(뿌리)과 연합되지 않은 어떠한 삶도 안전치가 않다. 서정시는 바로 이렇게 뿌리(근원)를 지향하는 이데올로기를 함유하고 있다. 이 근원에 연합하는 것만이 자신을 보존할 뿐만 아니라, 해체되고 거덜난 현재를 다시 통합할 수 있기 때문이다.

박용래의 전통서정시는 1950~60년대 산업화의 폭풍 속에서 미래로 떠밀려가며 해체되지 않으려고 발버둥치는 강한 거부의 의지로 가득 차 있다. 그것은 바로 근원적인 삶에 대한 향수와 열망으로 이루어져 있다. 박용래에게 있어서 근원은 우선 자연으로 나타난다. 전통사상에 있어서 자연은 우주의 근본이면서 신적인 존재이다. 모든 것이 그것에서 출발하고 그것에로 수렴된다. 그것은 절대적으로 선하면서도 완미한 존재이다. 또한 그것은 인간이 돌아가 물아일체로 융화되는 공간이며, 현상과 본질이 행복하게 합치되는 곳으로 나타난다. 이 우주의 궁극적인 근원인 자연에 대한 강력하고 끈질긴 鄕愁로 근대의 어지러운 폭풍을 이겨내고 오히려 그것을 거슬러 시원적인 삶, 근본적인 삶을 회복 유지하고자 하는 것이다.

> 첩첩 山中에도 없는 마을이 여긴 있습니다. 잎 진 사잇길
> 저 모래뚝, 그 너머 江기슭에서도 보이진 않습니다. 허방다리
> 들어내면 보이는 마을.
> 坑 속 같은 마을, 꼴깍, 해가, 노루꼬리 해가 지면 집집마
> 다 봉당에 불을 켜지요. 콩깍지, 콩깍지처럼 후미진 외딴집,
> 외딴집에도 불빛은 앉아 이슥토록 창문은 木瓜빛입니다.
> 기인 밤입니다. 외딴집 老人은 홀로 잠이 깨어 출출한 나머
> 지 무우를 깎기도 하고 고구마를 깎다, 문득 바람도 없는데
> 시나브로 풀려내리는 짚단, 짚오라기의 설레임을 듣습니다.
> 귀를 모으고 듣지요. 후루룩 후루룩 처마깃에 나래 묻는 이

김유동, 『아도르노와 현대사상』, 문학과지성사, 1997, pp.31~32에서 재인용.

름 모를 새, 새들의 溫氣를 생각합니다. 숨을 죽이고 생각하
지요.
　참 오래오래, 老人의 자리맡에 밭은 기침소리도 없을 양이
면 벽 속에서 겨울 귀뚜라미는 울지요. 떼를 지어 웁니다, 벽
이 무너지라고 웁니다.
　어느덧 밖에는 눈발이라도 치는지, 펄펄 함박눈이라도 흩
날리는지, 창호지 문살에 돋는 月暈.

—「月暈」 전문

정지용의 「인동차」를 연상시키는 위의 작품에는 전통적인 관념이 잘
들어가 있다. 실제로 존재하고 있는, 있는 그대로의 자연이 아니라, 있어
야 할 이상적인 자연, 즉 자연에 대한 어떤 관념이 투사되어 있는 서정시
이다. 자연서정시라는 것 자체가 원래 시인의 관념, 이데올로기가 투영되
어 있는 것이다. 서정시란 본래 유추적 상상력을 근간으로 하고 있다. 유
추적 상상력이란 자연 속에, 대상 속에 시인의 관념을 투사하는 행위이다.
이 유추적 상상력을 통해 자아와 세계가 하나로 만날 수 있는 것이다. 서
정시의 견고성은 바로 그 유추적 상상력의 견고함에 달려 있는 것이다.
박용래의 유추적 상상력을 따라가 보면 자연은 다분히 무위자연적인
것으로 나타난다. 이 무위자연으로서의 자연이 하나의 관념의 소산이라는
것은 이 시의 허두 <첩첩 山中에도 없는 마을이 여긴> 있다는 데서 암
시된다. 즉 첩첩산중에도 없는 마을이 여기 강가에 보인다는 말 속에는
시인이 의도적으로 애써 찾는, 이상적인 자연의 모델(Idea)이 있다는 말이
다. 첩첩 산중을 뒤지고 뒤져 살펴보았으나 볼 수 없었던 마을이 드디어
이곳에는 있다는 감격의 말 속에서 그러한 이데올로기 지향성이 내재되
어 있음을 볼 수 있다.
그 마을은 갱속 같다. 즉 골짜기 사이로 길게 나있다는 말이다. 그 골짜
기 너머로 해가 꼴깍 지고 있다. <노루꼬리 해>라는 말 속에 자연물이
살아 있는 것으로 비유되어 있다. 즉 物活化되어 있다. 해가 물활화된다

는 말 속에는 모든 자연물이 살아있는 것으로 인식되고 있다는 뜻이 포함
되어 있다. 그러한 <살아 있는 해>가 꼴깍 지면 집집마다 봉당에 불을
켜게 된다. 그때 불빛은 모과빛이다. 부드러우면서도 희뿌연한 불빛은 매
우 평화스럽다.

이 행복하고 평화스러운 불빛을 통해서 우리는 시적 자아가 그러한 세
계를 동경하고 있음을 볼 수 있다. 역으로 문면에는 나타나 있지 않지만,
시인이 사는 현실이 그와는 반대라는 사실도 유추적으로 행간에서 읽어
낼 수 있다. 즉 이미 근대화로 인해 파괴되어가는 삶이 행간에 보인다는
것이다.

시적 자아의 이러한 유토피아적 열망은 <외딴집 노인>을 등장시켜
놓는 데서 극화된다. 외딴 집 노인은 기인 밤 홀로 잠이 깨어 출출한 나머
지 무우를 깎기도 하고 고구마를 깎아먹기도 한다. <문득 바람도 없는데
시나브로 풀려내리는 짚단>에 오면 이미 노인과 자연은 彼我의 구별이
없다. 그 경지는 더 나아가 <후루룩 후루룩 처마 깃에 나래 묻는 이름
모를 새, 새들의 온기를 생각합니다. 숨을 죽이고 생각하지요.>에 이르
면 우주 자연 자체가 노인의 지체나 가족쯤으로까지 발전하게 된다.

그리고 이 시에서 시적 자아와 자연으로서의 우주 사이의 서정적 동일
화는 생명적인 측면에서 이루어지고 있음을 볼 수 있다. 그런데 이 시에
나타난 시적 자아와 자연물의 생명력은 크게 활발하지도 크게 위축되어
있지도 않고 고요하고 현상유지적이다. 고즈넉한 상태에서 사물들이 자신
의 생명력을 지키고 있다. 즉 자기보존적인 태도를 보이고 있다. 그런데
산업화의 폭풍 속에서 자기보존적인 이 소극적 태도가 오히려 근대에 대
한 하나의 저항 의지가 된다. 이러한 자연과의 경계가 무화된 삶을 이상
적인 근원적인 것으로 추구하고 동경하는 박용래는 자연히 고향이나 유
년시절을 그리워하게 된다.

잠 이루지 못하는 밤 고향집 마늘밭에 눈은 쌓이리.

잠 이루지 못하는 밤 고향집 추녀 밑 달빛은 쌓이리.
발목 벗고 물을 건너는 먼 마을.
고향집 마당귀 바람은 잠을 자리.

—「겨울밤」 전문

  시적 자아가 잠을 이루지 못하고 있다는 것은 고향집에 대한 그리움이 매우 강렬하다는 것이다. 더군다나 그것을 두 번 반복한다는 데서 그것이 하나의 집착이자 이데올로기적 열망이라는 것을 알 수 있다. 그가 잠을 이루지 못하는 것은 부표같이 떠도는 근대적 삶에 불안과 회의를 느꼈기 때문이다. 그에 비해 그가 꿈꾸는 고향집은 하나의 이상향, 유토피아로 나타나 있다. 그곳은 자연과 인간이 완전히 하나로 융해되어 있는 삶이다. 고향집 마늘밭에 눈이 <쌓이리> 하고, 기대와 상상으로 예측하는 데서 우리는 그가 고향에 대해 하나의 이상화된 관념을 소유하고 있다고 보아야 할 것이다.

  그가 꿈꾸는 고향은 그렇게 마늘밭에 눈이 쌓이고, 추녀 밑에 달빛이 쌓이는 공간이다. 눈과 달빛마저 고향집에 사는 가족과 하나로 되어 구별되지 않는다. 이렇게 경계가 무화되는 삶 속에서 시적 자아는 발목 벗고 차가운 개울물을 건널 수가 있는 것이다. 그런 경지에 이르면 바람조차 한 식구가 되어 마당귀에서 잠을 자게 된다.

  이와 같이 자연과 인간 사이의 경계가 무화된 서정적 동일성은 고향에서의 유년시절의 삶과도 연속된다. 유년시절이라는 것 자체가 고향과 분리되지 않는 것인데, 이 유년시절에 대한 그리움 역시 하나의 관념의 소산인 셈이다.

  자욱이 버들꽃 날아드는 집이 있었다.

  한낮에 개구리 울어쌓는 집이 있었다

  뉘우침도 설레임도 없이.

송송 구멍 뚫린 들窓

안개비 오다 마다 두멧집이 있었다
                            ─「두멧집」 전문

　자욱이 버들꽃 날아드는 집, 한낮에 개구리 울어쌓는 집이란 말 속에서 자연과 잘 동화된 삶을 볼 수 있다. 그런데 그런 집이 <있었다> 하고 과거형으로 끝을 맺는 데서 우리는 그의 유년시절에 대한 회상이 하나의 관념의 소산임을 알 수 있다. 그곳은 <뉘우침도 설레임도 없이> 자연과의 경계가 무화된 삶이 이루어지는 공간임을 강조하고 있다. 그리고 < 송송 구멍 뚫린 들窓>이란 말에서 읽을 수 있듯이 가난한 가운데서도 생명력이 고요하게 유지되는 삶을 지속하고 있었다는 것을 알 수 있다. 그런데 이렇게 생명력이 고요하게 현상유지적으로 지속되는 삶은 유가적인 유유자적이라기보다 노장자적인 무위자연에 가깝다.8) 즉 虛靜한 삶을 지향하는 도가적 분위기를 읽을 수 있다. 그것은 마지막 연 <안개비 오다 마다 두멧집이 있었다>라는 데서도 짐작할 수 있다.

　박용래의 이러한 노장자적인, 허정한 삶의 동경은 매우 단순하면서도 소박한 시, 자연스러우면서도 구술성이 강한 시로 나타난다. 그의 시에 나타나는 단순성, 소박성, 자연성과 구술성을 알아보기 위해서는 먼저 박용래가 지향하는 바 '침묵의 소리'를 읽을 줄 알아야 한다. 도대체 박용래를 사로잡고 있는 이 침묵의 소리는 무엇인가?

앞산에 가을비

뒷산에 가을비

낯이 설은 마을에

---

8) 박유미, 「박용래 시 연구」, 『한국시학연구』 제1호, 1998, p.124.

　　가을 빗소리

　　이렇다 할 일 없고

　　기인긴 밤

　　茶 마시면

　　가을 빗소리.

―「木瓜茶」 전문

　보다시피, 이 시는 한 행이 한 연으로 되어 있다. 그리고 그 행들도 대체로 명사로 끝맺음으로써 이미 문체에서부터 강한 암시성과 상징성을 노리고 있음을 볼 수 있다. 게다가 제일 끝 연에 가서야 마침표를 하나 발견할 수 있다. 이것은 그러한 수사학적 효과를 극대화시키기 위함인 것으로 읽어도 되리라.

　이 시의 분위기는 우선 매우 적막하다. 시 전체의 분위기도 적막할 뿐만 아니라, 행과 행 사이의 큰 여백 때문에 더욱 그러하다. 가을 빗소리가 온 지면에 내리고 있다는 데서 우리는 우선 전체적인 적막한 분위기를 읽을 수 있다. 그리고 행과 행 사이, 곧 연과 연 사이에 엄청난 공간이 있다. 한 행과 행 사이의 거리는 앞산과 뒷산 사이의 거리이다. 바로 이 '사이'의 거리 속에 여백, 곧 침묵이 존재하는 것이다. 박용래는 가을 빗소리보다 오히려 그 빗소리 속에 침묵으로 전해져 오는 자연의 외롭고 고독한 소리를 늘려주고 싶은 지도 모른다.

　이 침묵의 소리를 시화한다는 것은, 곧 여백을 드러내고 그것을 강조한다는 것은 반근대적인 삶의 한 방식이다. 모든 것을 있는 그대로, 인과적으로 계기적으로 나열하는 근대적인 삶에 있어서는 虛의 중요성을 놓치기 십상이다. 그가 근대적인 삶을 여백의 미학으로 대응하고 있다는 것은 <이렇다 할 일 없고>에서 보인다. 아무 일도 하지 않는다는 빈둥거림의 미학, 즉 반근대적 여유 속에서도 삶의 여백을 읽을 수 있는데, 우리는 그것을 기인긴 밤 모과차 마시면서 가을 빗소리를 듣는다는 데서 다시 확인할 수 있다. 그는 이런 여유로운 가을 빗소리 사이에서 전 우주가 내는 생명의 소리를 엿듣고자 하는 것이리라. 그가 꿈꾸는 전 우주의 생명의 소리는 어떤 것인가.

> 木瓜나무, 구름
> 소금 항아리
> 삽살개
> 개비름
> 主人은 不在
> 손만이 기다리는 시간
> 흐르는 그늘
> 그들은 서로 말을 할 수는 없다
> 다만 한 가족과 같이 어울려 있다

—「뜨락」 전문

이 작품 속에는 침묵의 소리가 잘 드러난다. 시골 어느 집의 적막 속에서 평화를 맛볼 수 있다. 주인은 부재하는 공간, 손만이 기다리는 시간 속에서 모든 사물들은 평등하게 서로 사이좋게 어울려 있다. 한 가족처럼. 이 침묵 속에는 주인이 따로 없어서 누가 누구에게 자기의 입장을 강요할 수 없다. 즉 상내화하고 타자화시킬 수 없는 민주적 관계이다. 이렇게 부분과 부분이 각자 독자성을 지니면서 사이좋게 어울려 전체적 조화를 이루어내는 것이 곧 침묵의 소리이다.[9]

이러한 여백과 침묵 때문에 그의 시는 단순하면서도 소박하고 자연스럽다. 이 단순성, 소박성, 자연성은 구술성의 근거가 되는데, 이것은 오늘

---

9) 사물들 사이의 부분적 독자성과 유기적 관계, 그리고 여백에 대해서는 최승호의 아래의 글을 참조할 것.
   최승호, 『한국 현대시와 동양적 생명사상』, 다운샘, 1995, p.166.

날 20세기 시가 잃어버린 음악성을 환기시킨다. 오늘날의 시는 너무 시끄러운 소리로 가득 차 있다.[10] 서정적 질서가 붕괴되어버린 것이다. 시에서 이러한 음악성, 구술성을 회복한다는 것은 서정적 질서를 회복하는 전략이 되는 것이다. 1950년대의 혼란기와 60년대의 산업화의 폭풍 속에서 서정적 질서를 향한 단순성, 자연성, 구술성 회복의 전략은 당대로서는 시대적 요청이었고, 하나의 전위적 대안이었던 셈이다.[11] 박용래 시의 단순성, 자연성, 구술성은 우리들이 회복해야 할 시적 덕목의 하나가 될 수 있다는 데 중요성이 있다.

Ⅲ. 제유의 수사학

박용래 시에 단순성, 자연성, 구술성을 가져다 주는 여백은 어디서 연유하는가? 사물과 사물 사이에 虛를 상정하고 그것을 사이에 두고 음양관계로 감응운동을 한다는 사상, 곧 제유적 세계관에 그것은 바탕을 두고 있다. 제유적 세계관이란 우주를 유기적으로 인식하는 방식이다. 우주 그 자체가 살아움직이는 생명체로 음양운동을 하고 있다는 사상, 우주 내 만물들이 각자 부분적 독자성을 지니면서 내적 연관성을 확보하고 있다는 관념이 그러한 세계관을 만들어 낸다.

이 유기론적 세계관에 따르면, 우주 내 만물들은 각자 서로 대등한 입장에서 민주적 관계를 형성하고 있다. 서로가 서로를 타자화시키지도 않고 배척하지도 않는다. 그리고 주종관계도 성립하지 않는다. 그러면서 초월적인 Idea개념도 없다. 민주적인 만큼 평등하다. 그 대신 사물들 사이를 하나로 연결시켜 주고 통합해 주는 초월적인 관념이 부재한다. 총체성의 원리가 존재하지 않는다는 점에서 보면 목적론적 세계관이 아니다.

---

10) 박유미, 「박용래 시 연구」, 『한국시학연구』 제1호, 1998, p.124~128.

11) 서림, 「전위로서의 서정시」, 『말의 혀』, 새미, 2000, pp.32~35.

앞에서 인용한 「뜨락」이란 작품을 예로 들어 좀 더 구체적으로 분석해 보면 자세히 알게 될 것이다. 이 작품에는 모과나무, 구름, 소금 항아리, 삽살개, 개비름, 손님, 그늘 등의 사물들이 나열 되어 있다. 그런데 그것들의 나열이 환유적인 나열이 아님에 주목해 볼 필요가 있다. 환유적 나열, 곧 병렬은 부분적 독자성을 지향하지 않는다는 데 특색이 있다. 부분적 독자성이란 모든 사물이 독자성을 지니면서도 내적으로 서로 연관되어 있다는 것을 뜻한다. 거기에 비해 환유에는 그런 내적 연관성이 결여되어 있다. 나열되는 사물 사이에 연속성, 연결고리가 전혀 없다는 뜻이다.

위에 인용한 「뜨락」 속의 사물들은 앞에서 말한 대로 부분적 독자성을 지니면서도 내적 연관성을 맺고 있는데, 그것은 그 사물들이 가족처럼 잘 어울려 있다는 데서 확인이 된다. 사물과 사물 사이의 부분적 독자성 사이에는 여백이 존재하는데, 이 여백을 사이에 두고 사물들이 사이좋게 감응운동을 하고 있다는 뜻이다. 감응운동이란 곧 氣感應에서 나온 말인데, 생명체끼리 생명적 교감운동을 하고 있다는 뜻이다. 이처럼 제유적 세계관은 부분적 독자성을 가진 사물들간의 음양관계, 감응관계를 기저로 하고 있다

이러한 음양관계, 감응관계는 「뜨락」에서처럼 대상인 사물들 사이에만 존재하는 것이 아니라, 시적 자아와 대상 사이에도 존재한다.

    탱자울에 스치는 새떼
    기왓골에 마른 풀
    놋대야의 진눈깨비
    일찍 횃대에 오른 레그호온
    이웃집 아이 불러들이는 소리
    해 지기 전 불 켠 울안.

—「울안」 전문

이 작품에서도 사물들은 제유적 관계를 이루고 있다. 시인은 이 세계, 곧 우주를 인식하기 위해 새떼, 풀, 진눈깨비, 레그호온, 소리 등을 동원하

고 있다. 몇 개의 사물로써 우주 전체를 해석하려 하고 있는 제유적 인식 태도를 보여주고 있다. 그리고 울안의 사물들은 매우 민주적이면서도 평화적인, 가족적인 관계를 유지하고 있다.

그뿐 아니라 시적 자아의 태도 역시 마찬가지다. 시적 자아는 대상들에게 일방적인 태도를 선언하지 않는다. 즉 자신의 관념을 투사하려 들지 않는다. 시적 자아는 대상과 대등한 관점에서 조용히 만나고 있을 뿐이다. 시적 자아는 대상으로 빨려들고, 대상은 시적 자아에게로 빨려들고 있다. 조지훈 식으로 말해서 대상의 자아화요, 자아의 대상화이다.12) 이런 민주적 관계가 곧 제유적 세계관인데, 이 또한 알고 보면 시인의 특정 관념이 투사된 것에 지나지 않는다.

제유적 수사학이란 부분으로써 전체를 읽어내는 방식이다. 이때 시적 자아 또한 우주의 부분으로 존재하는 것으로 상정된다. 자아와 세계가 대등한 관점에서 서로 만나서 하나가 되는 서정적 동일성의 세계가 제유적 관계이다. 따라서 제유 또한 동일성을 추구하는 은유의 하나가 되는 셈이다. 은유가 우주 내 만물들간의 내적 연관성과 그것을 보장하는 초월적 idea의 관념을 전제로 하고 있음에 비해 제유는 그 은유에서 초월적 Idea 개념이 빠진 것에 불과하다.13) 은유가 기표와 기의의 일치, 현상과 본질의 일치를 지향하는 수사학적 태도이듯이, 제유 또한 그것들간의 일치를 지향한다. 다만 동양적인 방법으로 그것들 간의 일치를 지향한다는 데서 차이가 있을 뿐이다.

앞에서 말한 대로 은유는 목적론적 세계관을 바탕으로 하고 있다. 초월적 Idea가 바로 우주 만물의 근원이며 그것이 운동해 가는 목적으로 된다. 따라서 초월적 Idea 개념이 빠진 제유보다 은유가 훨씬 더 적극적이고도 견고한 세계관이 되는 것이다. 그리고 사물들 사이의 차이성을 전제로 하

---

12) 조지훈, 「시의 원리」, 『조지훈 전집 3』, 일지사, 1973, p.15.

13) 서림, 「서정적 동일성을 위한 변명」, 『말의 혀』, 새미, 2000 p.11~16.

는 가운데 유사성을 찾는 은유는 해체화의 시대 총체성을 지향하는, 이질적인 사물간에 합의점을 도출할 수 있는 적극적인 민주적 사고방식이다. 이에 비해 제유는 사물들 사이의 합의점 도출에 소극적이다. 사물들 사이의 공통점을 찾는 데는 소극적이고 서로간 간섭 없이 공존하는 방식에 지나지 않는다. 소극적으로 민주주의를 이루어내는 방식이다. 이로 보아 제유보다는 은유가 훨씬 더 성숙하고 민주화된 삶의 방식임을 알 수 있다.

그러면 이 제유적 수사학이 노리는 바 그것의 이데올로기적 태도, 또는 역사철학적 입장은 어떠한가?

> 짓광목 遮日
> 설핏한 햇살
>
> 四, 五日坪 추녀 끝 잇던
> 人內 장터의 바람
>
> 멍석깃에 말리고
> 도르르 장닭 꼬리에
> 말리고
>
> Ⅲ그림자 기대
> 앉은 사람들
>
> 황소뿔 비낀 놀.

—「遮日」 전문

위의 시에서도 사물들은 여백을 사이에 두고 부분적 독자성을 이루어내면서 제유적 관계를 맺고 있다. 그것은 사물들 사이에 인과론적 관계, 합리적 관계, 즉 선조적 관계가 보이지 않는다는 것이다. 설핏한 햇살, 장터의 바람, 장닭꼬리, 산 그림자 기대앉은 사람들, 황소뿔 비낀 놀 등으로

나열된 사물들 사이에 매우 민주적이고 평화로운 생명적 교감이 이루어
지고 있다. 이 생명적 교감은 바로 그들 사이의 비인과론적 관계에서 연
유한다. 인과론적 관계란 뉴우튼 물리학에서 도출된 합리적 세계관의 산
물이요, 기계적이면서도 배타적인 세계관의 산물이다. 그것은 바로 도구
화된 이성중심주의, 주체중심주의로 이어지면서 사물의 소외화, 타자화,
지배와 종속의 관계 등을 빚어낸다.

이처럼 사물들 사이의 생명적 교감 관계인 감응구조는 반합리주의적이
면서도 반근대적인 세계관 위에 구축되어 있음을 볼 수 있다. 따라서 이
제 우리는 제유적 수사학이 하나의 거부, 즉 근대에 대한 '위대한 거부'
로 이어짐을 볼 수 있게 되었다. 이런 제유적 수사학이 근대에 대해 하나
의 완강한 미학적 저항이 되고 있음은 그것이 지향하는 바 무시간성에서
도 확인이 된다.

사물들 사이에 존재하는 무시간성, 이것은 앞에 인용한 시들에서 나타
나는 사물들 사이에 존재하는 여백에서 보인다. 이 여백에서 소위 비인과
론적 인식이 빚어지는 것이다. 인과론적 세계관이란 근대의 직선적 시간
관의 토대가 된다. 모든 사물이 앞으로 향해 끊임없이 전진과 발전을 해
간다는 사상, 시간이 돈으로 환산되고, 그 돈으로 환산되는 가치가 갈수록
가속도가 붙는다는 파시즘적인 세계관을 파생시키는 이 계기적 시간관은
결국 모든 것을 물화시키고 해체시키고 말았다. 이 해체시키고 사물화시
키는 근대의 폭력적인 힘에 저항하는 방식의 하나가 바로 무시간성, 영원
성으로 무장하는 것이다.14) 이 무시간 의식, 영원성 추구의 방식, 곧 여백
의 미학이 근대적인 이념 앞에 그렇게 강력한 저항방식, 하나의 적극적인
대안이 될 수 있는가? 즉 제유의 수사학이 근본적인 대안일 수 있는가?
우리는 이 제유의 수사학이 지니는 정치학적 의미, 사회시학적 의미를 살

---

14) 최승호, 「『청록집』에 나타난 생명시학과 근대성 비판」, 『한국시학연구』 제2호,
　　1999, p.326.

펴보고, 동시에 그것이 지니는 역사철학적 가능성과 기대의 진폭을 살펴
보아야 할 것이다.

Ⅳ. 궁핍의 미학과 근대에의 거부

박용래의 시들은 대체로 궁핍한 삶을 소재로 하고 있다. 시대상황 때문
이기도 하지만 특히 자기 자신의 삶을 다루고 있는 시에서 그러한 궁핍함
과 비천함이 강하게 드러나고 있다.[15] 궁핍함과 서정시 사이에 일반적인
관계가 형성되는 것은 아니지만, 궁핍함이 서정적 소재로 나타날 때, 그것
도 박용래에게서처럼 집중적으로 나타날 때 그것은 충분히 문제적일 수
가 있다. 더군다나 당대가 1950년 한국전쟁 이후이거나, 1960년대 본격적
인 산업화 이후일 때는 사회철학적 의미, 정치적 의미가 부각될 수 있다
는 말이다. 이 궁핍함을 대하는 시인의 태도에서 우리는 貧者의 철학, 특
히 그것이 지니는 실존적 의미와 아울러 이데올로기적, 역사철학적 의미
를 읽을 수 있다.

바닥 난 통파

움 속의 降雪

꼭두새벽부터

降雪을 쓸고

동짓날

시락죽이나

---

15) 박유미, 앞의 논문, pp.104~110.

끓이며

휘젓고 있을

귀뿌리 가린

후살이의

木手巾

—「시락죽」 전문

이 작품은 후살이 간 여자의 가난한 삶을 소재로 하고 있다. 후살이란 주로 가난한 처녀들이 시집가서 사는 방식이다. 제대로 결혼식도 못해보고 청춘에 한을 안고 사는 이 방식은 1960년대에 흔히 보던 삶의 형태다. 이 후살이 하는 여자는 아마 일찍 죽은 홍래 누나가 모델이 되어 있을 것이다.16) 박용래는 홍래 누나가 후살이 가서 살다가 일찍 죽고 나서부터 성격이 외향적인 데서 내성적으로 바뀌었다고들 한다.17) 아마 박용래의 삶에 있어서 '후살이' 여자란 불쌍하게 죽은 홍래 누나로 인해 가난의 상징으로 각인이 되었을 것이다.

시 속의 후살이 하는 여자는 동짓날인데도 팥죽을 끓이지 못하고 <시락죽이나> 끓이며 휘젓고 있다. 시락죽 속에 파도 넣지 못하고 멀겋게 끓이고 있는 모습이다. 그리고 집도 제대로 된 것이 아니라 <움>에 지나지 않는다. 움 속으로 눈까지 내리고 있다. 그렇게 추운 겨울날 목수건 하나로 버티고 있다. 이 <목수건>이 또한 후살이 하는 여자와 더불어 1960년대 가난의 한 상징이다. 이렇게 궁핍에 찌들린 시적 자아는 자신의 삶에 대해 비천함을 느끼며 그 비천함을 토로하는 방식으로 우울을 견뎌내고 있다.

---

16) 박유미, 앞의 논문, p.119.

17) 이문구, 「박용래 略傳」, 박용래, 『먼바다』, 창작과비평사, 1984, pp.240~242.

오는 봄비는 겨우내 묻혔던 김칫독 자리에 모여 운다.

오는 봄비는 헛간에 엮어 단 시래기 줄에 모여 운다.

하루를 섬섬히 버들눈처럼 모여 서서 우는 봄비여

모스러진 돌절구 바닥에도 고여 넘치는 이 비천함이여.

—「그 봄비」 전문

　여기서의 봄비, 울고 있는 봄비는 박용래 자신의 모습이다. 그 봄비는 초목 산천에 내려서 만물을 소생케 해주는 생명력 있는 것이 아니라, 보는 이로 하여금 우울하게 한다. 그만큼 이 시의 세계도 궁핍함으로 가득 차 있다. 묻혔던 김칫독 자리에나, 엮어 단 시래기 줄에 내리며 울고 있는 것을 봐서도 알 수 있다. 그것도 <모여> 운다. 모여 우는 것에 지나지 않고, 모여 <서서> 하루를 버들눈처럼 섬섬히 울고 있다. 이 봄비는 찔끔찔끔 오는 것이어서 생명력을 오히려 쇠잔케 하고 있다. 하루종일 내려도 돌절구 바닥에나 겨우 고이는 이 봄비 때문에 시적 자아의 마음에는 비천함이 넘쳐나고 있다.

　그런데 시적 자아가 자신의 궁핍함, 비천함을 이렇게 시적 소재로 삼고, 나아가 그것을 우울하게 토로하는 데서 서정시가 지닌 하나의 위대한 힘이 나온다. 스스로를 빈천하다고 공적인 시에다 토로한다는 것은 빈천함을 빈천함 그 자체로만 받아들이지 않는다는 의미가 숨어 있다. 그 궁핍과 가난이 자신의 잘못 때문만은 아니라는 것, 하나의 실존적인 것이라는 의미를 내장하고 있다. 궁핍이 하나의 실존적인 의미로까지 확산될 때 그것은 貧者의 철학을 낳게 된다. 자신을 <겨울 꽝꽝나무>(「자화상 3」)에다 비유하는 빈자의 미학, 즉 궁핍의 미학이 지니는 심미적, 정신적 힘은 무엇인가?

파초는 춥다
창호지 한 겹으로

왕골자리 두르고
三冬을 난다.

받쳐올린 天井이
갈매빛 하늘만큼 하랴만

잔솔가지 사근사근
눈뜨는 밤이면

웃방에 앉아
거문고 줄 고르다.

이마 마주 댄
희뿌연한 고샅길.

파초는 역시 춥다
시렁 아래 소반머리.

—「자화상 1」 전문

파초는 시적 자아의 다른 모습이다. 따뜻한 지방에 자라는 파초가 엄동설한을 창호지 한 겹으로 지내고 있다. 왕골자리 두르고 삼동을 견디고 있다. 이 견딤의 미학이 곧 궁핍의 미학이며, 빈자의 철학이다. 그 빈자의 철학에 의하면, <받쳐올린 천정이 갈매빛 하늘만큼 하랴만>에서 보이듯 여유로움으로 나타난다. 빈자가 지니는 여유는 잔솔가지 사근사근 눈뜨는 밤이면, 웃방에 앉아 거문고 줄 고른다는 행위에서 극화된다. 추위에 헐벗고 벌벌 떨면서도 거문고줄 고를 줄 아는 게 바로 빈자의 심미적 승리이다. 이러한 빈자의 심미적 행위는 자신을 흥부나 백결선생으로 비유하는 데서도 상징적으로 드러난다.

한뼘데기 논밭이라 할 일도 없어, 홍부도 홍얼홍얼 문풍
지 바르면 홍부네 문턱은 햇살이 한 말.

파랭이꽃 몇 송이 아무렇게나 따서 문고리 문살에 무늬
놓으면 홍부네 몽당비 햇살이 열 말.
—「小感」전문

박고지 말리는 狼山골
학이 된 백결 선생
돗자리 두르고 두르고
거문고 줄 고르면
홋홋 밭머리 흩어지는
새떼
마당 가득 메워
더러는 굴뚝 모퉁이
떨어지는 메추라기

오호 한 잔의 이슬
—「오호」전문

우리는 위의 두 작품에서 궁핍함이 예술로 승화될 때 나타나는 하나의
승리, 심미적 승리를 읽어낼 수가 있다. 이러한 예술적 승리는 바로 시적
자아가 지니는 미학적 저항이지 때문에 비롯된다. 궁핍함 속에서도 빈자
의 철학이 가능한 것은 오기 때문이다. 가난하지만 지고 있게 살겠다는
이러한 염결의식은 근대에 대한 불만의 표시인 동시에 저항이면서 하나
의 위대한 거부이기도 하다. 이러한 '위대한 거부' 때문에, 홍부와 같은,
백결선생과 같은 심미적 행복을 누릴 수가 있는 것이다. 근대인의 눈에는
도무지 이해될 수 없는 이러한 빈자의 철학을 통해 우리는 하나의 정치적
이데올로기, 역사철학적 의미를 읽을 수 있는 것이다.

한오라기 지풀일레

아이들이 놀다 간
모래성
무덤을
쓰을고 쓰는
강둑의 버들꽃
버들꽃 사이
누비는
햇제비
입에 문
한오라기 지풀일레

새알,
흙으로
빚은 경단에
묻은 지풀일레

창을 내린
하행열차
곳간에 실린

한 마리 눈(雪)속의 羊일레.

—「자화상 2」 전문

이 시에서도 시적 자아는 빈천하기 이를 데 없다. 자신을 한 오라기의 지풀에 지나지 않는다고 비유하고 있다. 그 지풀은 강둑 버들꽃 사이를 누비는 햇제비 입에 문 것이 되기도 하고, 흙으로 빚은 경단에 묻은 것이기도 하다. 더 나아가서, 그 지풀은 근대사회에 살면서도 근대사회 조직에 성공적으로 편승하지 못하고 부표처럼 떠도는 쓸모 없는 존재이기도 하다. 근대라는 폭풍, 미래로만 향해 끝없이 몰아치는 회오리 속에서 붕괴되어가는 인간의 모습을 상징화하고 있다고 보아야 할 것이다.

그런데 이 지푸라기가 갑자기 존재전환을 한다. 한 마리 눈 속의 양으

로 둔갑하는 데서, 시적인 전환이 이루어진다. 즉 인식의 전환, 자기 자신
에 대해, 그리고 근대에 대해 새로운 발견을 하게 된다. 이 깨끗하고 고결
한, 눈 속의 한 마리 양은 지금 창을 내린 하행열차 곳간에 실려있다. 열
차란 근대의 상징이다. 앞으로 앞으로만 향해 가속적으로 달리는 열차는
바로 근대사회가 달리는 속도에 다름 아니다. 이 속도 속에서 모든 것은
파괴되고 해체될 운명에 놓여 있다. 누구든 이 열차 속에 실려있다는 데
서 문제의 심각성이 놓여 있다. 그런데 시적 자아는 이 열차 속에서 창을
내리고 있다. 이는 근대적 풍경을 보지 않겠다는 태도와 의지의 표명이다.
근대의 속도는 근대의 풍경의 변화 속도이기도 하다. 이 속도에 대한 거
부의지가 곧 순결한 양으로 나타난다. 언젠가 타락한 근대사회를 위해 대
속물로 바쳐져야 하는 희생양의 비유이기도 하다. 그러나 그 기차는 양을
제물로 잡아먹고도 계속 앞으로만 달릴 것이다.
　이러한 근대에의 거부와 불만은 아래의 시에서 하나의 형이상학적 체
계, 역사철학적 의지로 나타나기도 한다.

한때 나는 한 봉지 솜과자였다가
한때 나는 한 봉지 붕어빵였다가
한때 나는 좌판에 던져진 햇살였다가
중국집 처맡 밑 조롱 속의 새였다가
먼 먼 윤회 끝
이제는 돌아와
오류동의 동전.

—「오류동의 동전」 전문

　궁핍과 빈천의 미학이 이 시에서도 관통하고 있다. 시적 자아는 윤회사
상을 빌어 와 자신의 존재전환을 제시하고 있다. 그 존재들은 한 봉지 솜
과자, 한 봉지 붕어빵, 좌판에 던져진 햇살, 조롱 속의 새, 오류동의 동전
으로 나타난다. 한결 같이 빈천한 존재들의 순환이다. 이러한 윤회사상으

로써 시적 자아는 자신의 빈천함을 역설적으로 견뎌내고 있는 것이다. 시적 자아는 자신의 빈천함이 앞으로도 계속될 것이라고 내다보고 있다. 이것은 빈천함을 하나의 실존적 운명으로 받아들이고 있는 태도이다. 이 실존적 해석으로 인해 시적 자아는 근대에 대해 강한 거부 의사를 보이고 있다.

시적 자아의 이 反부르주아적 태도는 곧 자본의 논리에 대한 거부로 나타난다. 자신을 동전 한 잎에다 비유하는 것은 단위가 높은 지전, 곧 부르주아에 대한 대비이기도 하다. 자신은 그런 빈천한 동전 같이 돌고 도는 윤회적 삶의 방식으로 살아가겠다는 불만과 오기가 들어가 있다. 이러한 반부르주아적 태도는 시간을 돈으로 환산하는 데 대한 거부로 나타난다. 모든 것이 직선적인 시간의 축적, 곧 돈의 축적으로 계산되는 삶의 방식에 대한 거부의 표시이기도 하다. 윤회사상을 통한 반근대적 시간의식의 표명이 바로 그러한 거부를 나타내는 것이다.

그러나 윤회사상, 순환론적 시간관, 그리고 이러한 태도를 낳은 제유적 인식이 과연 폭풍처럼 몰아닥치는 근대의 폭력 앞에 온전한 방파제가 될 수 있겠는가? 모든 것을 상품화시키고, 타자화시켜버리는 근대의 논리 앞에서 이 제유적 세계관은 하나의 소극적이고 <미약한 대안>에 지나지 않는다.18) 철저한 이성중심주의, 주체중심주의로 무장한 근대의 도도한 흐름 앞에서 제유적 세계 인식은 하나의 미학적인 저항에 지나지 않는다. 그것은 앞의 「자화상 2」에서 보았듯이, 제물로 바쳐진 수많은 양들을 잡아먹고도 앞으로만 향해 거침없이 달리는 시차를 어찌할 수 없는 것과 같다. 이러한 미약함 때문에 1960년대 전통적 서정시는 1970년대로 넘어오면서 소위 민중적 서정시, 리얼리즘시에게 길을 비켜주지 않을 수 없었다. 리얼리즘시 역시 한국문학사 속에서 완벽한 것은 아니었지만, 역사적 실험으로서 나름대로는 역사적 소임을 할 수 있었던 것이다. 리얼리즘시가

---

18) 구모룡, 「서정시학과 제유의 수사학」, 『시와사상』 제 20호, 1999. 봄호, p.75.

1970년대 산업화 시대에 나름대로 역사적 소임을 할 수 있었던 것은 그것이 지닌 은유적 세계관 때문이다.

리얼리즘은 현실과 그 현실을 구성하고 움직이는 법칙(본질)을 반영하는 것을 이념으로 하는 문학이다. 이 미메시스적 기능 때문에 리얼리즘시가 은유적 수사학을 무기로 지니게 된다. 은유적 수사학이란 곧 현상과 본질, 기표와 기의의 일치를 지향하는 것이기 때문이다. 즉 언어적 질서를 통해서 세계의 질서를 반영할 뿐만 아니라, 그것을 바로잡겠다는 의지, 곧 은유에의 의지가 들어가 있는 것이 리얼리즘이기 때문이다.

V. 나오는 말

본고에서는 박용래의 전통적인 서정시를 본질론적인 측면에서 그리고 그것의 사회시학적인 기능론의 측면에서 살펴보았다. 본질론적인 측면에서 박용래의 전통서정시는 근원에의 향수를 근간으로 하고 있다는 점에서 논의의 출발점을 마련하고 있다. 박용래에게 있어서 근원은 현상과 본질이 합일되고, 세계와 자아가 구별되지 않는 원초적인 유토피아적 공간이다. 그리고 그에게 있어서 그러한 근원은 자연, 고향, 유년시절 등으로 나타난다.

이러한 유토피아로서의 자연 공간은 침묵의 공간이기도 하다. 그 자연 속에는 虛가 가득 차 있다. 이 虛를 사이에 두고 자연 만물들은 각각 부분적 독자성을 지니면서도 생명적으로는 연속되어 있다. 소위 음양으로 감응운동을 하고 있는 것이다. 만물들이 침묵 속에서 서로 민주적으로 평화적으로 고요하게 자신의 생명력을 관리하면서 조응하고 있는 것, 이것이 바로 박용래가 꿈꾸는 여백의 미학이다. 이 여백 속에서 그는 우주가 내는 침묵의 소리, 조화와 질서가 잡힌 화합의 잔치를 보고자 하는 것이다.

그런데 이 여백의 미학은 제유의 수사학에서 빚어진다. 제유의 수사학이란 동양의 유기론적 세계관이 빚어낸 사물인식의 방법이고 또한 자아가 세계를 대하는 전략이기도 하다. 유기적 세계관이란 우주 전체가 살아움직이면서 만물이 각기 부분적 독자성을 지닌 채 내적 연관성을 확보하고 있다는 뜻이다. 이때는 부분과 부분이, 부분과 전체가 상호 행복한 생명적 교섭을 하고 있다. 전통적인 서정시학에서는 자아와 세계 사이에서만 그러한 민주적이고 평등한 관계가 나타나는 것이 아니라, 대상으로서의 사물들 사이에서도 그러한 관계가 나타난다. 이것은 낭만주의 시학에서 보이는 세계의 자아화라는 주체중심적인 사고, 대상을 타자화시켜버리는 미의식과 다르다.

이러한 제유적 수사학은 주체중심주의, 도구화된 이성 중심주의 세계관, 인과론적 세계관, 곧 근대적 세계관을 부정하고 거부하게 된다. 근대적 세계관은 공간적으로 도시 중심이며 시간적으로 직선적 시간관으로 나타난다. 시간과 공간은 모두 돈으로 환산된다. 시간의 흐름이란 자본의 축적 논리와 떨어질 수 없다. 도시 공간 또한 그러하다. 이에 비해 제유적 세계관은 자연과 농촌을 중시여기고, 시간을 돈으로 환산하지 않는다. 그보다 시간을 직선적인 흐름으로 합리적으로 계산하거나 파악하지 않고 순환론적으로 인식한다. 이러한 순환론적 인식은 무시간성, 영원성 등으로 나타난다. 이 무시간성이 곧 반근대적 시간관이 된다. 이 전근대적 시간관이 근대를 초극하는 탈근대적 시간관으로 전환되는 것이다.

이러한 반근대적, 탈근대적 시간관이 삶에 도입될 때 그것은 근대 자본주의적 삶에 대한 강한 불만과 저항, 거부로 나타난다. 그리고 근대에의 거부는 곧 궁핍의 미학, 빈자의 철학으로 나타난다. 궁핍의 미학이란 자신의 경제적인 빈천함을 미학적으로 승화시키는 방법이다. 이러한 염결의식으로 자존심을 지키고 근대와 타협하지 않으려는 것은 하나의 위대한 거부이자, 예술적 승리이기도 하다. 그러나, 그것은 위대한 거부이기는 해도 미약한 대안에 지나지 않는 것이다. 제유의 수사학으로는 근대의 폭력에 적극적으로 맞설 수가 없는 것이다. 따라서 1950~60년대 박용래의 제유의 수사학은 1970년대 일군의 민중적 서정시가 지니는 은유의 수사학에게 길을 비켜주지 않을 수 없었다.

참고문헌

김유동, 『아도르노와 현대사상』, 문학과지성사, 1997.

박용래, 『먼바다』, 창작과비평사, 1984.

서 림, 『말의 혀』, 새미, 2000.

조지훈, 『조지훈 전집 3』, 일지사, 1973.

최동호 외 8명, 『서정시가 있는 문학 강의실』, 유니스타, 1998.

최승호, 『한국 현대시와 동양적 생명사상』, 다운샘, 1995.

최승호, 『한국적 서정의 본질 탐구』, 다운샘, 1998.

최승호 편, 『서정시의 본질과 근대성 비판』, 다운샘, 1999.

Benjamin, Walter, Gesammelte Schriften 1・2, Frankfurt/M, 1980.

구모룡, 「서정시학과 제유의 수사학」, 『시와사상』 제20호, 1999년 봄.

박유미, 「박용래 시 연구」, 『한국시학연구』 제1호, 1998.

최승호, 「박목월론: 근원에의 향수와 반근대의식」, 『국어국문학』 제126집, 2000.

최승호, 「<청록집>에 나타난 생명시학과 근대성 비판」, 『한국시학연구』 제2호, 1999.

제유적 세계인식과 서정적 대응방식

I. 머리말

최근 들어 시에 대한 수사학적 접근이 매우 활발하게 이루어지고 있음을 볼 수 있다. 이 수사학적 접근에는 아리스토텔레스 이후 야콥슨에 이르기까지의 전통적인 방법도 보이고 한편으론 폴 드 만 식의 새로운 접근 방식도 보인다. 폴 드 만 등에 의한 새로운 수사학적 이론에 따르면, 수사학은 단순히 기교적 차원, 즉 도구적 차원을 넘어선다. 이제 수사학은 하나의 인식론적 방법이 되었다. 작품의 미적 세계관을 연구하기 위한, 즉 이데올로기적 접근을 위한 방법이 되었다는 말이다.[1]

원래 수사학이란 전통적으로 상대방을 설복시키기 위한 수사적 기교, 곧 무기를 연구하는 학문이다. 이제 이 수사학이 세계인식의 방법론으로까지 깊어지면서, 그 무기에 대한 연구가 한층 더 새로운 의미를 부여받게 된 것이다. 최근에 문단에서나 학계에서는 은유와 환유라는 두 개의 이론적 틀로써 문학의 특징을 분류하고 분석하면서 가치평가를 하고 있다.[2] 거기에다 일군의 소장파 비평가들이 제유적 수사학이라는 것을 내세

---

[1] Paul De Man, *Blindness and Insight*, Methuen & Co., Ltd. 1983.

[2] 그 중 대표적인 연구 성과로 다음과 같은 것들이 있다.

　　김준오, 『현대시의 환유성과 메타성』, 살림, 1997.

워 제3의 논리적 핵으로 부각시키고 있다.3) 그들에 따르면 은유와 환유는
이 시대 진정한 구원학이 될 수 없고 제유만이 희망이라는 것이다.4)
　그들은 세계를 일방적으로 자아화시켜버리는 근대적 주체의 폭력성과

　　이미순, 『한국 현대시와 언어의 수사성』, 국학자료원, 1997.
　　금동철, 「수사학의 이데올로기성과 전략성」, 『시와사상』, 1998. 여름(제 17호).
　　이미순, 「환유적 미끄러짐과 허무주의」, 『시와사상』, 1998. 여름호.
　　박현수, 「본질 탐구와 은유적 상상력」, 『시와사상』, 1998. 여름호.
　　최승호, 「정지용 자연시의 은유적 상상력」, 『한국시학연구』 제1호, 1998.
　　최승호, 「조지훈론: 서정적 유토피아와 은유에의 의지」, 『우리말글』 제17집, 1999.
　　금동철, 「1950～1960년대 한국 모더니즘시의 수사학적 연구」, 서울대학교 대학원 박
　　　사학위논문, 1999.
　　정과리, 「정신분석에서의 은유와 환유」, 한국기호학회 편, 『은유와 환유』(『기호학
　　　연구』 제5집), 1999.
　　양명수, 「은유와 구원」, 위의 책.
　　김상환, 「데리다와 은유」, 위의 책.
　　김도훈, 「연극에서의 은유와 환유」, 위의 책.
　　김욱동, 「은유와 환유의 언어학적 기초」, 위의 책.
　　김현자, 「서정주 시의 은유와 환유」, 위의 책.
　　김희영, 「프루스트의 은유와 환유」, 위의 책.
　　김옥순, 「언술은유와 기형도의 시」, 위의 책.
　　박성창, 「시들지 않는 수사학의 꽃, 은유」, 『현대시』, 2000.4.
　　김승희, 「'은유'와 '환유'로 본 90년대 시」, 위의 책.
　　박재열, 「환유로의 길트기」, 위의 책.
　　서림, 『말의 혀』, 새미, 2000.
3) 그 중 대표적 연구 성과로 다음과 같은 것들이 있다.
　　구모룡, 『문학과 근대성의 경험』, 좋은날, 1998.
　　구모룡, 「서정시학과 제유의 수사학」, 『시와 사상』, 1999. 봄호(제 20호).
　　구모룡, 「서정시학·유기론·제유의 수사학」, 최승호 편, 『서정시의 본질과 근대성
　　　비판』, 다운샘, 1999.
　　구모룡, 「신화 해체 시대의 서정」, 『신생』, 1999. 가을(창간호).
　　구모룡, 「포위된 시적 혁명」, 『시와 사상』, 1999. 겨울(제 23호).
　　이성희, 「노장시학을 위한 시론」, 『시와 사상』, 1999. 여름(제 21호).
　　최승호, 「박용래론: 근원의식과 제유의 수사학」, 『우리말글』제20집, 2000.
4) 구모룡, 「포위된 시적 혁명」, 『시와 사상』, 1999. 겨울(제 23호), pp.40～42.

전체주의적 횡포를 예로 들어 은유를 비판하고 있으며, 동시에 사물들 사이의 관계를 파편화시키고 허무주의적 세계인식을 견지·유포한다는 이유로 환유를 부정하고 있다. 그에 비해 제유는 사물들 사이의 내적 연관성을 중요시하며 부분과 전체가 유기적으로 조화되어 있는 것을 전제로 하는 세계인식 방법이다. 그리고 그들이 지향하는 제유적 구원학에 잘 어울리는 시인의 하나로 조지훈을 꼽고 있다.[5]

이 제유적 수사학은 전통적인 유기론적 세계관과 잘 연결되어 있다. 유기론적 세계관이란 우주 전체를 부분과 전체가 잘 조화된 거대한 생명 체계로 인식하는 방법이다. 이 제유의 수사학이 유기론적 세계관, 곧 생명사상과 연결되어 나타나는 모습을 조지훈의 시와 시론에서 세밀하게 살펴보고자 한다.

그렇게 하기 위해서는 먼저 조지훈의 생명미학의 실상을 알아보아야 하는데, 그것은 그의 생명미학이 구체적으로는 어떤 형이상학과 시적 인식론에 근거하고 있는지 살펴볼 때 가능하다. 그가 지니고 있는 형이상학과 시적 인식론이 밝혀진 때에야 비로소 그가 어떠한 미학사상으로 당대 현실에 대해 대응하고 있는지를 알 수 있을 것이다. 그리고 그것은 제유적 세계관을 토대로 하고 있는 조지훈이 어떠한 방법으로 서정적 동일성, 곧 시의 본질을 인식하고 창출해 내는가를 밝히는 방법이 될 것이다.

서정적 동일성이란 한결같지 않고 각자의 세계관에 따라 다양하기 때문에, 그것의 구체적인 모습을 밝혀낸다는 것은 의미가 크다. 왜냐하면 한 시인이 서정적 동일성에 이르는 방법은 그가 이 세계에 대해 구체적으로 응전하는 양식이 되기 때문이다. 우리는 조지훈을 통해서 그것을 살펴볼 것인데, 조지훈이 이루어내는 서정적 동일성의 방법은 그 의미가 사뭇 크다. 왜냐하면 그는 '문협정통파'의 핵심 이론가였던 만큼 한국 현대 전통

---

5) 구모룡, 「서정시학과 제유의 수사학」, p.73.
　　이성희, 「노장사상을 위한 시론」, pp.62~63.
　　서　림, 「서정적 동일성을 위한 변명」, 『말의 혀』, p.16.

서정시론을 대변하고 있기 때문이다. 게다가 21세기로 접어들면서 유기론적 세계관의 확산과 더불어 그의 미학사상이 하나의 거멀못으로 떠오를 가능성이 크기 때문이다. 우리는 그가 성취한 서정적 동일성의 이데올로기를 그가 살았던 당대 현실에 대한 응전 방식과 관련지어 연구할 것이다. 이것은 서정시학이 어떻게 사회시학적, 역사철학적 비젼을 담아내고 있는가를 연구하는 결과를 초래할 것이다. 즉, 서정시학이 지니는 바 이데올로기성이 밝혀지는 결과가 될 것이다.

마지막으로, 그가 취했던 서정적 동일화 방법이 단순한 제유의 한계에 머물지 않고 그것을 뛰어넘어 은유의 세계로까지 나아감을 살펴볼 것이다. 파시즘의 폭력과 광기에 대응하는 방식으로 그가 취하고 있는 이 수사학적 세계관이 얼마나 견고해질 수 있는가를 살피는 데 하나의 시금석이 될 것으로 보이기 때문이다.

II. 제유의 수사학과 유기론적 세계관

구모룡이 줄기차고 집요하게 파고들고 있는 이 제유의 수사학은 유기론적 우주관과 필연적으로 연결되어 있다. 제유란 쉽게 말해서 부분으로써 전체를 설명하는 방법이다. 한 명의 인간에게서 우주를 보고, 한 개의 돌멩이에서 삼라만상을 보는 이른바 동양적인 세계인식의 방법이다. 이러한 유기론적 세계인식은 물론 氣철학에다 형이상학적 토대를 두고 있다. 만물이 다 氣로 이루어져 있고, 이 氣의 운동방식에 따라 만물이 생성 소멸을 반복해간다는 순환사상이 그것을 밑받침해주고 있다.

오늘날 현대유가들은 이 氣를 생명 내지 생명력의 근본이라 해석하고 있다.[6] 조지훈의 시론 에세이 곳곳에서 이런 氣사상이 나타나는 것을 볼

---

6) 方東美, 정인재 역, 『중국인의 인생철학』, 탐구당, 1992(제 5판).
　　山田慶兒, 김석근 역, 『주자의 자연학』, 통나무, 1991.

수 있다. 그는 시론 도처에서 생명사상을 기초로 해서 소위 생명시학을
전개하고 있다.

> 생명은 자라려고 하는 힘이다. 생명은 지금에 있을 뿐만
> 아니라 장차 있어야 할 것에 대한 꿈이 있다. 이 힘과 꿈이
> 하나의 사랑으로 통일되어 우주에 가득 차 있는 것이 우주
> 의 생명이 아니겠는가. 우주의 생명이 분화된 것이 개개의
> 생명이요, 이 개개의 생명의 총체가 우주의 생명이라고 볼
> 것이다. 그러므로, 나는 시는 「자기 이외에서 찾은 저의 생
> 명이요, 자기에게서 찾은 저 아닌 것의 혼」이라고 한다. 다
> 시 말하면 「대상을 자기화하고 자기를 대상화하는 곳에 생
> 기는 통일체 정신」이 시의 본질이라고 나는 믿는다. 「인간의
> 식과 우주의식의 완전일치의 체험」이 시의 究竟이라고 믿어
> 진다는 것이다. 이런 뜻에서 우주의 생명적 진실을 受精함으
> 로써 시를 생탄시키는 것은 시의 보편한 지향이라 할 것이
> 다.7)

이와 같이 조지훈은 개별생명과 우주생명의 감응 가운데서 시가 발생
한다고 보고 있다. 그것을 두고 '대상의 자아화, 자아의 대상화'가 동시적
으로 일어나는 형국으로 설명하고 있다. 이러한 서정적 동일성이 곧 '시
의 본질'이라 말하고 있다.

이러한 생명시학은 제2차 세계대전 전후에 활동한 중국의 유명한 생명
미학자 方東美의 그것과 유사하다. 방동미도 미의 탄생을 개별생명과 보
편생명의 감응 사이에서 찾고 있다.8) 그리고 방동미는 미란 보편생명의
유전 가운데서 발생하는 것, 곧 우주적 생명의 흐름 가운데서 솟아오르는
것이라고 말한 적이 있다.9) 이러한 방동미의 생명사상은 2차 대전 전후

---

7) 조지훈, 「시의 원리」, 『조지훈 전집』 3, 일지사, 1973, p.15.

8) 方東美, 앞의 책, p.23.

9) 方東美, 앞의 책, p.156.

파시즘의 폭력성과 비생명성에 대항하기 위해 나온 것이다.[10] 조지훈 또
한 이러한 생명미학으로 당대 파시즘 현실에 대해 응전하고 있었던 것이
다. 그리고 그는 생명체끼리의 생명적 교감에서 소위 생명적 진실, 곧 서
정적 진실을 찾고 있는 것이다. 바야흐로 그에게 있어서 서정시의 비밀은
바로 생명체끼리의 교감에 있는 것이다.

닫힌 사립에
꽃잎이 떨리노니

구름에 싸인 집이
물소리도 스미노라

단비 맞고 난초잎은
새삼 치운데

볕 바른 미닫이를
꿀벌이 스쳐간다.

바위는 제자리에
옴찔 않노니

푸른 이끼 입음이
자랑스러라.

아스럼 흔들리는
소소리 바람

고사리 새순이
도르르 말린다.

—「山房」전문

---

10) 방동미의 앞의 책 중 정인재 해설(p.213)에서 인용.

이 시는 1941년 일제말 월정사 은거시기에 쓴 작품이다. 절간이 아니라 절간 근처 민가와 그 주위를 둘러싼 산 속의 자연 풍경이 묘사되어 있다. 단순한 풍경 묘사만으로 끝난 것이 아니라, 그 풍경 너머 형이상학이 깃들고 있음을 알 수 있다. 그 형이상학은 자연이 지닌 생명의 비밀을 통해서 간접적으로 나타난다.

이 작품은 절간 근처의 민가를 둘러싸고 있는 자연이 지닌 생명력을 발견하고 그것을 즐기는 데서 시작된다. 닫힌 사립에 꽃잎이 떨린다는 데서 우선 자연이 지닌 생명력을 볼 수 있다. 꽃잎이란 것 자체가 나무나 식물이 지닌 생명력을 표상하기 때문이다. 즉 그 식물이 생명력의 정점에서 피우는 것이 꽃이기 때문이다. 그리고 구름에 싸인 집에 물소리가 스민다는 데서도 고요한 생명력의 흐름을 읽을 수 있다. 물의 운동은 곧 생명력의 표상이기 때문이다.

이러한 자연이 지닌 생명력은 난초잎에서도 보인다. 그런데, 난초잎보다 그 옆 볕 바른 미닫이를 스쳐 지나가는 꿀벌에게서 생명력이 더욱 돋보인다. 난초나 꿀벌만이 살아 있는 게 아니다. 조지훈에게는 바위조차 살아 있다. 제자리에 옴쩍 않는다는 정지의 상태가 오히려 움직임의 한 모습으로 들어온다. 조지훈은 「돌의 미학」이란 에세이를 통해 寂然不動하는 바위 속에서 뇌성벽력의 움직임을 본다고 고백한 적이 있다.[11] 유가들은 모든 사물이 氣로 이루어져 있으며 이 氣는 生意를 지닌 채 활발하게 움직이고 있다고 보고 있다.[12] 위의 시에서도 그 바위는 살아 있어서 푸른 이끼를 옷으로 삼아 자랑스럽게 입고 있다. 그리고 고사리 새순이 아스럼 흔들리는 소소리 바람 속에서 도르르 말린다는 데서 자연이 지닌 생명력을 다시 한 번 읽을 수 있다.

이와 같이 위의 시에 나오는 모든 사물들은 생명력으로 가득 차 있다.

---

11) 조지훈, 「돌의 미학」, 『조지훈 전집』 4, p.19.
12) 山田慶兒, 앞의 책, pp.360~361.

시적 자아로서의 시인 뿐만 아니라 만물이 다 생명력으로 가득 찬 가운데서 즐겁게 상호 교감하고 있다. 사물과 사물끼리, 그리고 사물과 시인간에 그러한 생명의 고요한 잔치가 벌어지고 있는 것이다.

그런데, 조지훈의 위의 시에 나타난 자연은 생명력으로 가득 차 있으면서도 그렇게 충일하거나 역동적이지 않다. 외양적으로 펼쳐지는 운동력을 내보이지 않고 靜中動의 상태로 사물의 내부에서 고요히 움직이고 있다. 사물들은 고요히 자신을 지키면서 자신의 생명을 관리하고 있다. 위의 시를 봐서도 알 수 있듯이, 그 공간은 한적한 산자락쯤으로 보인다. 같은 청록파인 박두진의 「香峴」에서 보이듯 하늘로 솟아올라 아래로 내려다 볼 만큼 역동적이거나 우주적이지 않다. 그렇다고 박목월의 「산이 날 에워싸고」에서처럼 완전히 산에 둘러싸여 폐쇄적인 공간으로 나타나지는 않는다. 즉 박목월에게서처럼 생명력이 위축되어 있지도 않다. 그 대신 조지훈의 위의 시에 나오는 자연이나 공간은 생명력이 넘쳐흐르지도 않고 위축되어 있지도 않으며 현상유지적이다. 사물들이나 시적 자아는 다같이 안전하게 자기를 지키며 생명을 관리하고 있다. 바로 이러한 현상유지적인 생명력 관리에서 소위 悠悠自適의 미학이 나오는 것이다. 이 유유자적의 미학이란 隱者의 철학인 셈이다. 조지훈 자신의 말과 같이, 隱逸하는 자가 불우한 가운데서도 위축되지 않고 생을 즐기는 처세의 미학이 곧바로 自適인 셈이다.[13] 이러한 유유자적은 일제말기 파시즘 체제하에서 하나의 귀중한 미학적 태도를 낳는데 그것이 바로 견딤과 느림의 미학이다.

Ⅲ. 견딤과 느림의 미학, 서정적 대응 방식

그러면 이제부터 조지훈 시에 나타난 견딤과 느림의 미학을 살펴보기로 한다. 그리고 그가 그 견딤과 느림의 미학으로써 근대 파시즘 사회에

---

13) 조지훈, 「放牛山莊 散稿」, 『조지훈 전집』 4, p.117.

대해 서정적으로 대응해 가는 방식을 살펴볼 것이다. 이것으로써 순수서
정시학이 지니는 사회시학적, 역사철학적 의미가 밝혀질 것이다. 아울러
그런 서정미학의 형이상학적 근거도 규명해 볼 것이다. 이런 형이상학과
그것에 기초한 인식론이 어떻게 수사학으로 귀결되는지 살펴보고자 한다.

외로이 흘러간 한 송이 구름
이 밤을 어디메서 쉬리라 던고.

성긴 비ㅅ방울
파초ㅅ잎에 후두기는 저녁 어스름

창 열고 푸른 산과
마조 앉어라.

들어도 싫지 않는 물소리기에
날마다 바라도 그리운 산아

오 아츰 나의 꿈을 스치는 구름
이 밤을 어디메서 쉬리라 던고.

— 「파초우」 전문

　이 시에서 구름은 나그네인 자아의 변형이거나 분신쯤으로 보인다. 그
러나 그 구름은 단순히 자아의 감정이 이입된 그런 피동적인 존재는 아니
다. 조지훈에게 있어서 자연은 모두 살아있는 존재이다. 앞에서 말한 내도
氣로 되어 있는 존재로서 살아 움직인다. 단지 죽어 있는 구름에게 살아
있는 자아의 정서가 일방적으로 투영된 것이 아니라, 구름과 자아가 다
같이 살아 있으면서 대등하게 만난 것이다. 이때 자아도 구름과 같이 物
의 하나로 되어 있다. 이른바 邵康節이 말하는 '以物觀物'이 형성된 것이
다. 이물관물이란 인식 주체로서의 사람이 대상인 사물보다 우위에 있지
도 않고 아래에 있지도 않으면서 사물의 입장이 되어 사물과 대등한 관계

에서 사물을 인식하는 방법이다.14) 이물관물의 구체적인 양상은 구름의 理(본질)와 자아의 理(본질)가 하나로 합치되는 데 있다. 그것은 곧 물아일체에 의해 가능하다. 이 시에서의 물아일체는 맨 마지막 연에서 보인다. '온 아츰 나의 꿈을 스쳐간 구름'이 그러하다. 나의 꿈과 구름의 꿈은 이때 하나다. 즉 나의 理와 구름의 理가 하나로 된 것이다.

이렇게 사물의 神과 자아의 마음이 하나로 만난다는 데서 동양적인 상상력 이론의 특성이 있다.15) 자아의 강한 감정이 일방적으로 사물에 투영된 것(세계의 자아화)이 서구 상상력이라면, 동양의 상상력은 사물의 神과 나의 마음이 대등하게 하나로 만나는 데서 성립한다. 이러한 상상력의 유형이 맨 마지막 연에서 확인되는 것이다. 그것은 이 시의 맨 마지막 행에서도 보인다. 그 구름이 이 밤 어디메서 쉬리라 던고 라는 구절에서 구름과 자아가 분리되지 않은 모습이 보인다.

서구 낭만주의 시학에서 유래된, 소위 감정이입이란 세계를 일방적으로 자아화시켜버리면서 일어나는 동일화 방식이다. 따라서 다분히 폭력적이고 비민주적인 관계가 형성될 수밖에 없다. 거기에 비해 이물관물의 방법은 일방적인 대상의 자아화가 아니라, 조지훈이 말한 대로 '대상의 자아화, 자아의 대상화'가 동시적으로 대등하게 일어난다는 점에서 민주적이다. 이 민주적인 사고는 우주 만물이 다 꼭같이 氣로 이루어져 있다는 것,

---

14) 이민홍, 「조선 전기 자연미의 추구와 한시— 성정미학과 산수시」, 『한국한문학연구』 제15집, 1992.
박석, 「宋代 理學家 文學觀 硏究」, 서울대학교 대학원 중어중문학과 박사학위논문, 1992.
박석, 「邵康節 시론의 도학적 특색」, 『동아문화』 제20집, 서울대학교 동아문화연구소, 1991.
15) 嚴羽는 이러한 경지를 '入神'이라 표현했다.(이병한 편저, 『중국고전시학의 이해』, 문학과지성사, 1992, p.66.) 또한 전통적으로 동양시학에서는 그러한 경지에 이르는 것을 '神思'라고 부른다.(이병한 편저, 위의 책, pp.74~77.)

그리고 그것들이 소위 一氣의 한 부분으로 되어있다는 형이상학에 근거한다.

　그런데 위의 시에서 자아와 자연 사이 교감의 양상을 자세히 살펴볼 필요가 있다. 이병기의 시에서처럼 자연과 자아가 생명력의 측면에서 각기 충일하여 상호 확산적인 교감을 보이는 것도 아니고, 정지용의 시에서처럼 상호 축소적이지도 않다. 이 시에서의 대상과 자아는 생명력이라는 측면에서 상호 현상유지적인 교감을 보이고 있다.

　사물들의 생명력이 약동하거나 또는 거꾸로 위축되어 있지 않음은 자연을 통과하거나 그 속에 머무르는 주인공 나그네 때문이다. 나그네는 번잡한 일상에서, 근대적인 삶의 속도로부터 멀리 벗어나 있는 존재이다. 그 나그네는 외로이 흘러간 한 송이 구름처럼 천천히 떠돈다. 그리고 그는 지금 어느 여관쯤에서 쉬고 있다. 이렇게 번잡한 현실로부터 멀리 떠나고 여관에서 한적하게 쉬는 것, 이것은 모든 근대인들이 동경해 마지않는 여유로운 삶이다. 그리고 그것은 식민지 당대 현실의 고통을 견뎌내는 방식이기도 하다. 이 견딤의 미학은 당시 파시즘적인 어두운 현실의 압박에 대한 하나의 완강하고 끈질긴 저항방식이기도 하다.

　이렇게 느리게 견디어 내는 삶, 소위 유유자적하는 방식은 제2연에 와서 더욱 효과적으로 강조되어 나타난다. '성긴 빗방울'이 그러함을 더해준다. 빽빽하게 거세게 내리는 비가 아니라 성긴 빗방울은 여유로움을 더해주는 사물이다. 더군다나 그 성긴 빗방울이 파초잎에 후두기고 있다. 이때 파초는 그 잎의 크고 넓음 때문에, 그리고 그것이 절간 등에서 자란다는 점 때문에 物外閑寂의 느낌을 준다. 그리고 더군다나 시간도 저녁 어스름이다. 저녁 어스름에는 모든 사물이 낮동안의 활발한 운동을 멈추고 조용히 '자기 관리'나 하는 시간이다. 바로 이러한 사물들 앞에서 시적 자아는 창을 열고 푸른 산과 마주하여 앉는다. 그리고 그것은 곧바로 번잡한 현실, 타락한 식민지 세속도시로부터 멀리 벗어나 조용히 자기 자신을 마주하고 앉는 방식이기도 하다.

이처럼 위의 시에 나타나는 바와 같이, 모든 사물들은 생명력으로 가득 차 있으면서도 차분하고도 여유 있게 자기관리를 하고 있다. 즉 조용한 가운데 생명의 잔치를 벌이면서 현실의 고통을 견디어내고 있다. 이러한 견딤과 유유자적의 미학은 바로 파시즘적인 광기와 어지러운 근대적 도시의 속도로부터 벗어나 자기를 지켜내려는 태도이다. 소극적으로는 불우한 상황에서 생명력을 즐기면서 자신을 지켜내는 방법이지만, 적극적으로 해석하면 근대적 삶의 방식에 대한 하나의 완강하고도 끈질긴 저항방식이 되는 것이다. 그러면 이러한 유유자적의 미학, 곧 느리게 견뎌내는 삶의 미학은 어디서부터 연유하는가. 조지훈의 삶의 기율을 만들어내는 형이상학은 무엇인가.

꽃이 지기로소니
바람을 탓하랴.

주렴 밖에 성긴 별이
하나 둘 스러지고

귀촉도 우름 뒤에
머언 산이 닥아서다.

촛불을 꺼야하리
꽃이 지는데

꽃 지는 그림자
뜰에 어리어

하이얀 미닫이가
우련 붉어라.

묻혀서 사는 이의
고운 마음을

아는 이 있을까
저허하노니

꽃이 지는 아침은
울고 싶어라.

—「낙화」 전문

박호영의 지적대로[16], 이 시는 처음 허두부터 유교적 성격을 강하게 띠고 있다. <꽃이 지기로소니/ 바람을 탓하랴>라는 여유있는 태도가 바로 유가적인 것이라고 그는 보고 있다. 그에 따르면, 꽃이 지는 것은 바람의 탓이 아니라 꽃 자신이 품수한 理 때문이라는 것이다. 즉, 氣 때문이 아니라 氣를 초월한 理 때문이라는 것이다. 이것은 바로 퇴계적인 主理論的 발상 때문이라는 것이다.

사물에 대한 이러한 해석은 유가적인 처세술로 만만찮은 것이다. 일제하 모든 것이 얼어붙고 기우는 시점에서 이러한 처세의 방법은 자신을 지켜내고 견뎌내는 하나의 굳건한 방책이 된다. 더군다나 조지훈이 이 작품을 쓸 당시는 1943년, 그가 2차로 은거하던 때, 곧 고향에 몰래 숨어살던 때이다. 1941년 월정사 은거시기보다 훨씬 불리한 여건에서 쓰여진 것이다. 모든 살아있는 사물을 얼어붙게 하는 파시즘의 동토 속에서 '꽃이 지기로소니 바람을 탓하랴' 하는 여유 있는 유유자적 태도는 파시즘에 대해 끈질기게 견뎌내는 미학적 저항이기도 하고, 넓게는 서구적 근대적인 삶의 방식에 대한 응전이기도 하다.

이러한 유가적인 사물 인식방법은 이 작품의 구조를 꽉 움켜잡고 있으며 동시에 조지훈의 삶을 지켜주고 있기도 하다. 곧 이 시의 구조를 살펴보면 유가적인 인식방법이 표출되어 나온다.

이 작품은 몇 개의 중요한 이미지들로 구성되어 있다. 그런데 이 이미지로서의 사물들은 '부분적 독자성'을 띠고 나열되어 있다.[17] 곧 지는 꽃,

---

16) 박호영, 「조지훈 문학 연구」, 서울대학교 대학원 박사학위논문 , 1988, p.84.

주렴 밖의 성긴 별, 귀촉도 울음, 촛불, 하이얀 미닫이 등이 그렇게 나열 병치되어 있다. 즉 위의 사물들은 부분적 독자성을 지니면서 서로서로 음 양관계로 작용과 반작용의 감응운동을 하고 있다. 조지훈과 같은 유가들 에게서는 사물들이 부분적 독자성을 띠면서도 서로 연속되어 있는 것으 로 나타난다. 즉 근대 서구철학에서처럼 만물이 인과론적으로 계기적으로 연속되어 있는 것도 아니고, 20세기 모더니즘철학에서처럼 파편적, 불연 속적이지도 않다. 이렇게 만물이 부분적 독자성을 지니면서도 연속적인 것, 여기서 소위 동양적 여백이 생긴다. 이 여백 사이에 이른바 '무시간성' 이 개입하는 것이다.

이처럼 사물과 사물 사이에 존재하는 무시간성은 이 시로 하여금 '영원 성'으로 이끈다. 즉 작품 속의 사물들은 무시간성 속에서 영원성에 이르 게 된다. 이 영원성 속에서 사물들은 끊임없는 생명운동을 하고 있는 것 이다. 이것이 유가들의 소위 一氣사상이다.[18] 곧, 우주전체가 거대한 하나 의 생명체로 되어 있다는 사상이다. 이처럼 끊임없는 생생불식의 생명운 동을 하고 있는 '영원한 자연'에 대한 믿음이 조지훈의 초기시를 받쳐주 고 있는 것이다. 이 영원성으로서의 무시간성은 근대 서구적인 시간관, 세 속적이면서도 물리적으로 일직선적으로 나아가는 시간에 대한 대응논리 로 기능하게 된다. 다시 말하면, 강박관념을 지닌 채 일직선적으로 앞으로 만 나아가는 계기적 시간관, 소위 부르조아의 시간관이 봉착하게 된 근대 의 파국, 곧 파시즘체제에 대한 대응논리가 된다는 것이다. 따라서 조지훈 의 자연시에 나타난 反근대적 시간관으로서의 영원성의 의미는 당대로서 는 파시스트적 속도에 대항한다는 현대적 의미를 지니게 되는 것이다. 이 것은 어쩌면 매우 근본적이고도 적극적인 대응논리일지도 모른다.

그런데 조지훈에게서는 앞에서 살펴 본 바와 같은 유가적인 생명미학

---

17) 최승호, 「1930년대 후반기 시의 전통지향적 미의식 연구」, 서울대학교 대학원 박사
　　학위논문, 1994, p.154.

18) 山田慶兒, 앞의 책, pp.91∼100.

만 나타나는 게 아니다. 그의 초기시에는 몇 편 안되지만 선적인 생명시
학도 보인다. 그에게 있어서는 선적인 생명시학과 유가적인 생명시학이
별 충돌 없이 공존하고 있다. 사실 조선조 대부분의 사대부들에게서도 유
가적인 형이상학이나 불교사상이 개인적으로는 무리 없이 공존하고 있었
다. 공적인 이데올로기에서는 불교사상을 배척했을지라도 사적인 세계관
에서는 그것을 수용하고 있었다. 조선조 때 이이 같은 사람도 그러했는데,
20세기 조지훈에게서는 그러한 공존이 지극히 자연스러웠다. 20세기에 이
르러 유가들에게서는 공적인 이데올로기와 사적인 세계관 사이에 모순
갈등이 있을 리가 없었기 때문이다.

> 木魚를 두드리다
> 졸음에 겨워
>
> 고오운 상좌아이도
> 잠이 들었다.
>
> 부처님은 말이 없이
> 웃으시는데
>
> 西域 萬里길
>
> 눈부신 노을 아래
> 모란이 진다
>
> 　　　　　　　　　「古寺 1」 전문

　이 시에는 불교적인 靜中動의 미학이 나타난다. 그것은 소위 "생동하는
것을 정지태로 파악하고 枯寂한 것을 생동태로 잡는"[19] 선적인 방법과
관련되어 있다. 목탁을 두드린다는 것 자체가 주위의 정적감을 고조시킨

---

19) 조지훈, 「현대시와 禪의 미학」, 『조지훈 전집』 3, p.117.

다. 동양사상에 있어서 '靜寂'이란 사물의 정지상태인데, 이 정지상태 역시 엄청난 동작의 상태로 파악되고 있다. 졸음에 겹다는 것 역시 정적을 나타내는데, 그것 역시 움직임의 한 표현이다. 제2연에 와서 고오운 상좌아이도 잠이 들었다는 장면에 와서 그 정적은 극적으로 고조된다. 다음 제3연에 와서는 부처님의 말 없는 웃음으로 인해 그 정적이 우주적인 것으로 확산된다. 우주 전체가 정적 가운데서 활발히 움직인다는 것을 표상한 셈이다. 그리고 맨 마지막 연에서도 그러한 정적감이 보인다.

그런데 이 시에 보이는 정적감에는 閑寂함이 동반되어 있다. 또는 寂寞感마저 돌고 있다. 고운 상좌 아이도 잠이 들었다는 것과 눈부신 노을 아래 모란이 진다는 것이 둘 다 강한 적막감을 불러 일으킨다. '잠이 들다'와 '꽃이 진다'는 것은 그런 분위기를 자아내기에 알맞다. 이런 적막감은 선적인 초탈의식과 관련된다. 앞에서 다룬 유가적인 생명시학으로 된 시에서는 보이지 않는 적막감이 여기서는 나타난다. 이것은 선적인 사고방식이 지니는 초탈적인 면 때문이다.

이 초탈적인 태도로 일제말기 파시즘의 계절을 견디고 이겨내려 하고 있는 것이다. 그런데 이 초탈적인 태도 때문에 아무래도 그 현실에 대한 대응방식이 소극적일 수밖에 없다. 이런 선적인 초탈의식은 아마 조지훈이 당대 현실에서 강한 허무를 느꼈기 때문이라고 보여진다. 강한 허무 앞에서 '초탈'은 있어도 '유유자적'은 불가능하다. 이런 점 때문에 그의 선적인 시들과 유가적인 시들 사이에는 현실응전이란 면에 있어서 상당한 차이가 생길 수밖에 없다.

Ⅳ. 제유의 한계를 넘어서

이상에서 살펴 본 바대로, 조지훈에게서는 유교적인 미학과 불교적인 것이 동시에 나타난다. 그리고 최근의 연구에 따르면 조지훈에게서는 불교적인 것보다 유교적인 게 더 본질적이라고들 한다.[20] 게다가 그는 유교 중에서도 영남사림파의 후예답게 退溪적인 主理論에 더 기울어 있음을 볼 수 있다.

> 陰陽正反이 遞變되는 것이 이것이 理이다.
> 陰과 陽은 理가 아니다. 陰陽ㅎ게 하는 것이 理다. 物과 心은 理가 아니다. 物心ㅎ게 하는 것이 理다. 그러나 理가 따로 있어 陰陽을 陰陽ㅎ게 하는 것이 아니요, 陰陽이 따로 있어 理에 隨順하는 것도 아니다.
> 陰陽의 交變 가운데 理가 있고 理 속에 陰陽(氣)의 交變이 있다. 그러므로 理發氣隨도 氣發理乘도 아니다. 생성의 形而上學 여기에 헤겔의 「有와 無와 成의 관계」도 들어 있다.[21]

理發氣隨도 氣發理乘도 부정함으로써 퇴계와 율곡을 둘 다 동시에 비판하였으나, 결국 그는 理氣二元論 중 주리론 쪽으로 경사하고 있음을 볼 수 있다. 이는 그의 가계의 학맥이 전통적으로 퇴계의 학설을 이어받은 것과 관련이 있을 것이다. 그가 퇴계적인 사상, 곧 주리론적 사상에 더 기울어져 있는 것은 아래의 인용시에서도 확인이 된다.

> 실눈을 뜨고 벽에 기대인다. 아무 것도 생각할 수가 없다.

> 짧은 여름밤은 촛불 한 자루도 못 다 녹인 채 사라지기 때문에 섬돌 우에 문득 자류꽃이 터진다.

> 꽃망울 속에 새로운 宇宙가 열리는 波動! 아 여기 太古적 바다의 소리 없는 물보래가 꽃잎을 적신다.

---

20) 김용직, 『정명의 미학』, 지학사, 1986, pp.386~387.
박호영, 앞의 논문, p.86.
최승호, 「조지훈의 시학에 있어서의 형이상학론적 관점」, 『한국적 서정의 본질 탐구』, 다운샘, 1998, p.59.
21) 조지훈, 「大道無門」, 『조지훈 전집』 4, p.126.

　　　방안 하나 가득 자류꽃이 물들어 온다. 내가 자류꽃 속으
로 들어가 앉는다. 아무 것도 생각　할 수가 없다.

—「아침」 전문

　　이 시에는 유가적인 존재론과 인식론이 한꺼번에 나타나 있다. 격물치
지란 인식론은 결국 理·氣를 중심으로 한 존재론 위에 서있기 때문이다.
제1연에서 우리는 자아가 고요한 생명력의 움직임 속에서 物의 理를 인
식하려고 취하는 자세를 볼 수 있다. 실눈을 뜨고 벽에 기대인다는 데서
우리는 선이나 명상의 모습을 볼 수 있고, 자신의 심성을 가지런히 하려
는 敬의 상태를 읽을 수 있다. 평소 자신의 마음이 形氣, 곧 탁한 기에 의
해 혼탁해져 있기 때문에, 즉 자신 속의 理가 形氣에 의해 가려져(蔽) 있
기 때문에, 居敬하여 마음을 안정시키고자 한다. 窮理에 앞서 거경이 선
행되는 것이다. 이 거경의 결과는 '아무것도 생각할 수가 없다'는 일종의
'반무의식상태'22)에 도달한다. 이것이 주체로서의 자아가 지니는 격물치
지의 자세이다.
　　다음 제 2·3연에서 物 자체가 지닌 理의 모습이 전개된다. 그것은 문
득 자류꽃이 터진다는 데서부터 암시되고 있다. 꽃망울 속에 새로운 우주
가 열린다는 것은 자류꽃 속에도 태극으로서의 理가 갖추어져 있다는 것
이다. 그 자류꽃이 벌어진다는 것은 자류꽃이 자아를 향해 자신의 생명적
본질을 드러낸다는 것을 의미한다. 자류꽃의 본질이 생명적이라는 것은
'태고적 바다의 소리 없는 물보래가 꽃잎을 적신다'는 구절에서 확인할
수 있다. '태고적 바다'에서 우리는 소위 復初思想을 읽을 수 있다. 생명
의 시원에로 회귀하고 싶어하는 미학적 태도이다. 바로 우주의 시원적 理
가 생명적이라는 것, 이것이 유가적 존재론에 근거한 조지훈 생명사상의
근간이다.

---

22) 조지훈, 「시의 원리」, 『조지훈 전집』 3, pp.42~43.

시의 탄생은 시인의 의식과 우주의식의 일치체험에서 비롯된다고 역설한 것이라든지, 시정신은 '우주의 생명에 대한 직관적 인식'[23]이라 한 그의 말들은 모두 이처럼 유가적인 형이상학에 근거를 둔 생명사상에서 빚어진 것임을 알 수 있다. 한마디로 그의 문학은 '생명문학'이라 할 수 있다.

우주와의 생명적 일치 체험은 제3연에서 보이는 격물치지의 형식에서 드러난다. 그것은 자류꽃과 자아가 하나로 합일되는 데서 보인다. 이때 우리는 존재론적으로도 일치 체험을 볼 수 있고 인식론적으로도 일치 체험을 볼 수 있다. 자류의 理와 자아의 理가 하나로 된다는 것이 바로 전자이다. 그리고 '아무것도 생각할 수 없다'는 소위 '興感[24]'의 상태에서 우리는 인식론적 일치체험을 읽을 수 있다.

그런데 '방안 하나 가득 자류꽃이 물들어 온다'는 구절에서 우리는 중요한 것을 읽을 수 있다. 자류꽃의 理가 스스로 자아를 향해 다가온다는 말이다. 즉 物의 理가 自到한다는 말이다. 物의 理가 自到한다는 것은 理의 自發을 전제로 하고 있다. 퇴계학설에 따르면 인간의 理는 形氣에 가려져 있어서 밖으로 발현되지 못하는데, 사물의 理는 항상 인간에게로 열려 있을 뿐 아니라 스스로 다가오고 있다는 것이다. 그래서 인간의 사물 인식은 이 形氣를 거두는 것, 곧 居敬하여 마음을 바로 고쳐먹는 데 달려 있다는 입장이다. 그렇게 되면 자아의 理도 사물을 향해 나아가서 사물의 理와 하나로 합일된다는 것이다.

그리고 이 '理自發設'과 '理自到設'은 퇴계의 格物致知說의 출발점이다. 이는 理自發과 理自到를 부인하는 수기론자 이이와는 다른 점이다.[25] 이로써 조지훈의 자연시에 나타난 형이상의 근거는 영남 사림파의 맥과

---

23) 조지훈, 「시의 원리」, 『조지훈 전집』 3, p.13.

24) 조지훈 자신은 이것을 '感興'이라 부르고 있다.(「시의 원리」, 『조지훈 전집』 3, p.14.) 그리고 '興感'은 퇴계도 사용한 용어인데, 이것에 대해서는 다음 논문을 참조할 것. 정운채, 「퇴계 한시 연구」, 서울대학교 대학원 석사학위논문, 1987.

25) 배종호, 『한국유학사』, 연세대학교 출판부, 1990(제7판), pp.70~92.

연결됨을 알 수 있다.

그리고 주지하다시피 퇴계의 학설에 따르면, 理는 만물 속에 내재하는 것이면서도 초월적인 절대적인 성격을 동시에 지닌다. 이 초월적이고 절대적인 면 때문에 퇴계학설을 이어받고 있는 조지훈의 시학에는 은유적인 성격이 내재되어 있다. 사물과 사물 사이의 부분적 독자성을 말하면서도 그 모든 것을 초월해 있는 理 때문에 초월적 상징미학이 내재되어 있는 것이다.

그가 『시의 원리』에서 시의 본질을 형이상학론적으로 설명할 때, 자꾸 서구 모방론과 연결시키는 것은 바로 그가 파지하고 있는 理의 초월성 때문이다. 그가 가져오는 서구의 모방론은 바로 플라톤의 Idea 개념 및 아리스토텔레스의 형상 개념과 연결된다. 理의 초월적인 성격과 관련해서는 플라톤의 사상을 가져오고, 理의 내재적인 측면과 관련해서는 아리스토텔레스의 사상을 빌어오고 있는 것이다.

> 모든 예술은 플라톤의 말한 것처럼 단지 모방(mimesis)의 기술이 아니라 기술을 토대로 한 기술 이상의 것, 다시 말하면 「이데아」 또는 생명의 原像(Urbild)이 직접으로 표현된 것이라 하지 않을 수 없다. 차라리 아리스토텔레스가 예술을 「보편적 형상(universal forms)의 리얼라이즈」라고 본 것은 타당하다 하겠다. 감각을 통하여 초감각의 세계에 사무친다는 것은 특수적인 것이 보편화하는 길이 아니겠는가.[26]

그는 결국 플라톤의 Idea나 아리스토텔레스의 형상이란 개념을 빌어와서 사물의 본질(道)을 유추적으로 설명하고 있다. 이것은 언어로써 사물의 본질을 드러낸다는 은유의 '유추적 기능'을 설명하고 있는 것이다. 이 유추적 기능은 언어가 지니는 은유적 속성을 드러낸다. 은유란 곧 모방론적인 사물인식 방법인데, 그것은 기표와 기의의 일치를 지향하는 이데올로

---

26) 조지훈, 「시의 원리」, 『조지훈 전집』3, p.16.

기의 산물이다. 은유를 초래하는 모방이란 언어 뭉치, 곧 언어적 질서(문학작품)를 통해서 사물의 질서나 원리(본질)를 반영하고자 하는 사상에서 연유하기 때문이다.

유가의 후예로서 조지훈의 언어철학 역시 이런 은유적인 것을 토대로 하고 있다. 그는 언어 속에 우주의 생명적 진실이 들어있다고 소신 있게 주장하고 있는데,27) 이것은 모든 정통 유가들의 일관되고 보편적인 언어철학이다. 바로 공자의 正名思想이 그러하다. 그리고 조선조 대표적 유학자 중의 한 사람인 박지원 역시 언어 속에 理와 氣가 들어있다고 설파한 적이 있다.28)

그리고 사실 제유도 '유추적 성격'을 지닌다고 볼 때, 제유는 은유의 한 갈래에 지나지 않는다. 제유는 비록 사물들 사이의 부분적 독자성이나 민주적 관계를 강조하는 효과가 있을지라도 통합의 원리가 약한 게 사실이다.29) 구모룡이 말한 대로 근대사회의 부정성을 극복하려는 하나의 '미약한 대안'30)이다.

조지훈은 근대 산업사회에서 자본이 행사하는 엄청난 파괴력 앞에서 퇴계적인 주리론적 개념을 빌어와서 제유에다 은유를 곁들이고 있는 것이다. 조지훈이 꿈꾸고 있는 은유는 사물들 사이의 부분적 독자성과 민주적 관계를 중시여기면서도 통합의 원리로서의 理(Idea)를 강조하고 있다는 점에서 유의해 볼 만하다. 근대사회가 지니는 파괴적이고 해체적인 힘에 대응하기 위해서는 제유를 끌어안고 더 높은 곳으로 나아가는 은유가 필요하기 때문이다.

---

27) 조지훈, 「시의 원리」, 『조지훈 전집』 3, p.25.
28) 박지원, 「답임형오론원도서」, 『연암집』 2, 부성문화사, 1966, p.36.
29) 서림, 「서정적 동일성을 위한 변명」, 『말의 혀』, 새미, 2000, p.16.
30) 구모룡, 「서정시학과 제유의 수사학」, 『시와사상』, 1999.봄호, p.75.

V. 꼬리말

　우리는 지금까지 제유적 수사학을 바탕으로 한 조지훈의 서정적 세계인식과 현실대응 방법을 살펴보았다. 조지훈이 취하고 있는 제유적 수사학은 그 자체가 하나의 세계인식 방법인데, 그것은 이 세계를 부분과 전체가 잘 조화된 거대한 생명체계, 유기론적 체계로 인식하는 것이다. 그리고 그의 이러한 유기론적 세계관은 동양사상, 그것도 유가적인 생명사상에 근거하고 있음을 살펴보았다.

　그는 유가적인 생명사상, 소위 氣사상에 근거하여 서정적 동일성을 이루어내는데, 자신의 표현대로 하면 그것은 곧 '대상의 자아화, 자아의 대상화'로 요약된다. 그는 '대상의 자아화, 자아의 대상화'라는 서정적 동일성의 방식을 말함으로써 Hegel류의 서구 낭만주의 시학에서 말하는 '세계의 자아화'라는 동일성 성취의 방법과는 다른 노선을 취하게 된다. 그의 이러한 사고방식은 邵康節이 말하는 바 以物觀物의 세계인식과 같은 것인데, 바로 이것이 유가적인 세계관에서 빚어지는 제유적 세계인식 방법이다. 이것은 우주 만물이 다 똑같이 氣로 구성되어 있고 그 사이에 차별성이 없으며 서로서로 각자 음양관계에서 감응운동을 하고 있다는 것을 토대로 하고 있다.

　만물이 대등한 입장에서 생명적으로 감응운동, 즉 교감을 하고 있다는 데서 빚어지는 이러한 미적인 세계인식, 곧 서정적 인식은 '세계를 자아화'시켜버리는 서구 근대 낭만주의의 동일화 방식보다 민주적이고 비폭력적이다.

　그런데, 조지훈에게 나타나는 생명적 감응운동은 독특하다. 같은 식민지 시대 '문장파'의 대표적 인물인 이병기나 정지용과 다르다. 이병기의 자연서정시에 나타나는 생명적 교감은 매우 활발하다. 그에게는 자아와 세계가 상호 확산적으로 교감한다. 즉, 자아와 세계가 각기 생명력이 충일하고 상호 확산적으로 교감하여, '법열'의 경지에 이른다. 그리고 정지용의 경우는 자아와 세계가 다 생명력이 위축되어 상호 축소적 교감을 보인다. 즉, 시름과 체념의 미학이 지배적으로 나타난다. 이에 비해 조지훈의 자연서정시를 구성하고 있는 자아와 세계는 다같이 생명력의 면에서 현상유지적이다. 자아도 세계도 조용히 자신의 생명력을 관리하면서 상호 현상유지적인 교감을 보이고 있다.

이것이 소위 悠悠自適의 미학인데, 이 自適은 隱逸하는 자가 처하게 되는 처세의 미학이다. 즉, 생명력이 위축될 수밖에 없는 불우한 상황에서도 생을 즐기는 여유의 처세학이다. 이 유유자적에서 소위 견딤과 느림의 미학이 나오는데, 이 견딤과 느림의 미학으로써 그는 당대 파시즘의 폭력과 광기에 대해 완강하게 응전하고 있었던 것이다.

마지막으로, 그에게서는 단순한 제유의 수사학만 나타나는 것이 아니다. 退溪적인 主理論을 학맥으로 잇고 있는 그에게서는 은유적인 측면도 함께 나타난다. 퇴계학파의 理는 내재적이면서도 초월적인 성향을 동시에 지니는데, 理의 이러한 성격으로 인해 초월적인 상징미학이 곁들여지게 되는 것이다. 이것은 매우 중요한 의미를 지닌다. 제유만으로는 근대사회의 부정성과 싸우기에 아무래도 미약하다. 제유에는 부분과 전체간의 조화를 바탕으로 한 민주적 관계가 강조되어 있으면서도, 강력한 중심 원리가 미비하기 때문이다. 따라서 제유를 끌어안으면서 그것을 초월하여 은유로 나아가는 조지훈의 세계인식의 방법은 다시 한 번 음미해 볼 필요가 있는 것이다.

참고문헌

1. 단행본

구모룡, 『문학과 근대성의 경험』, 좋은날, 1998.
김용직, 『정명의 미학』, 지학사, 1986.

김준오, 『현대시의 환유성과 메타성』, 살림, 1997.

박지원, 『연암집』, 부성문화사, 1966.

배종호, 『한국유학사』, 연세대출판부, 1990.

서 림, 『말의 혀』, 새미, 2000.

이미순, 『한국 현대시와 언어의 수사성』, 국학자료원, 1997.

이병한 편저, 『중국고전시학의 이해』, 문학과지성사, 1992.

조지훈, 『조지훈 전집 3』, 일지사, 1973.

조지훈, 『조지훈 전집 4』, 일지사, 1973.

최승호, 『한국적 서정의 본질 탐구』, 다운샘, 1998.

최승호 편, 『서정시의 본질과 근대성 비판』, 다운샘, 1999.

한국기호학회 편, 『은유와 환유』, 문학과지성사, 1999.

方東美(정인재 역), 『중국인의 인생철학』, 탐구당, 1992.

山田慶兒(김석근 역), 『주자의 자연학』, 통나무, 1991.

De Man, Paul, Blindness and Insight, Methuen & Co., Ltd, 1983.

2. 논문 및 기타

구모룡, 「서정시학과 제유의 수사학」, 『시와사상』 1999년 봄호.

구모룡, 「포위된 시적 혁명」, 『시와사상』, 1999년 겨울호.

구모룡, 「신화 해체 시대의 서정」, 『신생』 창간호, 1999.

금동철, 「1950~60년대 한국 모더니즘시의 수사학적 연구」, 서울대학교
　　　　대학원 박사논문, 1999.

금동철, 「수사학의 이데올로기성과 전략성」, 『시와사상』, 1998년 여름호.

박 석, 「송대 이학가 문학관 연구」, 서울대 대학원 박사논문, 1992.

박 석, 「소강절 시론의 도학적 특색」, 『동아문화』 제20집, 서울대학교
　　　　동아문화연구소, 1991.

박호영, 「조지훈 문학 연구」, 서울대 대학원 박사논문, 1988.

이미순, 「환유적 미끄러짐과 허무주의」, 『시와사상』, 1998년 여름호.

이민홍, 「조선 전기 자연미의 추구와 한시 — 성정미학과 산수시」, 『한국한문학연구』 제15집, 1992.

이성희, 「노장시학을 위한 시론」, 『시와사상』 1999년 여름호.

정운채, 「퇴계 한시 연구」, 서울대 대학원 석사논문, 1987.

최승호, 「박용래론: 근원의식과 제유의 수사학」, 『우리말글』 제20집, 2000.

최승호, 「1930년대 후반기 시의 전통지향적 미의식 연구」, 서울대 대학원 박사논문, 1994.

국학현대문학연구총서③

서정시의 이데올로기와 수사학

인쇄일 초판 1쇄   2002년 09월 05일
        2쇄   2015년 06월 03일
발행일 초판 1쇄   2002년 09월 15일
        2쇄   2015년 06월 12일

지은이 최 승 호
발행인 정 찬 용
발행처 국학자료원
등록일 1987.12.21, 제17-270호
서울시 강동구 성내동 447-11 현영빌딩 2층
Tel : 442-4623~4 Fax : 442-4625
www. kookhak.co.kr
E- mail : kookhak2001@hanmail.net

ISBN 978-89-8206-129-5 *93800
가격 13,000원